绘帝国
原创长篇小说

尘埃 闪烁

王哲珠··· 著   CHENAI SHANSHUO

百花洲文艺出版社
BAIHUAZHOU LITERATURE AND ART PRESS

图书在版编目（CIP）数据

尘埃闪烁 / 王哲珠著. -- 南昌 : 百花洲文艺出版社, 2018.4
ISBN 978-7-5500-2783-1

Ⅰ. ①尘… Ⅱ. ①王… Ⅲ. ①长篇小说 – 中国 – 当代 Ⅳ. ①I247.5

中国版本图书馆CIP数据核字(2018)第063384号

尘埃闪烁

王哲珠　著

出 版 人	姚雪雪
责任编辑	游灵通
书籍设计	张诗思
制　　作	周璐敏
出版发行	百花洲文艺出版社
社　　址	南昌市红谷滩新区世贸路898号博能中心一期A座20楼
邮　　编	330038
经　　销	全国新华书店
印　　刷	南昌三联印务有限公司
开　　本	710mm × 1000mm　1/32　印张　9.5
版　　次	2019年1月第1版第1次印刷
字　　数	150千字
书　　号	ISBN 978-7-5500-2783-1
定　　价	36.00元

赣版权登字　05-2018-159

邮购联系　0791-86895108
网　　址　http://www.bhzwy.com
图书若有印装错误，影响阅读，可向承印厂联系调换。

第一章

一

看见那些淡紫色指甲时，丁丑停止手上的活，收回将要出口的话。

"请问要点什么？"满含笑意问完这句，他会抬起满含笑意的脸。如果面前是普通顾客的话。但她不是，这些淡紫的指甲。

丁丑抬起脸，疑惑浓重，白亮的日光灯下，那些淡紫的指甲不像平日光鲜滑丽，已经脱落不少，显得斑驳。高书意立在那里，表情也斑斑驳驳的，丁丑用目光表示疑问，她只是直直看着他，目光和站姿都僵硬无措。

"怎么了？"丁丑问。他看着高书意的眼睛，寻找不到她的目光。

"面饼和火腿。"高书意声音直直的。

"多少？"

高书意不动，目光凝固。

"面饼和火腿。"高书意又说，声音仍直直的。

丁丑手指敲敲烤车的玻璃隔板，问："怎么了？"

高书意抖了一下，满脸茫然，声音一下子没了力度，说："一起去走走。"

这次丁丑没推辞，很快点了下头："好。"

还有一小时才收摊，但丁丑很快收拾了桌子椅子，把剥好的火腿和捏好的面饼装进铁盆。两个中学生走来，扬起手指着火腿和面饼，像点东西又像要阻止他收摊。丁丑笑笑："不好意思，有点急事。"

　　高书意立在一旁，身子斜向公路，静静的，像对行人车辆着了迷。丁丑看看超市大门另一边，摆凉水摊的地方空着，他很快掉开目光。

　　柜子和东西寄在车场保安李的亭子边，丁丑走到高书意身边，说："走吧。"

　　穿过公路去对面广场时，丁丑不得不抓紧高书意的胳膊，她像突然没了辨别能力，不管车辆，莽莽撞撞往前撞，引来一片喇叭声和怒骂声时，她又愣愣站定在路中央，脚步错乱犹豫。丁丑边高声唤着把她拉到身边，像拖着她又像被她拖着，别别扭扭过了公路。

　　进了广场，两人一直没说话，仍横穿过广场，由广场后的小门出去，来到老榕街，沿街走一段，拐个弯，再走一段，到银江边，进了望江茶座，似乎是早已设定好的路线，如同电脑程序设置般固定。不知道什么时候起这路线变成了习惯，两人只要"出去走走"，总是这样走，不用商量，不用询问。

　　一路半扯半拖着高书意，进了望江茶座丁丑才松开手，整只手连带胳膊都酸软了。他甩着胳膊，给高书意拉椅子，书意坐下，仍僵硬茫然。丁丑要了茶具，开了茶炉，用心地烧水、洗杯、沏茶，端一杯茶放在她面前，想象茶香缭绕，轻轻拂她的鼻尖。她终于端起杯，慢慢啜着。她仍是精致的衣裙，手里也还是平日的高档包，可衣裙显出些随意，甚至有一丝凌乱，包随随便便抓着。

　　茶沏了三巡，一巡三杯，丁丑每次给高书意端两杯。第六次端起茶杯时，高书意像清醒了，说："去世了。"

丁丑一口茶哽在喉头，感到莫名其妙。

"我丈夫去世了。"高书意说。她放下茶杯，在夏夜里怕冷似的抱紧胳膊。

丁丑吓了一跳："他不是早去世了？怎么突然又说起这个？"

高书意不说话，杯子一直沾在唇边。

二

丁丑不知高书意为什么突然提起这个，她丈夫已经去世几年，第一次来望江茶座，她就说了。丁丑记得，当时提这件事，她似乎已接受现实，像说一件久远的往事，稍稍有些忧伤，但很平静。

今晚，高书意这样失魂落魄，丁丑想象，也许她今天收拾旧物，某个与她丈夫相关、有特别意义的东西出现了，她拿着旧物，记忆蜂拥而出，陷进往事的片段里，本已经淡化的情绪又浓重起来，以至无法自拔。或者是某个人对她提起丈夫，甚至是无意的一声感叹，引起一连串的怀想和忧伤。高书意这样的年纪，失了丈夫，是种很难说清的感觉，丁丑觉得旁人的安慰是空洞无力的。

最主要的，丁丑觉得和高书意还不熟，很多话找不到出口的方式，他选择沉默。高书意如果说，他会听，但不多嘴。

"说点什么吧。"丁丑准备沉默时，却听见高书意说。

丁丑转过头，来不及反应的样子。

高书意扯了扯嘴角，僵硬的表情没有变化，但她的声音柔软了："你看什么，半天一动不动？"

"看灯。"丁丑说，"对岸的灯。"他指着远处，河对岸石壁上嵌了一列彩色的灯，在夜色里很绚丽，整列灯倒映在河里，随河水轻轻晃，朦胧而神秘，灯和灯影一亮一浅，一刚一柔，相互呼应，有种说不出的妖娆。

丁丑喃喃自语地说："城里的灯总给人热闹的感觉，但河边的灯却是安静的，有了它们，城市的夜平衡自在许多。"

高书意忍不住微微笑，稍带忧伤："要是不看你，单听你这些话，还以为是个女的，这样细腻，接近多愁善感了。"

丁丑也笑："偏见，单单女的可以细腻？再说，也不算什么细腻，我只不过喜欢整理日子里一些感觉。"

高书意声音有些飘："你是懂得日子的人，日子满满的，不像我，成片成片的空白，要不就像漏风的球，没形没状的。"

高书意记得，第一次来望江茶座，丁丑就总看那些灯。当时，高书意让他入神地静着，自己则久久看着他，有说不清的怪异感觉。她从未见一个男人有这种表情，有一瞬间，她想起吟风弄月的诗人，但很快否定了，他不像诗人那样文绉绉，也不弄什么哲思的表情，他就是看，单纯得像她小时候趴在路边看一朵花。她甚至想，这个男人如果不是生活在真空便是极会装。

高书意问："那些灯那么好看？"

"不是好看，是美，算是城市里的风景了。"丁丑很认真。

"比我好看多了吧，让你这样扭着身，用后脑勺对我。"高书意语气里带着一些挑衅，她好歹是个美女。

丁丑笑笑："两者没有可比性。"

"好吧，说说怎么个美法。"高书意也认真了。

"是种感觉，安然、自在，河上湿润的风吹着，人舒服，灯也像在微笑。"

高书意张大嘴巴，她第一次从男人口中听到这种话，要是他在男人面前说这话，定会被看不起，连她的口吻也忍不住带了嘲笑："想不到你这么懂气氛，诗情满满哪。"言下之意，她想不到一个摆烧烤摊的有这样的心思。

不知丁丑是不是听出了这种言下之意，他说："你们逛咖啡馆，在精美的灯光下听钢琴曲，小口小口喝咖啡，不是喝一种气氛？不过那气氛是制造出来的，你们喝着咖啡，想着这是咖啡馆，得有什么样的感觉，于是，就像真的感觉到什么了，连你们自己也不知道是不是真觉得舒服。"

丁丑的目光凌厉了。他居然有这样的目光，高书意张口结舌，这些话让她坐立不安，但她辩着："谬论，我们是怎么样的感觉我们知道。"她不再细想他的话，连喝两杯茶，像能把他的话冲淡。

丁丑沏茶，安静无比。

高书意突然想，他刚才老说"你们"，指的是什么？他把她当哪种人？她想质问他，但猛地想起自己也一直说"我们"，是因为顺着他的意思，还是别的什么？高书意嘴巴呆成空洞的圆，半天后，她说："好吧，一起看灯。"

现在，高书意又说："一起看灯。"说完，她就意识到这话和第一次来望江茶座说的一模一样。就是那一次，她对丁丑提到丈夫，告诉他自己的丈夫没了，说得风轻云淡的。

高书意把放在桌面上的手收回来，又抱紧胳膊，刚才，她把手放在那里，丁丑目光刚好触碰到的地方，想干什么？她不敢承认也不敢否认，希望过他的手安慰地拍拍它，甚至握住……高书意甩甩头，她没资格这样的，她该得到的是惩罚。

三

就在高书意怀疑夜没有尽头，太阳遗忘了地球的时候，惊讶地发现窗外的夜色淡了，天亮了。高书意坐直蜷得发酸的身子，手第几十次地伸进枕头，摸出手机。

按数字键时，她的指头微微抖颤，颤抖在身上爬蔓，弄得她喉头发干。半天后终于听到手机那边的声音时，她急切地喊："代佳！"声音颤抖得磕磕碰碰。

"嗯？"那边睡意蒙眬。

高书意清醒了，声音有了怯意："代佳，还、还没起床？"满嘴的话一层一层地退，原本准备让委屈在电话里决堤的，现在，她抹了下眼皮，把娇嗔、泪意抹得一干二净。

"哦，书意，怎么了？"李代佳清醒了些，拖了一个隐忍又绵长的呵欠。

"今天星期六，一会过来吧。"高书意声音冷静了。

"怎么了？谁打来的？"电话那边是语言学家含含糊糊的声音。

高书意眼前出现那边的床，还有床上的情景，莫名其妙地涌起一阵酸味，语调变得冷冰冰，说："有空吧？过来，我等你。"

不等李代佳回话，她就按断了通话，冲着手机发愣，觉得自己的气发得很滑稽，泪就下来了。

幸好是星期六，高书意看着窗外愈来愈清晰的亮色想，不然，她真不知今天怎么过去。

高书意也就对星期六有点期待了，星期一到星期五，李代佳得上班，虽然她工作清闲，不时能开溜和她去做做美容逛逛街，终究不那么痛快。一年前，李代佳的儿子姚聪上幼儿园时，她给儿子报了星期六的舞蹈班和美术班。高书意说："夸张了吧，幼儿园就报补习班，望子成龙也不能这样揠苗助长。"

李代佳撇撇嘴："你是一人清闲，懂什么？我主要是想托别人多看一天，我就指望周末了，要是周末聪儿在家，我至少不能走开一整天，到时得和公公婆婆一块陪着他，那我什么都完了。"

事实证明，李代佳是对的。高书意无法想象带着那个活蹦乱跳的淘气包，她们怎么逛街美容。星期天她们是不怎么指望的，最多带姚聪吃吃肯德基，到公园坐坐过山车。就算孩子留在这让公公婆婆带，临近中午李代佳便会坐立不安，她不放心公公婆婆的喂养方式，说："他们要把孩子惯上天了，我得回去。"把高书意扔在某家饭馆门前。偶尔硬被高书意留住，她也吃得心不在焉，匆匆吞下东西，然后起身要走，说姚聪不在幼儿园，总是不肯午睡。丝毫没注意到把高书意的兴致扫得一干二净。

高书意开始像那些上班的人等待周末，主要是星期六。

高书意突然感觉星期六也危险了，她手机扔在床尾，半躺半靠着枕头，把自己弄得像团揉皱的被子，大半天纹丝不动。床头的闹钟不紧不慢，不停不歇，高书意感觉时间像一只小兽，沿着床四周啪啪啪迈步，她听着听着糊涂了，弄不清这只小兽在往前走还是往后走，走多久了。想了半天，她对自己说："反正往前往后都一样。"

门铃响了。高书意反应过来时，不知道已经响了多久，她条件反射地扑出去，被单拉了大半在地板上。

是李代佳和她的语言学家。高书意来不及后退，语言学家凑上前，满脸笑意浓得要往下滴，推着门说："早上好啊，书意，那么早打电话给我们，自己却睡到现在？我们喊醒小聪，安排他吃饭，又送进幼儿园，忙过了这么多事，你还未起？"

高书意拢着凌乱的头发，拉扯发皱的睡衣，抹擦迷糊的双颊，感到又尴尬又懊恼，也不给语言学家拿便鞋，只瞪着跟进来的李代佳。语言学家顾自走进客厅，开始评论新近换的兰花，从花色、花期到花瓶，再到与客厅的协调。

李代佳知道高书意的意思，除了她李代佳，高书意没有在别人面前蓬发穿家居服的习惯，在别人面前总是精致整齐的。再说，又是语言学家，他来做什么？高书意绝望起来，今天完了。

李代佳满脸为难，凑近前压低声音："他非要来，说在家没什么事，说他爸妈一整天看台湾剧，他要看个新闻都难。"

"他就没别的朋友？"高书意的不满明明显显放在脸上。

"他约了，昨晚就开始约，也怪，都刚好有事忙。"李代佳摊开双手。

高书意想说，什么有事，一定都怕了他那张嘴，找借口推掉。想了想，她抿紧了嘴，李代佳虽是好友，也不是什么话都能出口，语言学家再怎么也是她丈夫，每晚同睡一张床。她弯腰给李代佳拿便鞋，尽量让脸上的怒气淡一点。

李代佳也弯腰，说："别管他，我们说我们的。"

"他在，还有我们说的吗？"这话脱口而出，高书意暗暗拧自己一下，缓了缓口气说，"他整天和你粘一起还不够，星期六也要跟在屁股后。"她没注意到自己的颊已经鼓起来。

李代佳扑哧笑了，拍了下高书意的背："吃哪门子的醋？"李代佳声音满是愉悦，高书意有时像个孩子，要霸着她粘着她，她喜欢这种感觉。

高书意把头歪在李代佳肩上："吃醋又怎样？"

李代佳揽住她的腰，说："哎哟，我一个儿子都缠死了，还要一个丫头？"

语言学家嚷："换个鞋大半天，你们嘀咕什么？"他已评论完兰花，开始评论那个新茶壶，半天无人反应。

高书意猛地直起头，与李代佳错开半步。

四

高书意说："我收拾一下。"把李代佳和语言学家扔在客厅，顾自进了房间。语言学家在背后高声说："书意不愧是清闲富贵人，打过电话这半天，还没下床，你忙你的，我们自己……"

高书意关上门，关出很响的一声，把语言学家后半截话关断。她把身子扔在床上，又极快地转身，避开床头柜那张照片。几天前她把照片收进抽屉了，可照片进了抽屉，丈夫的笑反而清晰了，那张脸飘浮起来，愈来愈大，像张海报，半吊在高书意面前，笑意大概保持久了，开始变形，一会儿冷冷的，一会儿含着莫名的忧色。慢慢地，那脸笑碎成片，每一片笑变成一只眼睛，成群的眼睛似笑非笑地盯着她。一次歇斯底里的尖叫后，她把照片重新摆上，只是把它稍朝向窗台，背着床。

高书意慢吞吞洗脸，抹润肤霜、化妆、涂指甲、换衣服，要出门时甚至退回来，难得地叠起被子，把床收拾得少有地整齐。无事可做了，只能开门，慢吞吞。

语言学家的说话声和电视的声音像早等在门边，扑面而来。

大概时事已播完，电视放着一些明星名人的八卦消息，某人与某人约会了，某明星逛街穿什么衣服了，某个大牌素颜变丑了……语言学家盯着电视，哇啦哇啦评论着明星名人的鸡毛蒜皮，说得啧啧有声，像品尝什么美味。李代佳默坐一边，面部僵硬。高书意突然意识到自己有些过分，朝李代佳歉意地笑笑。李代佳立即笑着站起来，说："真磨蹭。"

"没睡好，有点晕。"

李代佳敛了笑，拍拍她肩膀，极理解的样子。

高书意肩缩了一下，转移话题，指指电视："怎么看这个？"

平日，她们也喜欢看八卦打发时间，还兴致勃勃的，语言学家对这些感兴趣让她不舒服。

高书意冲了杯豆浆，微波炉加热两个包子，拿到客厅，坐在李代佳身边，陪伴她的样子。

语言学家"呀"了一声："书意，你这样凑合一餐？"

八卦新闻已播完，正放着广告。高书意惊慌地想，他所有的注意力在自己身上了，她把杯子凑在唇边，支支吾吾敷衍，没法应话的样子。

语言学家语气有了关心的味道："不能这样吃的，时间不对头，吃得也太潦草，这种吃法多好的身体也受不了。当然，现在年轻，不会有大问题，以后年岁来了，问题就堆着来，到时怎么调整都没效……"

"偶尔一次。"高书意急急打断他，呛了一下，咳起来。

语言学家表情沉重了："理解，所以今天代佳来，我也随过来看看，事情已经发生，只有接受，过了便过了，还是要把心态调整好，以后的日子很长，要走下去的，育生兄在那边也希望你过得好的。"

丈夫的名字让高书意浑身打战，她唰地立起身，豆浆溅出来。李代佳忙拿纸擦着，轻轻拍着她的手背。

高书意赌气说："我的日子就这样，一直这样，是习惯。"

"这习惯不好。"语言学家语气认真地摇头，"育生兄……"

李代佳冲语言学家说："水都凉了，还不沏茶？"

高书意说："我再去热个包子。"

语言学家拿起遥控问："看什么，代佳？"啪啪啪地换频道。

李代佳没应声，慢慢啜着一杯茶，抬眼看墙上的挂钟。

高书意一从厨房出来，李代佳就起身说："中午我和书意凑一顿——书意，我们现在去买菜。"说完了，直看着丈夫。

语言学家满脸欣喜："我也是这个意思，菜我去买，想吃什么只管点。"

高书意和李代佳面面相觑。

李代佳对丈夫说："我们姐妹俩凑，你还是回家吃，阿爸阿妈都在，我们出门前也没交代。"

"打个电话就是，平日我们上班，阿爸阿妈不也是两个人？"语言学家挥挥手，"难得和书意凑一凑，这屋子久没有三人凑饭了吧——中午吃顿好的？"

高书意沮丧地坐下："不用买，冰箱里塞满东西。"

"这几天你有时间出门？"语言学家的好奇心真是非同小可。

高书意知道他的意思，懒懒地说："昨天下午没事干，去超市逛了半天，搬回够吃半个月的东西。"她甚至想说"昨晚我还去望江茶座喝茶了，和一个男的"。她庆幸自己没赌气说了，那将拖出语言学家另一串问题外加一堆评论。

电视里热闹着，语言学家忙着，手里沏着茶，嘴里说着。只要不涉及对高书意的安慰，对许育生的回忆，高书意和李代佳便保持沉默。

语言学家要换第三泡茶时，高书意说："饺子皮和肉菜都是现成的，中午吃饺子吧。我先去安排，代佳，你给我搭把手。"

李代佳和高书意进了厨房,拉了玻璃门,电视的声音一下子远了。她们对望一眼,彼此苦笑。高书意舒了口气,把菜递给李代佳,李代佳也舒了口气,放水洗菜,两人一时不知怎么开口,厨房奇异地沉默着。

沉默也好,两人洗菜,一人洗第一遍,一人洗第二遍。

玻璃门响了,高书意吓了一跳,语言学家的脸凑在玻璃门上,笑像被压扁了,让人忍不住想拍一巴掌。他做着手势,示意开门。

高书意装作不懂他的意思,继续洗菜。

语言学家又拍玻璃门,李代佳无奈地走过去。

高书意嘟囔了一句:"真是贤妻良母。"

不知李代佳有没听到,反正她开了门。

语言学家挤进厨房:"我也帮忙,一起动手才有趣,别小看我,我小学时就会帮我妈包饺子了。"

五

喝过语言学家自磨的咖啡,高书意收拾好东西,看了下挂钟,四点二十分,中午吃完饺子刚接近一点,她很惊讶三个多小时也这么过来了。这期间,语言学家提议过去爬山,去某家浴脚中心洗脚,甚至提议去看一部大热的动作片,都没提起高书意和李代佳的兴致。直到他说出磨咖啡的主意,高书意已懒得拒绝,含含糊糊说了东西放置的地方,有说对的,有因时间长说错的,语言学家竟能一一搜出。

李代佳顺高书意的眼光看挂钟,对语言学家说:"不早了,你去接阿聪。"

语言学家显然胸有成竹："阿爸阿妈会去接。"

"难得星期六，你就去接一下。"

"也尽尽父亲的责任。"高书意接过李代佳的话，几乎有些急不可待。

"阿爸阿妈一整天就等着接阿聪，我能去抢？"语言学家笑了，往沙发靠了靠，坐得更舒展些，"说不定他们早把阿聪接回家，在小区溜达了。"

高书意看李代佳。

丈夫说的是实话，星期六，公公和婆婆会比平日更早接孩子，像怕被别人接走了。因此，她只是避开高书意的目光。

高书意开始后悔早上给李代佳打电话，早知这样，她该耐到接近中午——事实上，早上她那一通发呆，加上慢吞吞的一番收拾，离中午已经不远——然后去丁丑的烧烤摊吃面饼。

吃面饼后呢？她的思维在这断掉了，吃得再拖拉也不过半个小时的事，问题在那之后。高书意的思维回到原点，她打电话给李代佳，如果她一人来，她们一起吃面饼，之后就好办了，就是待在屋里也好，单是待着，有李代佳在，高书意就觉得好忍受了。

"书意，要不我们先走，你休息一下。"李代佳突然说。

高书意吓了一跳，弹起身子，捉住李代佳的胳膊，几乎有些惊恐："代佳，你做什么？"

"扰了一整天，你也累了，先去躺躺，你今天的午睡也没了。"李代佳拿皮包。

高书意扯住她："连你也这么说。"

高书意一这样，李代佳心就软了，觉着确实不能走，儿子姚聪有爷爷奶奶，他只要有得耍有得吃就行，高书意不一样，她就要自己这个人。李代佳涌起一股酸疼的愉悦，她拍拍高书意的手背，凑到她耳边，指了下丈夫："我走，他才会走。"

"他说他的，看他的电视，我们坐我们的。"高书意把李代佳的包收在自己身后。

李代佳扑哧笑了，但高书意随即说的话又让她敛了笑，高书意说："别让这屋子空着。"

李代佳坐下，做了最后一次努力，对丈夫说："你先回去，照看阿聪，一会儿，爸妈要准备晚饭，别让他老在一边转来转去。"

语言学家手里捏着遥控，晃着："你还不知道爸妈？妈准备晚饭，爸和阿聪堆积木，要不就看动画片，哪回要我们插手——书意，你放心，现在的孩子，几个人捧着。倒是你，一人住这么大套房子，不回你爸妈那边住住？也就我和代佳今天有空……"

"对了，看看我新买的项链。"李代佳截住丈夫的话，让高书意把皮包给她。

手机响了，是语言学家的，他"喂"了一声后，声音高了，说："刘明来了？"

高书意和李代佳同时停下扒拉着皮包的手。

语言学家对着手机说："让他先坐坐。"

李代佳插嘴："快去招呼。"

语言学家没听到，欢快地说："还有两个朋友？打牌？哎，好，我这就过去，不远，不远。"

两个女人相视而笑。

收着手机，语言学家起身，高书意站起来送。语言学家一脸为难，说："几个朋友逛到小区附近，到家里找我。"

高书意满脸灿烂："没事，没事，你忙你的。"

"真不好意思，朋友在家等着，代佳，你再陪陪书意。"出门前，语言学家反复解释，高书意只管笑，李代佳只管点头。

门关了，客厅突然静下，电视的声音显得遥远。高书意看着李代佳，她又忍不住想说那个说了无数次的话题，李代佳知道她的意思，摆摆手："别提他，你又不是不知道。"

李代佳和语言学家怎么走在一起的，高书意一清二楚，可她一次次问李代佳："你怎么就和他一起了？"

六

李代佳和语言学家相好的事，她很早就告诉高书意，比家里人早得多。李代佳是现存的极少数持重视父母之命的人了，但开始时还是对他们隐瞒了语言学家这个人，她第一个拨出的是高书意的手机号。

那年，高书意辞职帮丈夫许育生打理公司，整日不是和许育生外出就是坐在电脑前一盯半天，第三种情况是开会。那天，李代佳的电话正好在高书意开会之前七八分钟到。

"代佳，什么事？"这样问着，高书意另一只手翻着资料，心里想着会议上说什么怎么说。

李代佳一时无言，打电话前的犹豫更深了，她说："也没什么事。"

高书意停止翻资料，把注意力集中到电话上："代佳，怎么了？"

李代佳听出这才是高书意的声音，说："我认识了个人，不知怎么样。"

"好事哪，只要你有意思，就交往呀。"高书意笑了，她就猜到是这种事。李代佳长得不错，对她有意思的人不少，可每次她都犹犹豫豫，要听听别人的意见。高书意的看法对她很有影响力。高书意总让她自己感觉，她拿李代佳的手按在胸口，说只要跳动了就交往。现在，高书意还是这样说。

李代佳还是以前那些话："这可不是玩的，一辈子的事。"

"一辈子，哪有什么事能定一辈子？那这辈子不是太容易了？或者说太难了。"高书意摇头。

李代佳说："家是最固定的，我想象不出家庭中途散掉这种事。"说这些时，她的眉梢爬满忧郁，好像那种事真的发生了。

高书意觉得李代佳太软弱，不适合当今社会，她不重视感觉，只重视固定，可这个社会最多的是刺激，最缺的是固定。但她恰恰喜欢李代佳这点，有时，觉得她也是自己生活里一个固定。她偶尔会揽住李代佳的肩膀，说："我帮你看看，找个靠谱的。"

但这次高书意没这么提，许育生在办公室门口招手，她点点头，拿起整理好的资料，对李代佳说："先当朋友也成，没什么大不了的。你先试着，确定有意思了，我再去看看。"

李代佳"哦"了一声，高书意摁掉电话。

李代佳静静听着手机里的忙音，她的"哦"之后还有一串话的，她想对高书意说："这个好像有点不一样。"

是的，这个有点不一样，李代佳说不清是好是坏。他有那么多话，在她面前滔滔着，用声音把她包围了。她其实不喜欢碎嘴的男孩，但他说得那样热切，让她感觉他对自己有那么多要说的，每一句都极恳切，他不在乎她的沉默，不觉得她呆板，不用她回应，只管那么说下去。有时，他问她一些问题，她还没想好怎么回答，他已经顾自说下去了，这让她莫名地觉得轻松。

这样就是靠谱吗？李代佳很迷糊，她想让高书意看看，高书意会说她的感觉，她重视感觉。在李代佳看来，感觉这东西看不见摸不着，可竟怪异地有几分靠谱。

高书意本想过后给李代佳去个电话的，竟一天天拖下去，说到底，她觉得打电话还会重复以前那些话，李代佳每次都认真对待那些话，可高书意自己烦了。

后来，还是李代佳来的电话，高书意看看桌上的台历，竟隔了十多天。

这次，高书意刚想开口，李代佳竟直接说："书意，你来见见他。"

高书意坐直身子："这个有意思了？靠谱了？"

"电话里说不清楚，你见一见。"

"你们不是才认识十多天？这次要赶潮流，闪电的？"高书意开着玩笑。

李代佳似乎听不出高书意的玩笑，认真地说："上次打电话给你，已经认识一个星期，到现在有二十多天了。"

高书意也认真了："很不巧，我后天和育生出门，明天整理些资料，等我回来，好好见一面，感觉感觉。"

"出门几天？"

"五六天吧，回来后我给你电话。"

打了电话后，李代佳想，其实，见不见也许都一样了。她不知为什么那么快接了他的花，因为他半隐在花束后的笑脸么？更不知为什么就那么让他揽住了，因为他在耳边说的那些话？那些话，作为女人的李代佳，甚至无法想象自己会出口，但他出口了。被他揽住时，李代佳弄不清自己是惊讶于那些话还是感动。

后来，高书意一直不明白自己五六天后为什么没有给李代佳电话，李代佳也没问，她们就当这问题不在。但高书意知道是在的，她想过，是自己当时不在乎李代佳。一想到这，高书意就很快让思维跳走，假装没意识到。

电话还是李代佳先打的，高书意看到号码就下意识地想找借口。

李代佳没问，却说："书意，我要结婚了。"

高书意木了，半天后说："让我见见他。"

"下午一起喝茶。"李代佳说，"天雅茶吧。"

李代佳变得陌生了，她变得很有主意，似乎有了层底气，高书意感觉她离自己远了，有了另一个世界，那世界与自己无关。高书意猛地有些不踏实，还想说什么，但李代佳说了个时间后就挂了电话。

高书意提前赶到天雅茶吧，李代佳已经到了。高书意推开包间门，看到李代佳身边坐了一个男人，以前那个位子坐的一直是她。那男人满脸笑地站起，拉着李代佳，高书意看住李代佳那只手，那原本是她拉着的。

高书意在桌对面坐下，带了自己和李代佳都难以忍受的客气的笑。

半个多小时后，高书意借口上洗手间，把李代佳拉出来，直直地问："你就嫁他，这个语言学家？"她随口给李代佳的他安了这个外号。

李代佳点头。

高书意拍拍额角："家里人见过了？同意了？"她知道李代佳对家里人的重视。

"见过了，不同意，但都点了头。"李代佳说。

高书意大跌眼镜，如果她戴了眼镜的话。

"你爱他？"

李代佳凑近高书意："我怀孕了，他的。"

七

"别说我了，我也就是这样了。"李代佳话显得无奈，口气却平静。高书意想，李代佳这点和自己差别最大，她可以很快接受现实，安然于现实，守着她的固定不怨不艾。高书意曾笑她无趣，后来才发现她比自己强大。

现在，李代佳说："你怎么样，有很多话要对我说吧。"

是的，高书意有很多话要对她说，才等不及天亮喊她过来，但出口了只剩下一句："代佳，我不知道接下来怎么过。"

"一个日子一个日子过下去，这两年你不也这样过来的？"李代佳拍拍高书意的手背。

"不一样，完全不一样。"高书意拼命摇头，人蜷成一团，缩在沙发角。

"是不太一样，会有另一种可能，说不定日子另一半会很快分给别人。"李代佳学高书意以前惯用的语气，带了半调侃的声调。

高书意知道她的意思，不接话，她指指房间："现在，我进房间几乎要咬着牙，我不想看那些照片，又不敢收，收起来，照片就在眼前晃，清楚得可怕。他——"提到他，高书意的牙齿就打战，李代佳挪过身子，靠着她坐。

高书意说："他看着我，一直看，冷冷地笑……"

"胡想。"李代佳打断高书意。

高书意表情缥缈了，喃喃说："真的，他好像知道，全都知道。"

"你以为拍电视呀。"李代佳晃着高书意的肩，努力要把她的念头扯断。

"他对我说，他早就知道——你说，怎么那么巧？这事情怎么这么怪？怎么会？"高书意的话开始颠三倒四。

"书意，我们出去走走。"李代佳不太想待在这屋子里了，已经黄昏。她起身开灯，所有的灯都打开，客厅亮得直反光。

"我也就那么说说……你也知道的。"高书意盯住李代佳，又急切又恐慌。

"知道，我都知道。"李代佳不住地点头，"这种事谁想得到？没办法的，来了，你就承着，担着，会过去的。"

"代佳，今晚你别走。"高书意揽住李代佳。

李代佳拍着高书意的背，有点为难："要不，回你爸妈家住两天，我送你。"

"不去。"高书意干干脆脆地拒绝，"他们就是不开口，也一直在提醒那件事。"

"是你想多了。"

"别走，陪陪我。"高书意恳求着。

李代佳手机响了，她起身接听。高书意不知是听到还是想象到了语言学家的声音，对李代佳直打手势，让她告诉语言学家今晚不回。

"一会再回。"李代佳忽略高书意的手势，对着手机说。

"代佳，别回去。"高书意仰起脸，更加恳切，李代佳稍稍掉开目光。

"我怎么能不回家？"李代佳声音很弱，但意思很明显。

"陪我一夜，他知道你在这。以前，你不也是总没回家，常在我家过夜的？"高书意说的是学生时代到两人结婚前那段时间。

"那不一样。"李代佳讪讪的，自结婚后，她不曾夜不归宿。

"怎么不一样了？不用这样贤妻良母吧。"高书意话里带了刺，她知道自己这样不好，苛刻了，李代佳视她的固定为生命，自己本就在固定之外，可高书意没法压抑情绪。

"阿聪在等我，我不回他要嚷的。"李代佳不在意高书意的语气。

"他有爷爷奶奶，有爸爸，你去了不也是多余？"高书意蛮不讲理了。

"书意……"

李代佳手机又响了，她说："嗯，你们先吃，差不多了。"

高书意愣愣沉默着。

李代佳伸手拿包，高书意跳起来，眉梢眼角带着亮色，说："带小聪来，让语言学家把他带过来，我请小家伙吃顿好的，今晚你们母子住这里，这样行了吧？"

李代佳为难了。

"快打电话，让语言学家给小聪带套衣服，别的我这里都有，缺什么我去买。"高书意站起身，像即刻就要准备什么。

李代佳拨了号码，说了高书意的意思，高书意听到手机那边叽叽喳喳的声音，一串一串地冒出来。

"他说什么？"高书意急了。

李代佳想插什么话，插不了嘴，干脆一手捂住话筒，留语言学家在那边发言，对高书意低声说："不肯，说把孩子带出来不像话，又不是家里带不了。"

"让他也过来，我这边房间多，床和被子都是现成的。"高书意退了让自己和李代佳都吃惊的一步。

"不好吧？"李代佳犹豫着。

"快说。"

李代佳努力在丈夫一串串的话里插了几句话，她听到丈夫的声音顿了一下。李代佳重复了一次。手机断了。

"怎样？"高书意惴惴的。

"他说，他开车来，一起去吃西餐，然后出去逛逛。"

高书意点头不迭。

手机再次响起，李代佳听了一会，眼睛睁大了，捂住话筒，说："是公公。"听了一会，再次捂话筒，"婆婆。"

李代佳的公公婆婆强烈反对带走他们的孙子，说孙子不在怎么睡得着，待在家里做什么事。他们让儿子和媳妇自己出门，孙子得留在家里。

高书意想，他们的孤独不比自己浅。

愈说愈夸张，像出了什么大事。

李代佳冲手机说："我回去。"然后，对高书意说，"我还是回家。"

高书意送李代佳。

李代佳换好鞋站在门边，高书意把包递给她时，突然抱住她，强笑着："看来，我的魅力全消失了。"

"胡说。"李代佳也笑，"姐妹的魅力能消失的？"

"姐妹再有魅力也比不上你的固定。"高书意突然望住李代佳的眼睛，说，"代佳，如果我是你恋人，今晚该能留住你吧？"

"疯了。"李代佳拍她的脑袋，嘻嘻笑，"我可没资格当你恋人。"

"要不，我们试试同性恋？"高书意咯咯笑着。

李代佳也咯咯笑着，可笑声不顺畅了，磕磕碰碰的，很勉强了。高书意感觉李代佳揽在自己腰间的手臂松了。

高书意夸张地大笑起来："看你那样……"她猛地感觉自己的

笑声也不对了。

李代佳走了，高书意仍拼命维持笑声，直到喘不过气，扑倒在地。

八

笑声断掉，高书意受惊般地跳起来，以逃窜的速度在客厅绕圈，绕得气喘吁吁，歪倒在沙发上。太静了，跑动时，她听到自己急促的呼吸声、心跳声、脚步声，现在，这些声音都离她远去，她起身继续跑。反复几次，高书意瘫在沙发上，实在爬不起来。她觉得是灯太亮了，抱怨李代佳把灯全开了，灯光在光滑的地砖上碰撞，给人一种地上到处是灯的错觉。高书意久久盯着，那些灯闪烁起来，变成眼睛，在地砖上成片地眨动。

高书意尖叫一声，扑去关灯，吊灯、壁灯、装饰灯、背景灯……一盏一盏关，剩下最后一盏藏光灯时，她整个客厅变成暗灰色，沙发、椅子、装饰架、摆设，都成了影子，形迹可疑。高书意再次尖叫，甩掉拖鞋，夺门而出。

丁丑又看到那些淡紫的指甲，已重新涂好，但指尖似乎微微抖颤，丁丑不敢确定是指尖在抖，还是夜晚的灯光不稳定。他抬起脸，高书意表情游离，也像指尖那样微微抖着。

"给我弄点东西。"高书意说。

这个时段行人大都晚饭刚过，丁丑的摊子是最清淡的，他也刚吃过快餐，他看看高书意，问："现在？"

"快点。"高书意绕到后面小圆桌边坐下。

和平时一样，丁丑烙了一块面饼，微炸了几个面丸一条火腿，端给高书意。

高书意吃得极慢，用叉子把面饼和火腿弄成一小块一小块，一点一点放进嘴，慢慢嚼，像在做一件极其困难又极其重要的事。

丁丑坐了一会，高书意似乎整个身心都沉浸到面饼和火腿里了，他走开，仍去剥火腿捏面饼。

偶尔有不喜欢吃晚饭的中学生，要了火腿面丸面饼，丁丑的炉子热起来。

打理过几桩生意，丁丑回过头，高书意还在吃，盘里仍有不少碎渣状的面饼和火腿。丁丑想起她昨晚的样子，过去拉开盘子，说："凉了。"

高书意把盘子拉回去："再给我一些。"

丁丑站着。

高书意抬头看了他一眼，说："我没吃晚餐。"

丁丑烙了两个面饼，撒了厚厚一层花生粉，把自己一瓶茶也送过去，说："茶里加了茉莉。"

高书意拧开瓶子，深深吸着，神色一下子宁静了。

超市门前热闹起来，进超市的、逛街的、摆摊的、过路的，丁丑摊前的人渐渐多了，面饼、火腿、面丸、豆腐，点什么炸什么。丁丑摊上的东西很简单，顾客却老老少少，有喜欢脆香食品的孩子、学生，也有弹算实际的家庭主妇，逛街的买点走着吃，也有把车停在超市门口，过来把东西带进轿车的。

高书意说："再来一些，随便什么。"她背对丁丑坐着，用后脑勺和他说话。

丁丑没应声。

高书意等了一会，盘子已经干净了，转过头，摊子前有五六个人，丁丑忙着。她不再喊，慢慢喝着那瓶茶。

等烤车边剩下一个学生，高书意又喊："再来点东西。"

丁丑仍没应声。

高书意走过去，说："顾客要求再弄点吃的。"

"你吃得太多，要上火的。"丁丑翻着两块面饼，低声对高书意说。

"我要吃便吃，管我买多少？又不是没货了。"

摊前又来了一对夫妇。

高书意说："要些豆腐、面丸和火腿。"转身走回小圆桌。

半天不见动静，摊前已经没人，高书意扬高声喊："快点，怎么做生意？"

丁丑耸耸肩，把东西放进锅，豆腐、面丸、火腿……

一个女人带了两个小孩凑过来，两个孩子仰着脸，争指着要的东西，边扯母亲的衣裤。母亲抱起小的孩子，又扶大的那个，让他踮起脚点东西。说话间，又围了几个逛街的女孩，喳喳喳讨论着要吃什么。

丁丑正把高书意要的面丸火腿装盘，高书意凑上前，用纸袋装了东西，递给带小孩的女人："这是您要的东西，够不够？"

两个孩子欢呼着伸手接，高书意扬了下手，把纸袋交到女人手里，向孩子示意："烫，妈妈拿着，都是你们的。"然后接了女人的钱，找了零。

丁丑目瞪口呆。

高书意不看他，冲那几个女孩笑："火腿四根？面丸呢？"她站到丁丑身边，碰碰他的胳膊，"快点，客人等着呢。"

丁丑回过神，翻弄锅里的东西，不时看看高书意。

高书意算了一下，向那几个女孩收了钱，问："这里吃还是带走？"

"带走。"几个女孩说，盯住高书意精致的妆容和服饰，特别是淡紫色的指甲。

高书意把炸好的火腿和烙好的面饼装袋，递给女孩子们，笑眯眯说："下次再来。"

"你做什么？"趁摊子前没人，丁丑问。

"玩啊。"

"这不是玩的。"丁丑说。

"那就算打工，我给你打下手。"高书意拿抹布去抹小圆桌。

"你怎么了？"这是丁丑第一次主动询问高书意。

"刚吃了你的烧烤，打工抵账，我今晚一分钱也没带。"高书意摊开双手，手里果然从未有过地没有提手包，衣服也有些匆忙的样子。

九

这晚，高书意就一直在烤摊帮忙，招呼客人、收钱、包装东西、端盘、抹桌，满脸笑意，热情周到，像孩子玩着新花样的游戏，一直处于略显夸张的兴奋之中。

十点多，丁丑准备收摊，高书意惊讶地问："这么快？街上还很热闹，等一会再收吧。"

丁丑说："超市要关了，今天准备的东西也卖得差不多了。"

丁丑以为，今晚高书意免不了想去望江茶座坐坐的，昨晚到现在，她一直不太对头，他已经准备把东西再次寄放在保安李那里。

收拾完所有东西，高书意没提望江茶座，丁丑便等她告别。

高书意说："不去望江茶座了，忙了这一晚，我才知道挣钱不容易。以前去望江茶座，喝一泡茶三十块钱，太贵。"

丁丑笑了："不能这么算的，再说偶尔去而已——那我先回去了。"

"等等。"高书意顿了一下，说，"我决定，到你的租屋去——别这么看着我，我帮你忙了这大半天，请我喝杯茶总是应该的吧。"

丁丑还想开口。高书意抱了些拿得动的东西，往前指："我记得，你的屋子朝这个方向去吧？希望别太远，站了一晚，我的脚和高跟鞋都到极限了。"

"东西我自己来。"

高书意顾自先走了。

烧烤车寄放在楼下停车处，丁丑提了东西引高书意上楼。

高书意说："楼梯窄是窄，倒挺干净的，没我想象的可怕。"

丁丑说："我不知你怎样想象的，楼梯我经常洗的。"

开了门，开了灯，高书意在门边立住了，是她没有习惯过的窄小，也是她不曾习惯过的感觉。

屋子呈长条形，进门就是客厅，客厅有小门通向阳台。客厅左边一格是厨房，估计洗手间在厨房里，客厅右边是房间，看客厅的大小就知道房间也大不到哪里去，房门垂着一领竹帘，简单清爽，让人欣喜。

客厅陈设简单，靠墙一张沙发，一张长形矮木桌，对面放着电视，电视一边放了个储物箱，箱上有个相框，另一边放着盆长势极好的富贵竹。窗边墙角垂着绿萝，高书意近前看了一下，绿萝插在大可乐瓶里，用钉子固定在墙上。绿萝长得很密，把可乐瓶遮住了，远看，绿萝像直接爬在墙上。走出阳台，排了整整一列花盆，都是凡常的花草，可都长得很好。高书意觉得哪一盆都比家里昂贵的盆栽喜人。厨房和房间都极小，厨房只有简单的煤气炉和炉具，房间除床和布制橱柜，几乎没什么余地了，可都让人觉得自在。

高书意涌起莫名其妙的醋意，问："都是你女朋友安排的吧？"

丁丑笑笑："这本是我的屋子，她租的房子是后来才退的，也没有什么好安排的，就是种种花草。"

"给我件换洗衣服，我洗个澡。"高书意说。

丁丑有点为难："回去再洗吧……"

"这么小气，我忙了一晚，满身汗，坐下来喝茶都不痛快，不就用你点水么？"高书意冷笑。

丁丑指指房间："布柜里有些衣服或许适合你，你自己找找。"

"你女朋友的衣服我不穿。"高书意说，自去房间里找。

高书意洗了澡出来，套了丁丑一件白T恤衫和一件运动裤，又松又长，像个滑稽的中学生。丁丑愣了一下，高书意像变了个人，一向精致的少妇形象不见了，突然间小了许多，弄得他有些错愕，手一动，面盆歪了歪。

"做什么？"高书意好奇地蹲下去，手指试探性地按按盆里的面。

"揉面。"丁丑说，"为明天的面饼和面丸做准备。"

"第一次见男人揉面，好玩。不过，也很少见女人揉面，我能试试？"高书意兴致勃勃。

"你揉不了，要费力气的。"丁丑双手用力压面。

"你每晚收摊回来还要揉面？太累了。"高书意感叹，她想起自己以前拖丁丑收摊后去望江茶座，他回来后再揉面，大概得忙到半夜。

面得发一夜，才能真正发透，有面的香味。

"对了，你的面饼和面丸怎么那样好吃？有独特的配料？秘密吗？能不能透露点？我保证不会摆摊抢生意。"高书意像真的变成一个初中生。

丁丑呵呵笑："哪有什么秘方，都是阿妈从小做给我吃的，最家常的东西，除了面饼和面丸上那层花生粉，没什么配料，单纯至极的东西。就是花生粉，也是阿妈自种的花生，自炒自碾碎的。要说有什么特别的，就是揉面的功夫和耐心，用心揉出面的韧劲，哄出面的香味，比什么都强，也难学也易学。"

"哄？说得那么神奇，好像面是活的。"高书意吃吃笑。

"在我们看来是这样的，用心做。"

高书意沉默了，静静看丁丑揉面。良久，说："你们活得很好。"

丁丑抬起头，高书意又变成稍显陌生和落寞的少妇，他说："水开了，你沏茶。"

高书意给丁丑的瓶子添了茶，自己沏了一玻璃杯，端着，坐在丁丑面前看他揉面，用心得像观察蚂蚁搬家的孩子。

揉好面已接近十二点。丁丑该洗澡了，他指指挂钟，说："晚了，虽说是城市，但毕竟是晚了。"

高书意猛地抬起脸，愣愣看着丁丑，一会儿，惊恐地摇摇头："不，我不回去。"她看到满地砖的眼睛，然后看见灰暗的客厅里模模糊糊的影子。

"怎么了？"丁丑吓了一跳。

高书意极快地调整表情："我今天出门什么都没带，没法进门，刚才还在你烤摊上吃白食。打的去我父母家也要近一个小时，再说，我现在去会吓着他们，得费半天时间解释，他们还要半信半疑。你知道，这种时候，他们对我总是疑神疑鬼……"

"这种时候？"丁丑不知道高书意说的"这种时候"是什么意思。

"你不会要我到大街上蹲着吧？"

十

丁丑在客厅睡，长沙发往外拉，靠背放平，变成一张便床，房间给高书意。

高书意说："不关房门行么？房间这么窄，开灯还好，关了灯，像挤在箱子里，夜又黑得那么浓。"

"真正睡得好，夜深夜浅是一样的。"丁丑说。

"我睡得不好。"高书意说，"而且房间只有一面窗，门关着不通风，我第一次夏天睡觉离开空调。"

"随你。"丁丑往沙发上铺凉席。

"竹帘也卷起，放着竹帘，空气不流通。"高书意说。

"随你。"丁丑说。

屋里很安静。

丁丑感觉到那个人影的时候，以为是做梦，他迷迷糊糊翻过身，身下的沙发响了一声，背后有片真实的热气。丁丑坐起来，差点喊出声，高书意躺在身边，这时慢慢坐起身。

确定她不是梦游，丁丑跳下床："做什么？"

高书意说："我想在这睡，房间里睡不着，黑乎乎四面墙好像一直挤着我。"

"那你睡客厅。"丁丑抬脚要走。

"别走，陪我，就躺躺。"高书意扯住他。

丁丑说："晚了，休息吧。要是确实有话，就坐起来说。"

"不知怎么说，我就想身边有个人，代佳有她的固定，陪我一个晚上都无法做决定了。"高书意表情和声音都很陌生，丁丑不太明白，但听出她哑哑的哭腔，她斜着身子怯怯躺着，说："没别的意思，我这么讨人嫌？"

"别说了。"丁丑靠墙躺下去。

高书意躺在外边，背对丁丑，面向窗户。她缩起胸，蜷起腿，把自己缩成一团，慢慢调整呼吸。她感觉丁丑也在调节呼吸，他的身子往墙边缩，高书意一点点往里挤，嘴角静静扯出一缕笑意。

静了许久，他们几乎都以为对方入睡了，高书意忽然感叹："没想到城里还有这样的月光，我不知多久没见过了。"

月光从窗户进来，披在沙发前的水泥地上，如安静的玉。

"这属于城中村，周围都是未改建的旧屋，楼层不高，又没有路灯，月光就亮了。"丁丑说。

"我整晚拉开窗帘都没见过月光。"高书意说。

"你们住的是小区吧，周围全是楼，全是灯，怎么看得到月光？"

丁丑想起他乡下那间房，自语般地描述，床对着窗，乡下的月光是纯粹的，无遮无拦，满山遍野，从窗户满进屋里，把夜风和虫鸣一起带进屋。月光凉透了，进了床帐落在被面上，双手摸去，沾满手心手背，捂在双颊上又干净又清爽……那样的夜里睡着，梦也是纯粹的，就算真有杂乱的梦，月光也帮你过滤掉了。不睡也好，双手伸在月光里浸着，听外面的虫声，才知道有那么多活物，白天看起来渐渐荒掉的田地原来是活着的……

高书意喃喃说："我见过的人没有谁会说这些，除了你，没人看得到这些。他们，包括以前的我，都以为这些无关紧要，无滋无味，甚至会认为这是不思进取。真傻，都傻，都跑偏了……"

丁丑恍惚了，听见姚婉净的声音，她在说话。也是这样躺着，看着电视就懒得进房间了。也是有月的晚上，丁丑从后面拥着姚婉净，看着地上那片月光，想象如果窗户大一点，月光爬得远一些，爬到沙发床上，两人就都在月光里了。

姚婉净摇着丁丑的胳膊，说："窗外要是一整片灯光就好了，大大的窗户，看城市成群成片的灯亮着，该是多美的事。"

丁丑笑了笑，说："月光是最美的，灯就是那样了，那么多挤着拥着，月只有一个月。婉净你仔细看，又静又清爽。"

姚婉净胳膊肘娇嗔地捅捅丁丑："说得倒好听，是冷清，一点热气也没有，我老家荒田地上的月光都静得瘆人了。灯光多好看，热乎乎的，要是能躺着看见城市成片的灯光，我就想那些灯后面的人还没睡，还过着夜生活，多精彩，城市的生活花彩得想都想不到的。偏偏是这暗蒙蒙的月光，让人一看到就想起外面黑乎乎的屋顶，屋子又破又窄，挤在一起，天，城市里怎么还有这样的地方？"姚婉净几乎哽咽了，"我们被城市忘掉了，垃圾一样堆在这里，城市里有那么多灯，这里一丝光都看不到。"

丁丑轻拍姚婉净的肩膀。

姚婉净猛地转身面对丁丑："我们什么时候能躺在床上看见城市的灯？那时，我们也开着灯，也成为城市里的灯，说不定也有别人躺着看见我们的灯了。"

两人又要绕回去了。丁丑不说话，只在胳膊上用了力，拥紧姚婉净。姚婉净挣着身子，头往后仰，丁丑看见她微蹙的眉头和半鼓起的颊。

姚婉净的面容很清晰了。丁丑抬了下脖子，目光触碰到电视旁储物柜上那个相框，他感觉姚婉净在相片里看着他，怒容满面。

丁丑下意识地看看高书意。

不知什么时候，高书意扯了他的胳膊枕着，丁丑稍稍用力，胳膊被拉得紧紧的，扯不出。高书意咧着嘴，无声地笑。

丁丑呼吸变得小心翼翼。

许久，高书意一动不动，肩背均匀地起伏，睡熟的样子。

丁丑轻轻抽着胳膊。

"别动了。"高书意扑哧一笑，说，"真那么小气，还是我的脑袋那么重，承不住？"

丁丑不说话，高书意感觉脖子下的胳膊不安静，也感觉得到背后的身体还在往后缩，努力拉开距离。高书意说："没必要这样，你没欠别人什么，谁对谁都没有绝对责任，你以为有什么责任或道德牵扯，人家不定需要你这样。我都看到了，凉水摊一直空着。"

胳膊往外抽，用力了。

高书意冷笑一声："躺已经躺了，又怎么样？再急着做样子，反而造作了。做样子给哪个看？"

"胳膊木呆了。"

十一

醒来时，高书意感觉极好，是能清清爽爽睁开眼，啪地坐直身的清醒，很久没有这样的起床状态了。她起床总是很黏腻，没法彻底清醒，也没法彻底地再入睡，往往就那么躺着、翻着，最后昏昏沉沉爬起。

"起床这么好。"高书意夸张地伸着懒腰。

"好像你没起床过。"丁丑从厨房出来，一手端盘一手端碗。

高书意看着他，想，原来早晨是这样，这样的笑，这样的声音，这样的眼神。

丁丑把盘碗放在矮桌上，把活动床还原成沙发，又挪好矮长桌，放了两张矮竹椅。又进出厨房两次，矮桌上的东西就安排妥了。高书意也刷了牙，捧着水草草洗过脸。盘子里几个馒头，从中间切了道缝，馒头边叠了几个焦黄的煎蛋，小半锅粥，另外，一碟咸菜，一碟花生，一碟萝卜干。

丁丑说："早餐，就家里有的这点东西准备了。"

"比以前所有的早餐都能引起我的食欲。"高书意拍着手。

丁丑翻开馒头的切缝，夹了煎蛋，大咬一口，再夹点咸菜，最后喝口稀粥。他冲高书意扬扬下巴："这样吃，怎么都吃不腻。"

高书意用馒头夹煎蛋，学丁丑的样子就咸菜，然后喝粥，大呼"痛快"。

"又不是喝酒。"丁丑笑了。

"喝酒一点也不痛快，是人们觉得痛快，伪痛快。"

"印象里，喝酒就是和痛快扯在一起的，他们告诉自己，这是在喝酒，是痛快，或者是豪爽，或者是悲伤，于是，他们就真觉得是那样了。"丁丑接高书意的话。

高书意抓筷子和馒头的手拍起掌："有见识，我们是社会批判家，哈哈。"

"不是批判，是偏离正路。"丁丑说，"人们认为的正路。"

高书意认真看丁丑："你和我原先认识的不一样——"这真是一个正常的早晨，起床，在窗前吃饭，扯扯闲。她想起自己那些半醒未醒的早晨，爬起床后在洗手间一道道程序地洗脸，坐在镜前，打开化妆盒，拧开瓶瓶罐罐，涂、抹、描、画，然后……然后怎么样？这几乎是近几年高书意每天必问自己的话。原来可以睁眼下床，用一捧水洗脸。

丁丑说："先不算认识。"

高书意突然有点不自信，她摸摸双颊，说："身边什么也没带，这张脸不知成什么样了。"她往后挪挪椅子，冲丁丑抬起脸，"我脸怎么样？"

"什么怎么样？"丁丑认真看着。

高书意又往挪挪，声音怯怯的："你别使劲盯着，就说怎样。"

"没怎么样，眼睛鼻子嘴巴都在，还是那个形状。"

"说正经的，脸色是不是很差？皮肤苍白浮肿？眼眶发黑？双眼无神？"

"没感觉，洗了脸，看起来比昨天干净清爽。"丁丑实话实说。

"干净清爽？"高书意双掌扣住颊，喃喃说，"你是说比昨天还好？"昨天，李代佳和语言学家坐在客厅，她是进房细细化了妆的。

"房间有镜子，吃完自己去看——来，告诉你炒花生怎么吃最香。"丁丑掂两颗花生丢进嘴，再掂一点萝卜干，说，"一起嚼，咸、润、香都有了，加上稀粥。以前，老人嚼不动，把花生萝干放石碗里一起捣。自己嚼着，更是不同的感觉。"

高书意学他的样子，嚼，眯起眼点头："你挺会讲究的嘛。"

"阿妈教的，小时候家里没什么像样的菜，阿妈炒了自种的花生，切了自家腌制的萝卜干，教我这样吃，我能一连喝下几碗粥。"

高书意嘻嘻笑着："你多大了？总'阿妈，阿妈'的，面饼面丸是阿妈教做的，连吃东西也是阿妈教的。"

丁丑沉默了，看起来又不像生气，若有所思的，像掉进某段回忆或某种情绪里，高书意不敢轻易吱声了。

"是，都是阿妈教的，日子里所有的简单和精致，包括宁静。"

他记得自己是哭着跑回家的，七八岁的样子。伙伴不知怎么吵起来了，莫名其妙地提起他父亲，通过父亲伤害他。他们指住他说："你没有阿爸，你阿爸死了。"

"丁丑没有阿爸。"附和的人愈来愈多，熟悉的脸和笑容变得狰狞。

丁丑愣了，无力还击，这是事实，毫无疑问，他们都有一个阿爸，自己没有，好像这是他无法遮掩的羞耻和过错，他充满莫名其妙的羞愧感，并因这羞愧急速变得自卑。除了跑回家，承认自己彻底失败之外，丁丑毫无办法。

丁丑的诉说和抽噎声零零碎碎，但阿妈听懂了。阿妈给他抹了泪，把他带进里间，指着墙上一张黑白相片："阿丑，这是谁？"

丁丑看看照片，再疑惑地看看阿妈，疑疑惑惑地说："阿爸。"

"是阿爸。"阿妈蹲下，望住丁丑的眼睛，"你有阿爸，他天天看着你。"

丁丑抬起头，那人在照片里，平和的眉眼，平和的笑意，像能看见自己。他抹抹眼："可他们说……"

"别管他们说什么。"阿妈抚住他的额头，"有就是有。只是你阿爸先走了，他走得比别人快，他们没看见过他，所以觉得没有，他们只是不知道。"

"阿爸为什么要走？"丁丑还是怨，"他们的阿爸都不走。"

"他也不想走，谁也不想让他走，可这是没法的事，不是谁的错。他们的阿爸也会走，谁都会走的，只是有人先走有人慢走，没什么奇怪的。你阿爸先走，他一个人走着，比别人更了不起。"

丁丑听不太懂，问："阿爸去哪里？"

"另一个地方，没有走的人是不知道那地方的。"丁丑记得阿妈说这话时表情很远。

"我还能见到阿爸？"

"能的，有一天你会见到他。"这句话，阿妈说得很肯定。

后来，丁丑梦到了阿爸，果然是照片里那个人，他高兴地想，阿妈没骗人，我见到阿爸了，可总是在夜里。

长大后，丁丑明白了阿妈"见到"的意思。

高书意用筷子碰碰丁丑的手背，说："真想见见你阿妈。"

丁丑回过神，笑笑："你还是回家换个衣服。"

高书意低头，自己仍穿着丁丑的衣服，这衣服穿着真舒服。

十二

高书意换了自己的衣服，很快出门。

丁丑追出去，高书意已走到楼下大门边，丁丑立在楼梯上喊她，她转头仰脸，问："有事？"几乎有些欣喜。

丁丑说："带点钱坐车，至少得到你父母家。"

高书意恍然，倒忘了这事。重新上楼从丁丑手里接过钱，明显有点失望："我以为试工过关，要留我打下手呢，借用下你手机吧。"

高书意给哥哥高书礼打电话，他单位离这不远。让他绕到父母家，帮自己拿钥匙——她房子的钥匙留了一套在父母家的。

约在附近某家高档服装店等。高书意试了半天衣服，终看见哥哥的黑色轿车停在门口，她迎出去，哥哥下车朝自己走来。车窗关着，他开门的一瞬，高书意瞥见车里一个人影，她没看清楚，但可以肯定不是嫂子。高书意就停了步子，等哥哥走过来，她认定自己在哥哥眉间捕捉到一丝不自在。

高书意本想让哥哥带自己一程，他晚点去单位没问题的。现在，她只向哥哥要了点钱，买下刚刚试合意的两套衣服。哥哥掏着钱包说："单位刚好有点急事，你打的回吧，我和你嫂子找个时间去看你。"把钥匙和钱给了高书意，匆匆走了。高书意走回服装店，透过玻璃门，看见哥哥迅速打开车门并迅速关上，没错，车里是有个影子。

高书意突然不想买衣服了，拦了辆车，直接回家。

进了门，高书意直奔房间，拿了个较大的手提包，往里面塞了两套衣服，然后感到莫名其妙地问自己，这是做什么？真要回父母家？不回。她把包扔在床上，不再深想。

她进洗手间补洗脸、保养，这方面她可从未省略过。手指划过那些瓶罐，她突然失去耐性，太麻烦了。最后，她只挤了点洗面奶，简单清洗一下，按摩、拍打、磨砂全省略了。打开化妆包，本来该眼霜、爽肤水、润肤霜、粉底、画眉、眼线、睫毛膏、腮红、唇膏一样一样来的，她每天可以在这上面花很长时间，这些程序完成，早上剩下的时间也就不多了，这让她高兴，她总尽可能把这个过程拉得长一点。况且，缺了哪一点，她都觉得那张脸带不出门。

今天，她只弄了点眼霜，拍上爽肤水，抹点润肤霜，就起身换衣服，然后走了，提着刚刚收拾的大手提包。

走到房门口，她想了想又转身回去，用眉笔稍稍补了眉尾，拍点粉底。化妆习惯了，要真正素颜走出去，还是不习惯。

后来，走到客厅的高书意又回了一次房间，加擦了睫毛膏和浅色的口红。末了，检查过手提包，确定小套装的化妆品在里面，才真正出了门。

丁丑打开圆桌，有人伸手接了放好，丁丑抬头，高书意又来了，极少见的一身休闲装，丁丑一时有些木。高书意说："别这种表情，我来还钱的。"说完，真打开手提包翻检起来。

丁丑不睬她，顾自安排烤摊。

"要是不收钱，就收下我这个打工的。"高书意绕过圆桌，站到他面前。

"别闹了。"丁丑低头捏面饼。

"不是闹，你以为我做什么？撒娇？"高书意一副不说清楚不罢休的样子。

"我的烤摊一人足够。"

高书意把手提包塞进烤车边的木箱，搬出火腿，一根一根剥包装："我来了，生意会再好一半的。"

高书意打开木箱拿东西时听到手机铃声，擦擦手打开手提包，是李代佳，在这之前已有两个未接来电，也是她的。刚好从超市出来的一家子围到烤摊前，高书意把手机扔回手提包，盖上木箱。

招呼着顾客，高书意想象手机在木箱里唱歌，便有忍也忍不住的笑意。她没空接电话！这感觉很新奇，几年没有这感觉了。这几年，她确信自己得了手机强迫症，常神经质地打开手机，查看空无一信的邮箱，或看过无数次的通话记录。有时，手机在手提包里安静着，一天，两天，她便莫名地烦躁、发慌。终于响起，竟是垃圾信息，她手里的手机就扔出去了。

她觉得手机一直在箱里响，笑意一直灿着，丁丑忍不住低声问："真觉得这么好玩？"

高书意说："好玩。"想了想又说，"不单是好玩。"

李代佳来了，半隐在路边树下，不远不近看着高书意，看她穿着那身爬山才穿的休闲服，显得匆忙又快活，很陌生。站了许久，烤摊前总陆陆续续有人，高书意一直没抬头往这边望，就是没人，她也就凑在丁丑身边，不知说些什么。

李代佳只好走上前，指住高书意："好啊，电话也不接。"

高书意对丁丑说："我朋友，李代佳。"

丁丑点点头，他有点印象，和高书意一起来吃过东西。

"这里太闹，接也不方便说话。"高书意耸耸肩。

李代佳拉住高书意，结着舌头："你、你卖火腿面饼？真对他？你当初不是……"

"反正闲着。"高书意忙截住李代佳的话，把她从丁丑身边拉开，两人走到树下。

"书意，你怎么了？对他……"

高书意说："先别提这个。"

"就算太闲了，也找点别的事干，你竟站在油锅边，让油烟伤害皮肤——哎呀，你今天没擦隔离霜！"李代佳手指碰碰高书意的颊，几乎惊叫了。

高书意指指丁丑，说："油烟伤皮肤？看看他，你会相信油烟是护肤的。"

李代佳朝烤摊看了一眼，看不到丁丑的肤质，但他的皮肤怎样，李代佳很清楚，瓷器般滑实发亮，偏麦色，是杂志封面男星PS后的状态。

高书意还要回烤摊，李代佳说："我今天专门丢下男人和儿子来陪你的，你别这么重色轻友。"

十三

"轻松周末"休闲吧的秋千椅上，高书意和李代佳静默很长时间了，各喝去半杯果汁。服务生送来荷叶饭，李代佳掀着荷叶，才开口说："不会真动心了吧？"

高书意也掀着荷叶，不抬头："你说什么呢？"

李代佳认真了："书意，你别又冲动了，别忘了当初你把这当成什么的。游戏，这是你自己说的……"

"我知道。"高书意匆匆说。

"你爱新奇，好玩，讲究感觉，可有些事还是得认真的。"

"我很认真。"高书意放下勺子，"就是太认真才总觉得不安稳，是你不认真，你所谓的固定……"

"别扯我身上来。"李代佳知道高书意又要提丈夫的事，摆摆手，"你也该找个固定，人总该有点固定的东西，那么飘着，晃来晃去，心就虚了。你既然记得自己当初为了什么，就别顺着什么虚无缥缈的感觉走，这东西让人迷糊。我重复一下，游戏。这是你当时的原话。"李代佳说完了，盯住高书意的汤勺。

高书意的汤勺在饭里搅来搅去，烦躁不安，看到李代佳的眼光，她丢了勺，说："别这么上纲上线，我怎么了？实话告诉你，我就是把他当成另一个李代佳。你有你的固定，我话都说到那种程度了——当然，你有语言学家，我是不该和他争风吃醋的。"

李代佳扑哧笑了："真像个孩子，这有可比性？我就是待在丈夫儿子身边，有时也还是自己一个人，也会孤单。"

"你可以忍受，我不能。"高书意低下头。

"别说忍受，没有这么严重。"

"代佳，其实你比我乐观坚强得多。"

"难得我们的高小姐有这样的低姿态。"李代佳试着用开玩笑的口吻，然后转口说，"反正，你记得自己的话就好，再怎么说，他也不可能是你的固定。"

高书意哼了一声，想问李代佳，什么才是她说的靠谱和固定，全社会都一个看法的那种？但她不想争这个问题，她说："我说过了，他只是另一个李代佳。"

"我怎么觉得这不是真话？连你自己都以为是真话的假话。"李代佳不依不饶。

高书意不耐烦了："你愈来愈像语言学家了，在他面前反而没了声音。反正不会的，这个时候不可能会。"

"这个时候是什么时候？你别老提这个时候，别老把毫无关联的事拉在一起。"李代佳伸手抓住高书意的胳膊，晃了晃。

"太巧了，事情怎么会这么巧？"高书意喃喃着，"所以，这个时候……"

"又来了，你拿这个时候惩罚自己，也拿它做借口。快扔掉，要不它就变成你的神经障碍了。固定最重要，你的固定没了，得找新的，这和良心没什么关系。"

"良心？"高书意抬起头，愣愣看着李代佳，"我现在哪有什么良心？"

"愈说愈离谱了，我们怎么说起绕口令来了？"李代佳不想深入这话题，她扒着饭，匆匆说，"别胡想了，去洗头吧。"

"好，去洗头。我们这种人，也就弄弄头发，做做美容。"

仍是雅兰发城。刚进门，二号就迎上来，举起双手嚷："天啊，高美女一个多星期没来了，我以为你抛弃我了，正伤心。"

高书意说："怎么舍得？今天有空闲坐着？"

"为了你呀，有预感，专门等你来——李美女，四号正剪着头，等你洗完发，刚好轮到你。"

李代佳点点头进去，剪着头发的四号转脸招呼了一声。

二号端了两杯水，递给高书意和李代佳，边高声喊着给她们安排洗头妹。

到雅兰发城前她们就打听了几个手艺较好的师傅，二号和四号是其中两个。李代佳对高书意说："二号实在太热情，特别是对你。"

高书意说："你那个四号原也挺热情的，一定是被你的阿聪吓坏了。"说罢吃吃笑。每次剪发，李代佳都要提起儿子阿聪，她和剪头师傅乐此不疲地谈论可以给她的孩子剪什么发型，打开手机里儿子的照片请剪头师傅欣赏，津津有味地讲儿子的趣事，俨然是一个心无旁骛的贤妻良母。

高书意说："没必要这样吧。"

李代佳说："这是断人念想，我可要好好过日子的，日子最好是一路到底，不生什么旁枝。"

"夸张，你就知道人家有念想，怎么就是旁枝了？"高书意不同意，她一向和她的剪头师傅有说有笑，"彼此轻松一下也好啊。"

"反正你那些师傅热情太过，现在真令人惊讶，男色社会了。"李代佳感叹。

高书意说："当今社会奇怪的事太多，也就没什么奇怪的了。"

二号和四号来了。

二号对高书意说："你发长了，修修？或换个发型？"

"今天吹干就行。"高书意突然想留头发了，不想再一个月两个月地变发型。

"那怎么行？"二号歪着头，弄出一副很夸张的表情，"我有个新发型，专门为你留着，你没剪，我都不敢先给别人剪的。"

"怎么敢误你生意？你留给别人好了。"

"你这样的头型、脸型，精致的五官、气质最配那个发型了，留给你才不浪费我的新发型，你能将我的发型发挥到最美，算是给我打广告了。"

高书意转头和李代佳对视一眼，看到彼此脸上隐忍不住的笑意，她们心照不宣，知道二号接下来要说什么。

果然，二号优美地叹了一声："有你这样美丽的女友，你男朋友真有福气。"

高书意和李代佳终于忍不住笑出声，然后，高书意又猛地敛了笑，满脸难堪。她和李代佳从对方的目光里感觉到彼此又想起飞丝坊的五号。

十四

以前，高书意和李代佳习惯去的发廊是飞丝坊。

也是朋友的推荐，高书意和李代佳点了三号和五号，在柜台报出这两个号数后，五号的出现快得让人吃惊。李代佳立即后退一步，凑在高书意耳边："这个帮你剪，我点三号。"

事实证明李代佳有先见之明，三号站在椅子边点头微笑，衣着发型算新潮，但和五号相比朴实得多，用李代佳的话说，正常得多。

五号猛地站在面前，高书意感觉哗的一声，周围热闹了。用流行的话说，他很帅气，或者说给人帅气的感觉，他的服装、发型、表情、站姿都表示他是帅气的、时尚的。现在，高书意已经回忆不起他的眉目眼鼻，只记得一团哗哗响的热闹。高书意对李代佳说，她怀疑自己从来没有看清过五号的五官。

发吹至半干后，五号放下风筒，左左右右看高书意的头，不时撩一下她的发。

高书意说："我头发这么难处理？"

"难，太难。"五号摇着头，说："美女这样的好发，这样的好长相，我不敢随便下剪子，最精美的发型才配得上你。"

高书意对他夸张的表情感到不舒服，却忍不住笑了："真会说话。"

"我只是说出真实看法，难得碰上这样的顾客，我高兴。"五号一本正经。

后来，高书意说："他那种口气和表情，我几乎要信以为真了，虚荣确实得到很大的满足，甚至产生了莫名其妙的信心，觉得要做点什么。怎么说呢，就像上学时看了某些励志书，无目标地热血沸腾。"

五号边一剪一剪地修头发，边一句一句地聊，高书意应也好，静也好，他热情的语调不变。后来，高书意和李代佳总结过，那些话半夹着拍马屁半夹着掏高书意的底，不知不觉间，他对高书意的情况似乎了解得太多了。李代佳笑着说："还是三号清静点。"高书意说："也不一定，三号开始也是问这问那的，你接了语言学家两通长电话后话就少了，语言学家这招用得好啊，嘻嘻。"

说笑归说笑，三号和五号刀工确实不错，高书意和李代佳是很满意的，到飞丝坊还点他们两人。每次去，只要五号手里没活，都会迎出来。时间稍隔得长点，五号便说等太久，说高书意会不会换了发型师。高书意确定没听错，那话里竟有些娇嗔的味道，她打个冷战，手臂爬满鸡皮疙瘩。怪的是，高书意无法否认，这些话又让她莫名欢喜。她对李代佳说："那个时候，你会觉得自己很重要，很无聊吧，我已经变得这么无聊了。"

五号会说他有新发型，专门等着高书意。高书意让他留给别的顾客，他说，好发型不舍得随便出手，只有高书意这样的容貌、气质、头型、发质才配得上，才能让他的新发型更完美。"哎，有你这样的女友，男朋友该笑得牙齿都掉了吧。"那话和现在的二号说的如出一辙，现在听了，高书意会笑。那时，高书意从镜子里看见自己眼里有无法掩饰的光辉。

五号开始要高书意的手机号，她不肯，柜台开卡时高书意是留了手机号的，没必要再留给他私人。

五号说他重视顾客，希望随时了解顾客的反馈。

高书意说："我来洗头就能反馈了。再说，柜台电脑留着，你可以查的。"

"我尊重顾客，不想私自去查，顾客亲自给我手机号才好。"

高书意又听出那种娇嗔味，再次打寒战，沉吟不响。

"除了反馈，主要是有新产品、新发型、新活动能及时通知，凡常的活动店里会群发，一些比较高级的优惠活动，只专门通知高级顾客……"

最后，高书意在他递来的名片上写了手机号。

当晚，五号就来了信息，问她对今天的发型是否满意。

高书意没回。

五号的信息一直没断，隔三岔五，开始是关心她的头发，说些保养的小建议，或是发型与服装搭配的小窍门，很专业的样子。高书意对信息笑笑，仍没回。

慢慢地，除了与头发相关的信息，他开始发些天气情况，从天气关心到她的心情，据他信息里说，天气会影响心情。高书意没回，她对李代佳说，也不是故意不回怎么的，就是不知说什么，回谢谢的话也无聊。五号似乎也不在意，继续发。只在高书意和李代佳去洗头做头发时，问她："有没有收到信息？"

高书意点头，说："谢谢。"

那时，五号为她剪着头，背对镜子，高书意看不到他的表情。

后来，高书意总想，要不是那天自己一个人，在那样的时间去飞丝坊，直到现在，她还会在飞丝坊？五号还在给她发短信？

那天早上，天阴阴的，高书意醒来，半开的窗看不到阳光的影子。拨了两个电话，对方都在通话。她又拨李代佳，李代佳说，今天公公生辰，得待在家里。

高书意赌气地说："他生辰，有你婆婆和语言学家还不够？你就不能走开？"

李代佳说："要不，你过来一起午饭？说不定我忙着的时候，还能帮我看看阿聪。阿聪会坐了，不难带的。"

高书意说："你这不是开玩笑吗？"按掉了手机。

高书意出门闲逛，想来想去，只有洗头和美容可以花掉半天时间。飞丝坊在附近，她就绕过去了。

不到十点，飞丝坊还没有完全开业，只开了提拉门中间的小门，高书意愣愣地站在门边。一只手突然把她扯进去时，她几乎尖叫起来。

是五号。飞丝坊内只开了盏壁灯，光线朦朦胧胧的，五号的表情欣喜得有些过分。

高书意稍尴尬地说："刚好逛到这，快十点了还不开业？"

"快了，晚上歇业歇得晚，开业也晚。你来得刚刚好，今天我当值，先过来开门。洗头工还没来，我帮你洗头吧。"

高书意想退了。五号往洗头间比着手势："放心，我当过洗头工，功夫不差的。"

高书意想，推辞反小气了。

十五

洗头间开着壁灯，稍暗。

五号什么也没问，竟能找出高书意的洗发水，试过的水温也合适，高书意有点惊讶，想称赞两句，不知怎的却没出口。很安静，她突然觉得说话突兀了，一向极多话的五号也一声不出，好像洗头比剪发复杂得多，需要极用心，无法闲聊了。

不得不承认，五号是专业的，用指头的肉按压，劲足又舒服，不像一些洗头工，拿指甲直挠，头皮痛不说，让人担心头发会被揪掉，或者某个指甲裂开伤了头皮。高书意感觉到五号不像在洗头，像做头部按摩，她享受地闭上眼。

只是太安静了。五号把洗发水打出泡沫后便关了水，高书意听到自己的呼吸声，也听到五号的呼吸声，还有泡沫极轻微的响动，她有点不习惯，动了一下头，五号双手轻轻用了力，端正她的头。

五号的手顺后脑勺下去，揉捏颈部。泡沫使高书意的脖颈和五号的手都变得极滑，那只手稍用力地揉捏一阵，然后轻轻摩挲。高书意的毛孔嗞嗞地收缩，一股怪异的感觉从脚底爬蔓上来。高书意稍稍抬了下头，五号一只手轻轻按住她脑顶，另一只手仍在脖颈处揉捏。高书意想，这是程序，每次洗头都这样。这么想着，她就躺好了，笑着对五号说："你当洗头工时间不短吧，功夫专业。"

五号说："主要是感觉，要看对什么人的。"他的声音有些缓，有些哑。

高书意又不知该说什么了。

她感觉到满是泡沫的手顺到耳根后，揉捏着耳郭、耳垂。高书意再次对自己说，这是程序，每次洗头都要洗洗耳朵。但是不对头，太轻了，那只手揉捏的力度轻得不像程序。高书意的肩膀缩了一下，毛孔再次收缩，忍不住说："好了，冲水吧。"声音竟有些哑。

冲过水，包好了毛巾，五号拿来棉签，要帮高书意清洁耳朵，仍是程序。高书意啪地坐直身，说："不用了，我一向省略这个，棉签捅在耳朵里，怪怕的。"

坐在镜前吹着发型，五号的话仍很少。高书意不住盯那个小门，她认定大半天过去了，收银台的小妹才终于走进理发店。一进理发店，小妹便大喊："五号，客人都来了，还不开大门？"高书意绷得紧紧的一层毛孔散开了，轻松无比。

那次以后，高书意一定在店门大开，客人来来往往时才进飞丝坊，那样的时候，五号还是很爱说话，还是那种酸得倒胃口又甜得发腻的话。只是他的信息关于头发之外的话题多起来，高书意仍没回信。他甚至偶尔打个电话了。

电话高书意是接的。五号在电话里像变得客气，正式地问好，说说店里的新活动，或让她有空去试试新产品。高书意也礼貌应几句，她对李代佳说："至少，我手机响的次数多了些。"

李代佳说："你不安生。"

"什么不安生？我的日子老实得要睡着了。再说，就是客气地通通话，人家也是做生意。"

李代佳不置可否，但高书意看出她是不以为然的。

后来，高书意想，李代佳其实没错。

他们有了打破客气的通话。

那天晚上，丈夫几天前说好要回来的。高书意下午做了美容，洗了澡，重新化了妆。她沏一杯红茶，坐在厅里慢慢喝，边看着电视，估计半个小时，最多一个小时，丈夫会踏进门，她想象自己迎上去，让他看到自己，状态最好的自己。

手机响了，是丈夫。高书意按接听键时，心已惴惴。她默着，听丈夫说话。丈夫"喂"了两次，高书意"嗯"了一声。丈夫说："有件急事，回不了。"

"明天才回？"

"可能要出门几天。"

"那就是回不来了？"

"事情是刚刚赶上的，本来到机场了，今晚你先自己吃吧。"

"我每晚都自己吃，回不来就直说，绕这么多圈子……"高书意把手机扔出去。

她没想到手机质量还行，扔在沙发角的手机又响起来。她扑过去，想扔远点，号码不是丈夫的，是五号的。丈夫已经赶他的事去了，哪有工夫和她玩赌气游戏？高书意按通电话，想也没想便烦躁地说："不去做头发！"

五号愣了一下，说："不是找你做头发，一起喝茶吧。今天轮到我休假。"

高书意也愣了一下："喝茶？"

"我知道一间茶吧，环境挺好，还有地道的小吃。离飞丝坊就两条街。"

"你在飞丝坊斜对面步行街等，我开车去接你。"高书意想也没想就说，抓了手包，奔到门边穿鞋。

茶吧包间很小，没有高书意习惯的那种钢琴式的气氛，但还算精致。如五号所说，小吃味道不错，气氛还好，若明若暗的灯光，若有若无的音乐，连五号的脸面也有些若即若离。气氛是太好了。他们一直换茶，不知喝了多久，说了很多话，全跟头发无关。高书意想，这已经不是程序了。

后来回忆，高书意怎么也想不起，五号是怎么绕到她身后的。他绕到高书意身后，未等她反应，双手轻轻拥住她，凑在她耳边："给我租个地方吧，店里的宿舍烂死了，又不方便。"

高书意唰地立起身，头撞了五号的下巴。高书意脑顶很疼，但看起来五号疼痛得更厉害，靠着墙疼得龇牙咧嘴，花哨的服装和表情让高书意反胃。她在桌子上丢下一些茶钱，夺门而出。

高书意对李代佳说不再去飞丝坊了，李代佳似乎明白些什么，说："随你。"

关于五号的事，高书意没具体对李代佳谈过，只意思性地说几句。李代佳明白了，想起她一个年纪稍大的朋友，给一个剪发的年轻人买下一套房子。她说："这年头，男人怎么了？"

高书意说："那是男人么？不过，女人也不是女人了。"

两人便换到雅兰发城，一直到现在。二号热情是热情，还是有个度，高书意笑着说："主要是我立场坚定。"

两人走出雅兰发城，二号直送到门口。

李代佳回头看看二号，凑在高书意耳边说了一句话，高书意顿时满脸怒容，瞪着李代佳："你说什么呢？"

李代佳忙讪笑着转换话题。

十六

走了一段，高书意脸上的不悦仍没散。李代佳耸耸肩，高书意的情绪化她是习惯的，但今天有些较真，李代佳有点担心了，她拍拍高书意的肩："好了，晚饭陪你吃，我给家里打个电话。"

"不用了，我有事，你先回家。"

李代佳睁大眼睛。

"我真有事。"高书意笑笑，虽然还有些心不在焉，但也没有怒色了。她想对李代佳说："你这个稳妥的理智者，只碰上语言学家时昏了头脑。"终于没说。

李代佳的车远去，高书意转了方向，朝丁丑的烤摊走。

远远看到烤摊，摊前围了好几个人，高书意站住了，看不到丁丑的人影，但想象得出他怎么炸火腿烙面饼，怎么微笑着递给客人，想象得出他清润得令人吃惊的眼睛，在这干燥的城市里多么与众不同，还有嘴角的笑，泉水一样清澈。

高书意急急地转身。

"小白脸。"李代佳说，"烤摊的丁丑会不会也是这样的小白脸？他可更有资本。"在雅兰发城门口，李代佳指着送出来的二号说。李代佳说这些，带着对高书意的担心和提醒，她不是尖酸的人，但高书意那刻觉得李代佳刻薄得让人冒火，她变了脸色，紧揪住手提包的带子，抑制自己发火。最后，她发现自己更多的是对自己发火。

高书意回父母家，告诉自己，明天是父亲生日，今晚先回去住一夜，她知道明晚哥哥也会带一家子，一起过去意思一下的。

这两年，父母的生日她一直记得很清楚，不管怎么样，至少算一件事。但现在，她假装是突然想起来的，几乎有些急切地离开烤摊。

母亲开的门，不等高书意换鞋就拥住她，胳膊稍用了力，手在她肩背拍着，父亲走出来，朝她默默点头，表情严肃。高书意斑驳的情绪哗哗往上涌，提醒自己处于什么样的状态中。她本来以为自己好许多了，可母亲的拥抱和父亲的表情告诉她，她应该还处于糟糕之中。

换了鞋，高书意在客厅坐下，准备沏茶。母亲说："你去休息一下。"声音低沉，表情比父亲更沉重。高书意啪放下杯，点点头。走进房间时，心情已降到冰点。

晚饭很沉闷。家里的饭桌一向是闷的，高书意从小习惯了，但今天又闷得过了头。母亲不住往高书意碗里夹菜，她尴尬地说："吃不下了。"

父亲说："吃，怎么都要吃一些。"

高书意真的全无胃口了，站起身说："我饱了。"她离开饭桌到客厅泡茶，感觉到父亲母亲的目光粘在自己背上，又沉重又怜悯。高书意步子几乎要迈不稳了，到处都在提醒她，让她记住那件事。

饭后看新闻，父亲一个同样退休的老友来访，他们便喝着茶，阔论时事，争先表露对天下大事的观点。母亲仍回房间看连续剧，她曾打开门，招高书意进去。她坐在床上，拍着床垫，让高书意一起看连续剧。高书意摇摇头，说要先洗个澡。

一点也没变。父亲在职时总是出门，一副要事缠身，世界缺不了他的样子，家里是不敢拿小事烦他的。偶尔在家，必端坐客厅，电视里永远是时事，几乎毫无例外地有客人，高谈着时事。

当他们稍凑得近一些，低声说着什么的时候，高书意就知道一定在谈单位里的时事。如果不和姐妹出门美容，母亲总在房间里，看那似乎永远不会结束的连续剧，那些连续剧都感情丰富，高书意在房间外都听得到里面哭一阵，笑一阵，又喊一阵的。高书意的印象里，极少有父亲母亲坐在一起谈话的情景。就是夜深了，客厅的时事关了，母亲房里的连续剧静了，高书意偶尔出来喝水，也总见书房的灯亮着，父亲在赶他的总结和讲话稿，母亲房里的灯早灭了。高书意曾很好奇，父亲最终会灭掉书房的灯，然后走进母亲房里，在她身边睡下么？有一段时间，她被这个猜想折磨着，终不了了之，因为她总在书房的灯灭之前睡着了。醒来的时候，父亲总是已起床，半躺在客厅沙发上看报纸。

高书意进了自己房间。这个陪伴了她二十来年的房间怪异地显得陌生，母亲每个星期都让清洁工打扫过，衣橱里仍有很多衣服，大都还能穿出门的。高书意整理稍显得凌乱的书架，竟找出不少美术鉴赏方面的书，还有一本临摹本，全是自己的速写。高书意就势坐在地板上，慢慢翻着，看那些年代久远的线条，想起一些变得久远的东西。

高书意曾疯狂地迷上画画，母亲给她报过无数的美术学习班，水彩、素描、国画、油画，高书意统统涉及过。她还记得，在一个渴望当科学家的小学同学的同学录上写过这样的豪言：希望以后我这个画家能拜访你这个科学家。那时候，高书意整天热血沸腾，走路都仰着头。

她趴下身，掀开床罩，床下两箱东西还在。打开来，一箱装满绘画工具，各种型号的毛笔、铅笔、油画棒，各种油彩、颜料，甚至还有包得好好的成卷的纸。另一个箱子装满绘画作品和奖章，金奖、银奖、铜奖。

高书意展开那些绘画作品，床上、地板上、桌子上，到处摆着。高书意喜欢画动的东西，舞蹈着的人体，飞着的鸟和蝴蝶，风中的竹子和树木，谈着话的人，飞跑着的动物，就连建筑物也隐在飘飞的雨丝后……高书意呆了，她想不起自己什么时候把这些看得比生命重要的东西抛之脑后的。她倒在床上，扑在一堆画幅上木木发呆。

门开了，母亲目瞪口呆地立在房门口，高书意目瞪口呆地躺在画幅上。

母亲说："吃，吃点夜宵。"

高书意喃喃说："我看看以前的东西。"她充满莫名其妙的羞愧，像正做着见不得人的事被人撞见。

十七

大约五点，哥哥高书礼一家人来了。大包小包哥哥提着，嫂子刘程负责拉住不肯好好走路的侄子。每次回来都这样，嫂子仰着脖子，踩着高跟鞋，一手拉扯着侄子，走在前面，哥哥随在后面，搬东西，兼顾着妻子的高跟鞋不踩空。高书意总边笑着接东西，边赞一句："绅士丈夫。"哥哥会看着她说："不止吧。"高书意就说："绅士哥哥，绅士儿子，里里外外，真正的绅士。"他就笑了，笑得也很绅士。

今天，高书意立在客厅，看嫂子用高雅的姿态换鞋子，哥哥优雅地放下礼物，她脚步迈不开，说不出"里里外外，真正的绅士"这些话。

高书礼把皮鞋整齐地摆在鞋架上，高声唤着父亲母亲，指那些袋子，有他们的礼物，然后唤高书意，也有她的礼物。他总是很周到，把自己的名字诠释得淋漓尽致。

高书礼发现了高书意的沉默，轻揽住她的肩："看看给你的礼物，我知道你什么都有，可我买的有点不一样。"

他的拥抱又随意又关切，不像母亲那么悲伤，表情也不像父亲那样专注沉重。高书意感觉是舒服的，她几乎要以为车里的人影是错觉了。嫂子刘程把自己半甩在沙发上，爬了几层楼，她似乎累极了。高书礼转脸看她，关切地说："先坐一坐，喝杯茶。"

高书意眼前有抹红飘过，车里的影子穿了红色的衣裙，火红的，给高书意一种很不对头的印象。她看嫂子刘程的时候几乎有些紧张了，刘程很好，养尊处优地活在养尊处优的日子里。高书意打个冷战。

高书意离开高书礼的半个拥抱，去逗五岁的侄子，捏着侄子光滑的下巴，说："川川，还没喊姑姑哪。"侄子用力扭着下巴，挣开她的手。

高书礼喊："川川，没礼貌。"

"姑姑——"侄子拉长声音喊了一声，充满厌倦。

高书意一时感到有些无趣，抱出准备好的盒子，在孩子面前晃："猜猜，是什么？"

侄子似乎很淡定，抬了下眼皮，没什么大反应。

高书意只得自己打开盒子，声音夸张地喊："当当当，变——形——金——刚——"她期待孩子跳起来，抱着金刚转圈。

很安静，侄子凑上来看了一眼，哼一声，冷冷地说："过时了，我金刚队的队员战斗力全比这个强。"他厌烦地半瘫在沙发上，对奶奶端出来的点心和水果翻白眼。

高书礼帮儿子接了金刚，说："这孩子，是太喜欢金刚了，总要买，家里有十来个，组成一个队。"

高书意猛地发现侄子提前老了。

刘程说："他情绪不好，早等着要去游乐场玩，吃肯德基——看动画片吧，动画片是新片，没看过的。"

遥控到了侄子手里，他坐电视机前不动了，一直到动画片结束。幸亏结束，蛋糕才得以准时点上蜡烛。

侄子不想插蜡烛，说不好玩，高书意的一番鼓动毫无效果。高书意只能自己一根根插好蜡烛，和高书礼动手点燃。高书意放了缓缓的背景音乐，关了灯，像幼儿园的阿姨那样拍着手，热情地让侄子为爷爷唱生日歌，侄子低头抠指甲，嘴抿得很紧。刘程坐在他身边，表情在烛光里仍显得僵硬。父亲满脸严肃坐在桌边，好像正在开会。母亲说："好了，让孩子吃蛋糕吧。"高书意难堪地拍拍侄子的头。高书礼碰碰儿子的胳膊，孩子不耐烦地哼了几句，调不成调。

高书意开了灯，她看见侄子撩了她一眼，突然觉得自己幼稚又可笑。她低声对高书礼说："川川小小年纪，真够冷静的，什么才能让他高兴？"

高书礼说："主要是见多了，提不起兴趣。"

高书意看看侄子，他托着一块蛋糕，坐在电视机前边吃边看动画片，她突然问高书礼："川川没什么要好的朋友吧？"

晚饭是打电话让饭馆送来的。高书礼本来提议出去吃，都懒得动，自己做更懒，便让人送家里来。不知是菜一般，还是一路送来有些凉了，吃得草草的。吃完高书意一看，才七点多，侄子进母亲房间看电视，父亲和哥哥倒有共同话题，谈单位里的规则什么的，声音放得挺低，嫂子看一个娱乐节目。

高书意把自己关进房里，搜出画具前，她锁了门。

高书意摆出画架，先在一张废纸上涂抹一阵，活动腕子，然后开始画。开始，高书意并没想好画什么，慢慢地，有了轮廓，是一张脸。她有些惊讶，按这样画下去，这张脸是静态的，只有淡淡的笑意，和以前那些活动着的画面完全不相同。高书意停下笔，半天想不清这意味着什么。

一个来小时后，脸基本成形，竟是丁丑的脸，只是差了眼睛，不知为什么，画了那浓而显直的眉毛后，高书意迟迟不敢下笔画眼睛。她闭上眼，丁丑的眼睛清清楚楚的，睁开眼，手上就没感觉了。她怀疑笔上的颜色太杂，用清水洗了，又怀疑颜料发干，挤掉一大截后，取中间最油润的一截，还是不行。

高书意另拿了一张纸，专门画眼睛，想画出感觉再补进那张脸。不像，总画不像，眼睛画得很美，和丁丑的眼一样美，就是不像，手里的笔有些虚弱，也有些烦躁。

母亲敲门，喊她吃水果。高书意知道，母亲是要让她出去走走，对她把自己关在房里有种莫名的不安，特别是今天看到她躺在画幅上之后。

高书意拿纸张盖了画，关门出去。

在厅里坐了一会，和刘程谈了几句，回来时，房门开着，侄子在里面，一只手拿一支笔，挥舞着，兴高采烈的。高书意捂住了嘴，才没让尖叫冲喉而出。那张脸没了，糊在一片乱七八糟的颜料后，眼睛处被侄子扫了两抹黑，狰狞而可惧。

侄子搬了些纸笔颜料走了，高书意关上门，倒在床上，咬着被角号啕大哭。

有人敲门，大概又是母亲，轻轻地，一下，两下……

高书意哭声哽住了，她把被子蒙在头上，咬着舌头抽泣，压抑得肚子一抽一抽的。

十八

高书礼一家准备走的时候，高书意开了房门，已经收拾得很好，表情、脸面、眼睛、房间，包提在手上。

母亲问："你不住一段时间？"

"我有点事。"高书意说，看到父亲母亲的表情，又加了一句，"今天约了个朋友，顺路，正好让哥哥带我一程。"除了约朋友，高书意再想不起自己该有什么事，她对那个并不存在的朋友耸耸肩，随哥哥一家下楼。

到了楼下，高书意却让高书礼一家先走，说和朋友约的地方还有一段路，在哥哥小区下车，还得再打的，不如直接坐车过去。

高书礼说："我带你过去。"

高书意往后一退，受了惊吓般，半别开脸，躲过高书礼疑惑的眼神："我想先走走。"她的声音不知不觉低下去，让高书礼想起她现在的处境和可能有的心情。

"书意……"高书礼凑上前。

高书意又退几步。

刘程说："书意想静一静，我们就别扰了。"

哥嫂朝他们的车走去，高书礼半揽着刘程的腰，无比和谐。高书意再次想起那个红色的影子，她的记忆里，刘程从不穿红色，单位也和哥哥在相反的方向，哥哥上班没法带着她。高书意想，不坐他们的车是对的，她不敢保证自己能管住嘴，忍住不问起那个影子。

高书意到烤摊时，差不多要收摊了。看到她，丁丑略显吃惊，但笑着问："火腿？面饼？面丸？"

"都要一些。"

丁丑疑惑地看看她。

高书意摊开双手："是真想吃，几乎没吃晚饭。"刚刚在父母家她确实没怎么吃。

高书意帮丁丑收了摊，抱着拿得动的东西往丁丑宿舍的方向走。

丁丑问："又没带钥匙？"

"带了。"高书意说，"不单钥匙带了，我还带着换洗衣服、牙刷、面巾、化妆品，在外流浪几夜没问题的。"

高书意挑衅地看着丁丑。

丁丑很平静："回家吧，这不是长久的办法。"

"我租你的房间，付钱，付水费、电费、早餐费。"高书意啪啪地拍着手提包。

丁丑拿了东西在前面走，不应声也不回头。

高书意追上去，面对丁丑倒退着走："对不起，我真没地方去，当然，我有套房，算是豪华的那种，可我没法在那过夜——你生气了？"

丁丑一直盯着高书意细细的高跟鞋往后退，最终还是扯住她的胳膊。他笑了："有什么好生气的？你怎么了？这确实不是长久的办法。"

"今夜过了再说，我现在不想长久的事，想了自找苦吃。"高书意几乎有些雀跃，"知道我为什么来？看你揉面。"

高书意在丁丑面盆前蹲了十几分钟，很快失去了第一次的新鲜感。总是重复那个动作，用力揉，偶尔加上水。高书意说："真是机械。"

"不机械，面一直在变化，愈来愈有韧性，面粉在手指下一点一点活过来，里面的变化要靠感觉。"

"你是个男的，难以相信。"

"这和男女无关，你有偏见，揉面这事本没有性别之分，你却习惯性地认为是属于女人的事。你也许还认为，揉面这事很卑微，男人甘心干这种事是丢脸的。"

高书意呆望着丁丑，嘴里喃喃的，不知应什么好。

丁丑顾自说下去："不单你这样，很多这种习惯性的偏见，已变成很多人的下意识。再说说揉面，其实使的是暗力，男人干更容易一些，力气能使面的味道发得更好，所以我的面饼香。"最后一句，丁丑自豪起来。

"每天晚上都要揉这么一盆，都这样揉，不烦？"高书意摇头。

"烦什么？你又绕回来了。每天看顾客吃我的面饼，他们的舌头感觉到香味，舒服地咀嚼，都是我这样揉出来的。"

"让我试试，说得这么神奇。"高书意挽着袖子，手往盆里的面团插。

丁丑忙挡住："不一样的力道，面会发不好的。再说，你并不真想揉面，只是一时好奇，无事可做。等你真想学了再说吧。"

高书意无话可说，又蹲了十几分钟，实在看不下去，打开电视。

电视节目都乏味无聊，高书意快速地换频道，直按到电视屏幕出现蓝色的底子，又从头按一遍，还是找不到入眼的节目。

丁丑说："按9吧。"

"有好电视剧？"高书意按下9，奏着交响曲。高书意眼睛睁大，看丁丑："你听这个？"

"揉面的男人和交响曲不搭？"

两人听着交响曲，曲子舒缓、高昂、轻快、激烈，起起落落。高书意觉得曲子特别长，没有尽头的样子，她又想换频道了。看看丁丑，他很享受的样子，头随节拍微微晃。

高书意起身，绕着矮桌走，显得焦躁不安，她说："这曲子粘死人，没完没了。"

丁丑问："你赶时间？"

高书意愣了一下："我有什么时间好赶，我是说曲子怎么拖成这样，还没下一曲。"

"这是音乐，你真要听的话管他长与短，又不是分配任务给你，要你听完几首。这一曲完了，下一曲也是音乐，急什么？"

高书意木住了，急什么？她也不知道急什么，就是莫名其妙地想这一首曲子终了，换下一曲。

"下一曲你照样烦，你本身烦躁，推到音乐身上。问题是，你自己都不知烦躁着急什么。"

高书意把自己摔在沙发上，对自己疑惑不解，平常闲来无事，听听音乐或看看电视，她也总这样莫名地着急，恨不得快点结束。

"我怎么了？"高书意满脸惊恐，说，"城市不是什么都赶么？在路上看到人家都赶着，百务缠身的样子，我怎么能不赶？我也赶起来了，不然，就觉得自己被日子丢掉了。"

丁丑端起揉好的面，说："到天台坐坐吧。"

十九

这栋几层高的小楼有独立的楼梯上天台，只是楼梯很暗，丁丑拿手电照着，说："这楼梯我经常打扫的，看起来黑，却是干净的。"

手电筒让高书意有些恍惚，她说："好像穿越到过去，挺新鲜的，我都忘了还有手电筒这种东西。"

窗边看起来薄得可以忽略的月光在天台上竟很像样，天台不高，但周围都是矮楼层的旧屋，视野挺开阔。月光下，看得出天台很干净，还放了几盆绿色植物。丁丑说这是他发现的自留地，常上来打扫收拾，植物也是他种的。他从楼梯角抽出两把矮木凳，放在天台正中央。

高书意说："还有这样的准备，常上来坐吧？两个人？"

"常上来坐。"丁丑说。他一个人来，姚婉净不喜欢这里，说在这才发现被城市扔得这么远，愈坐愈凄凉。姚婉净洗澡或看电视时，丁丑就上来坐坐。

高书意说："怪，这里的风很清爽，和街上的风不一样。"

丁丑笑："这阳台有过滤功能。"

四周都是高楼，这片旧屋围在城市的灯火里，像被密封了。灯火看起来很远，显得安静。

丁丑久久不说话。

高书意有些坐不住，绕天台走，看看远处的灯，又弯腰看看那几盆植物，再回来坐下。丁丑听到她身下的矮凳响，问："又着急了？"

高书意不回答，说："我今天才发现，我有过理想的，只是丢了。"

"什么理想？"

"画家，伟大的画家。"高书意声音几乎有些激昂。

"你画过？我是说有做过与理想有关的事？"

"当然。"高书意开始讲述从小母亲带她上各种美术班，讲述参加的各种比赛，获得各种奖，从学校到区到市再到所谓的全国，后来，几乎一参赛就得奖，成了习惯。讲述父亲的同事怎样夸奖她，父亲怎么微笑着沉吟不语，母亲怎么向她的姐妹展示她的画作，那些阿姨怎样对着奖章尖叫。那时，周围的人都认为高书意将是未来的画家，高书意也在作文里骄傲地写了当一个画家的理想。伟大的画家！其实，高书意对"伟大"一词一直有点模糊，没真正弄明白是什么意思。但她知道那是好词，每个人都喜欢的，她对这个词运用自如。"可是现在——"高书意的声调往下沉，"全完了，所有跟画有关的东西都堆放在床下，我睡在床上，把它们忘得一干二净。"

"没听到你画画的快乐和激情，我指的是拿着画笔时纯粹的愉快，不是别人怎么反应，看到那些奖章怎样怎样。"

高书意沉默，半晌后摇摇头："没想那么深。"

"现在，还想当画家？"

"说不清楚。"

"那也许可以说明你为什么不知不觉放弃了。也许，你觉得画画并不是真的很有意思，对你来说，不像你自认为的那么重要。"

高书意震惊了，她挪了下矮凳，和丁丑面对面："我第一次听到这样的看法，你到底是什么样的人？让人有点害怕。"

丁丑笑："又想复杂了，我只是说点真实感觉。"

"你真说到点上了，或许我本就觉得没意思。但毕竟是个理想，放弃了终是可惜，那是多有意义的理想。现在，我已一无是处。"高书意声调低沉下去。

"如果不是真喜欢，就不算真正的理想。你又用别人的想法了，认为当画家有意义，是别人给你的意义。大多数人认为当画家有意义，捡垃圾没意义，于是你也这么认为。所有的人给你这样的想法，伟大的画家了不得，你心里便点头，伟大是了不得的。"

高书意目瞪口呆："丁丑，你是社会的叛逆者，如果生活在某些时期，你没好果子吃。"

"我好好过着日子，有什么叛逆？"丁丑呵呵笑了。

"你的理想呢？"

"我谈不上理想，活着，便好好活着，我有眼睛鼻子嘴巴身子，还有喜怒哀乐，多么好，我就好好珍惜这些东西，做想做的就是。我阿妈更简单，顺其自然。"

"炸火腿烙面饼是你喜欢的？"高书意话里有隐忍不住的嘲讽味道。

"那还用说？"丁丑不假思索，"目前为止，这是我最喜欢的工作，我做得很自在。"

"这就是你的意义？"

"我不用意义来为难日子，我只是心安理得。"

高书意看着丁丑，想，心安理得就是这样。她突然不明白为什么追问他，自己有什么资格谈意义？丁丑一定也想到了，但他不提，不反驳，他比自己宽容得多。高书意有生以来第一次认真地想，或许，火腿和面饼不用在意义面前自卑的。

要放在前些年，高书意无法想象自己将会有什么反应。

记得还未成为她丈夫的许育生走到咖啡馆窗边，拉开窗帘，让城市的灯光扑面而来，招呼高书意到他身边，他一只胳膊挥出去，用指点江山的手势划了半圈弧线，说着将要成立的公司，说着几年内的规划，想象着将会有的规模，到时对整片区，甚至整个城市的影响。许育生或许有些野心勃勃，但并不夸饰，高书意知道他的智力基础、人脉基础、家庭基础，他能打出那样一片天。再说，正是这个男人的野心勃勃让高书意走进他的怀抱。

高书意最初对李代佳说起许育生时，用了很简单的话："是一个男人。"

那么，丁丑呢？他的火腿和面饼呢？

二十

关于丈夫的回忆让高书意懊恼，她盯着远处的灯火，和咖啡馆外那一片如出一辙，只是远一点，淡一点，热闹就像被滤掉了。

高书意说："回吧，我不习惯这样静坐太久。"

丁丑仍拉开客厅的沙发，高书意进房间。丁丑刚躺下她就出来了，手上搭着被单，说："我要在这睡，有夜色，空气又好。"

丁丑起身说："那我进房间，风扇给你，我是睡惯的，没风扇照样行。"

"你是心静自然凉吧，好一个心静的人。"高书意立在丁丑面前，"你担心什么？"

丁丑不应她。

"你也睡沙发。"高书意挡在丁丑面前，有点挑衅，"像前两天晚上，给我讲讲月光，或是安静的东西，在城市里难得听见这些话。"

"一个人，看着窗户就安静了。"丁丑闪开身子。

"你有问题？再说，没要你怎么样啊。"高书意咬着牙。

丁丑不回话，进房间搬出风扇。

再转身进房时，高书意从背后抱住他，声音四四散散："我就是想那样睡着，没别的想法，这种时候，我也不能有别的想法。前天晚上是我几年来睡得最好的，算我拜托了。"

"我不习惯，再说，你总不能老这样吧。"

"还以为你真是什么特别的人，还不是免不了俗。一男一女不能单纯睡一起，也是人们的看法吧？你有些想法是新奇，有些观念却留在五百年前，不是真正超前。"

丁丑说："我没想过要超前，也不觉得超前就多好。"

"再饶天就亮了，简单说吧，你看不起我？"高书意突然变得惶恐不安。

丁丑在沙发床上躺下，靠墙，拍着面前的沙发床："睡吧，说复杂了。"

高书意的发凑在丁丑鼻前，他半仰起脸，胳膊被高书意枕在脖颈下，不知为什么，他竟想起了林时添。

前天，林时添来到烤摊，坐在圆桌边，打着手势。丁丑走过去，林时添有段时间没联系了。

"没事，纯粹想你的火腿面饼了——生意做大了，还请了帮工？"林时添指指正找钱的高书意，"我在路边看好一阵了，差点不敢走过来，怕认错地方。"

"什么帮工？一个朋友。"

"我看也不像，哪有这么高级的帮工？"林时添笑着，暧昧在笑意里四处漫流。

"照以前的分量？"

"照样。"

丁丑准备火腿面饼时，感觉得到林时添的目光在他和高书意身上跳来跳去。

火腿面饼是高书意给林时添端过去的，丁丑看见林时添朝高书意仰起脸，满脸带笑，不知说些什么。

后来，高书意的朋友来了，她匆匆忙忙走了，林时添朝丁丑直招手，烤摊前一时没顾客，丁丑便过去坐下。

"不是一般朋友。"林时添劈头就说，"她不是我们这个阶层的人，就算穿着休闲服装，我也一眼看出来，这个是城市宠儿，竟在这端火腿面饼找零钱？她腕上那只表够你摆好几个烤摊了，我别的本事没有，在城市逛了些年头，看人看东西还是有点经验的。"

"这又怎么了？反正是在帮忙，不会砸我摊子。"

"这才奇怪，你到底用了什么招？"

"一个朋友。"丁丑有些厌烦了，林时添就这样，像包打听又像间谍，就是不好好做事。

"不一般的朋友。对了，姚婉净知道吗？她的摊真撤了？要知道你有这么个下手，会怎么样——她为什么在你这里打下手？演电影？富家千金出逃？"

"她觉得有趣，玩几天。"丁丑起身要走。

林时添抓住他的手："这就对了，典型的无聊小姐找乐子，主要是看上你这个摊主了。"

"她结婚了。"

"结婚了？更有戏，寂寞的美少妇，丈夫肯定忙于大事业，或在外面花心，她在你这找到了安慰。"

"她丈夫早去世了。"话一出口，丁丑就后悔了，没必要对林时添说这些的。

林时添眼睛眯起，目光变成铁丝一样的东西，直钻进丁丑眼睛里："丁丑，你好日子来了。"林时添郑重其事地说，"这女人看上你了，也难怪，你这样一张脸，姚婉净是嫌你这烤摊。"

"吃够了么？够了干正事去。"

"我现在说的就是正经话。"林时添扯住丁丑的胳膊，"这样一个女人，有钱，没丈夫，长得好，还甘心帮你端火腿抹桌子，你不抓住？我敢说，你再不用摆这破烤摊了……"

丁丑甩了林时添的手。

"不用生气，我是让你抓住机会，这可以让你少奋斗多少年，不，就这烤摊，一辈子也这样了。你人不错，就是有点假正经，我不信你不动心，姚婉净早走了，你有什么好正经的？再说，单这女人本身，就是难得的。可惜没看上我……"

丁丑回到烤车前，林时添凑过来，附在丁丑耳边："别错过，说不定到时我也能沾点光。"说完，拍拍手走了。

丁丑又动了动胳膊，高书意枕得很紧。丁丑身子缩了缩，翻身。仰躺了一会，再翻身。

高书意问："睡不好？"

"睡不好。"

"不心安理得？"

丁丑说："不心安理得，有些事，我得好好问自己。"

高书意坐起身，看丁丑，丁丑仰着，静静看天花板。

"不知你是真古董还是假正经。"高书意跳下床，拖了被单走进房间。

二十一

丁丑醒来时，高书意已经起床。看丁丑起身，她跳到沙发床边，蹲在他面前，动作和神情像个孩子，满脸清新的欣喜："丁丑，我睡得太好了，起床也起得好，睁眼，伸懒腰，看到窗边的晨光，整个人全醒了，骨头肌肉都轻了。"

"醒来就这样。"丁丑对高书意的奇怪感到很奇怪。

"我可不是这样，我的早晨一向黏糊糊，不记得多久没有纯粹的睡眠和纯粹的清醒了，我总弄不清该爬起床，还是该继续躺着。现在，我像一棵芽，睁开眼，醒了。"高书意起身转个圈，说，"轻，都是轻的，我丢掉了些什么东西，哈哈。"

高书意匆匆进厨房，像丁丑那样，端出盘碗，竟也是馒头、煎蛋、咸菜、花生、稀粥。看丁丑盯住这些东西，她得意地问："怎么样，和你做的一模一样吧。我没想到自己有兴趣做这些，早上，我也不着急了，嗯，这是进步，大进步。"

丁丑看着高书意，她确实和开始认识的高书意很不一样了，也许是以前不熟悉，不够了解，无论如何，高书意的孩子气令他惊讶。淡紫色的指甲，淡漠而渺远的表情，精致讲究的穿着，是丁丑对高书意的印象，再怎么也和孩子气扯不上边。现在熟么？丁丑把自己问住了。

"发什么呆？放心，只搜你厨房里的东西，其他宝贝没动，我寄人檐下，不敢胡来。"

高书意把煎蛋夹进馒头，大咬一口，学丁丑的腔调："这样咬一口，嗯，好吃。再夹点咸菜，捡颗花生，花生咸菜一起嚼，又咸又香，喝一口粥……"

丁丑扑哧笑了。

"这是我吃过的最有意思的早餐，简单、精致又正常。用你的话说，全是日子的感觉。"

"好像你一向生活在水深火热中，这是最凡常的早晨。"

高书意眼皮垂下去，脸颊突然失了水分，发干发暗："是，我一直生活得很好，一些人看来，甚至是奢侈的。我们饱食终日，就会无病呻吟，没有丝毫意义。我们没有一个正常的早晨，甚至不知道有这样的早晨。"

"怎么又扯上意义了？吃馒头。我阿妈说，好好过日子。"

"真好，你能这么说起你阿妈。"

"你不可以？"

高书意咬了一大口馒头煎蛋，灿开一脸笑容："别提这个，要把好好一个早晨搅了。告诉你个好消息，在你这，我戒了一种毒。"

"嗯？"

"化妆，在这里，我学你刷个牙，捧清水抹把脸，竟很舒服很干净，以前是不可想象的，得洗脸、柔肤、润肤、打粉底、画眉……说了你会头昏的，不走这套程序，我绝对不出门，镜子都不敢好好照，没脸见人。"

"你脸很好。"

"感觉不好，在这里感觉好，所以我这样死皮赖脸，回去我的毒瘾还得犯。"

"可能是因为换了环境。"丁丑提醒高书意。

高书意摆摆手，突然问："你女友怎么了？就我感觉的，她连个电话都没有。"

"她有她的想法。"丁丑埋头喝粥。

"不管什么想法，反正她走了，是吧？"高书意敲敲桌子，要丁丑抬起脸。

"还会回来的。"丁丑没抬脸。

高书意转头看电视机旁那张照片，说："我不认识她，但看这张照片，加上以前隐隐的印象——超市大门另一边摆凉水摊的是吧——她配不上你，我完全是就事论事。"

"偏见。"丁丑说，"没有配不配的问题，只有合不合适，有没有感觉。她有自己的想法，她留下来，我当然高兴，她走，是去要她的心安理得，我也为她高兴。"

"她很幸运。"高书意声音低如耳语。

"或者她不需要这种幸运。"

高书意跳起来，拿了照片，在丁丑面前晃："你需要她？"

"吃饭吧。"

"你说，看着照片说，你需要她？想她？你不是最讲究感觉的？现在你闭起眼睛，说说你的感觉。"

丁丑别开脸。

"我对她没偏见，除了这照片，完全不认识她。我只是对你的想法感到奇怪。对她到底是怎样的感觉，可能连你自己也不知道吧。也是习惯骗了你，你习惯了她是你女友，习惯了你们所谓的关系……"

趁高书意不注意，丁丑拿过照片，放回原位。

高书意拍拍手："我点到为止，你好好找找自己藏着的想法。我今天有点事，先走。"

丁丑看着高书意收拾提包，一句话已经到嘴边："别再来了。"他犹豫着，高书意已在门边换鞋，说："我或者下午回来，或者晚上回来。"

"别再来了。"丁丑本该这么应，终只是张了张嘴。高书意关了门，话还没出口。

她突然敲门，丁丑开门时那句话就要扔出去了，高书意扑进来，边从提包往外掏东西，边念着："提前进入老年期了，我收拾东西做什么？还要回来，东西放在这。"她把衣物、化妆品之类的东西堆在沙发角，风一样出门而去，半开着的门就像丁丑半张的嘴。

传来她啪啪啪下楼的声音，丁丑感觉到这是最后的机会，日子里某些说不清道不明的转折就在这一瞬，如果失了，生活将会拐一个弯，他对这个未知的拐向有种本能的拒绝，他追出去。

高书意站在半层楼梯下，朝丁丑仰起脸，用手势阻止了丁丑要打开的嘴，说："别让我走，说什么都行。就是说了，我耳朵也选择性失聪。"

丁丑的嘴合上了。

高书意粲然一笑，轻快地打开楼梯门。

丁丑扶了栏杆静静站着，或许就像阿妈说的，该来的总是要来。

二十二

高书意打电话给李代佳，李代佳声音沾着湿淋淋的欣喜："你这没良心的，记起我了，找到好归宿，要把我扔掉了？信息也没回，你不会真的重色轻友吧。"

高书意任李代佳尽情抱怨，也是，这几年高书意日子里的经经络络李代佳一清二楚，高书意的日子几乎和她赖在一起了，除了前些年在丈夫公司里，高书意从未忽略过李代佳的电话。那时，高书意为她的固定努力奔忙，李代佳万分理解和赞成，但这次她没底了，隐隐感到高书意有什么事，她像不需要自己了。

高书意说："怕你忙嘛。"

"这话真让人恶心。"

"好了，离不开你，现在就想求你出来。"

"我和头儿说一声，中午一起吃，哪见？"李代佳一只手开始收拾皮包。

"我家楼下等你。"

"楼下？什么事这么急，要在楼下等？"李代佳好奇了。

"来了再说。"

进电梯上楼的过程中，李代佳一直疑惑不解地盯着高书意，高书意要她陪着上楼开门。

高书意拧着锁时，觉得离上次开锁已经有些遥远，她想象锁眼爬满铁锈，钥匙拧得磕磕碰碰。事实上，锁润滑如常，手指一动，便有锁开的脆响。

高书意感觉到扑面而来的灰尘味，和寂静搅成黏稠的东西，半浮于空气中。虽然清洁工有一段时间没来了，但也不该这样荒凉。没错，高书意觉得这屋子荒凉了。

屋子像人一样老了，老得极快，积尘的速度惊人，灰尘让家具暗淡无光，客厅里的光线灰蒙蒙的，几盆植物看不出是缺了水分还是停止生长，暗绿的颜色，僵僵的叶子，像没有生命迹象的假花假草。

高书意和李代佳都一时没反应过来。

高书意怯怯绕过家具，这里看看，那里碰碰，目光和手指都是蜻蜓点水式的，像因好奇而闯进了一座家族老宅，简直不敢相信这屋子和自己的生活有过瓜葛。在这里生活过的日子猛地成了一片空白，空白汹涌起来，成了一条河，她以旁观者的身份立在河这边，遥看河的另一边，另一边是曾经有过的日子，陌生而隔膜，完全与己无关。

李代佳说："书意，你怎么把家弄成这样子，让人透不过气？"

"这家本来就不透气，弄得我也透不出气，我好几天没回了。"高书意水也懒得煮，拉了李代佳直进房间。

看高书意搬出箱子，李代佳疑惑不解："你不是回来整理屋子的？"

"这种屋，住不得了。"高书意这么说的时候偏过身，背对床头柜那张照片，"我回来收拾东西的，让你陪我，不想一个人进来。"

"收拾？你回娘家？我不相信。又受什么打击了？"

"打击得还不够？再受不了别的了。"

"你到底去哪？又耍什么小孩脾气？"

"不是耍，我有后路了。"高书意仰起脸，有些孩子气的得意。

李代佳紧张起来，高书意真有事瞒着她。李代佳抓住高书意的胳膊，盯住她的眼睛，好像能盯到眼睛后的东西，盯不到，李代佳失落了。

高书意扑哧笑了，凑在李代佳耳边说了句什么，其实屋子里只有她们两人，但高书意总觉得背后照片上那双眼睛怪怪的。

"什么！"温文尔雅的李代佳失声尖叫，"你……"

李代佳喊出来之前，高书意把她扯出房间。高书意甚至瞥了一下那张照片，出房间时顺手关上门。

"你昏了头。"李代佳站在客厅中间，高书意扯她她也不坐，"才认识多久？你忘了自己的话，游戏，游戏！万般无聊里的无聊之举。你当真了，愈活愈糊涂了，到底想什么？"

高书意尽量把声音放平静："别说那么严重，他就是第二个李代佳，朋友，不觉得我无聊的朋友。你有你的固定，我总不能老扰你。"

莫名的妒意像团炙热的气，从身体深处涌上来，涌到鼻尖，突冒到眉梢，弄得李代佳鼻头发辣，眼睛发红，声音嘶哑。她摇着头，又点着头："我是没用的了，不如一个小白脸。你别瞪，我看他就是小白脸。育生在的时候，我都是有用的。现在倒不需要了，有这个小白脸，在这个时候……"

"啊——"高书意尖厉地哭了一声，双手啪地拍在沙发上。李代佳顿成一截木头。

高书意双颊现出疯狂的红色，一直晕染到眼睛，声音和眼睛一样枯涩干巴："我知道这个时候，不用你提醒我这个时候——"

"书意……"

"我是活该，该受惩罚，这个时候该缩着脑袋过日子。可不关丁丑的事，你别乱想象他。我不是受着惩罚么？还要怎样？要对着那双眼睛活？不能喘气，不能笑，不能见太阳，不能看月光，不能享受正常……"

"书意，书意——"李代佳揽住高书意，"我说急了，你知道，我不是这意思。"

高书意揉着额头，慢慢平静下来。

李代佳试探着："书意，我就想你开始正常的日子，怕你毁了生活。"

"生活早把我毁得面目全非，我正一片一片捡起来，最近有了修修补补的奢望。"

"什么叫奢望？你本来就能好好活，只是，这个时候要看你怎么拐弯了。"

"代佳，我知道你的意思，我想好了。"

"也不是一厢情愿的事吧，这是他开的口？你的游戏成功？"

高书意咬咬牙，说："他答应了。"

"他为了什么？你一定知道。"李代佳也咬咬牙，把这话问出口。

"我知道。"高书意笑着说。

二十三

高书意站在门边，脚旁放个行李包，丁丑站住了，手指上的钥匙轻轻地晃。

高书意说："我等你一个多钟头了，房东暗暗从上层楼梯观察了三四次，忍不住对我旁敲侧击了两次，一定发觉我不是以前那个女的吧。"

高书意说："我在路边树下站了好一会，没敢把行李提到烤摊前。"

高书意说："早上就说好的。"

高书意的声音愈来愈怯弱。

丁丑开门，顺便把她的行李提进门，高书意在他背后笑了一下，笑意的余韵一直沾在双颊。

丁丑转身说："你不能住在这。"

高书意不答话，往房间走，把行李放在床头。

丁丑立在竹门帘边："说真的，别再玩了。"

"我不是玩幼稚的年龄了。"高书意耸耸肩，"玩也没必要玩这个。"

"我不太清楚你是为什么，但真不能住我这。"

高书意拉开行李袋，往外拿东西，藤制的小摆件，闹钟，几条链子，化妆包，放在床头的矮桌上，一双拖鞋摆放在床边，衣服留在袋里……她看见丁丑还木在那，说："家里的屋子我住不了，不，那不是我的家了，实话跟你说，我最重要的东西都收出来了。"

"你可以另租，可以住酒店，你有这个能力，没必要挤我这里。"

"我连娘家都不去住，让我住酒店？"

丁丑退出房间，在沙发上静坐，正好对着姚婉净的照片，他目光下意识地闪开，想了想，又把目光抬起来，看着照片。不该闪开的，他对自己说。姚婉净抱着服装商场一根金色的柱子，半歪着身子，似笑非笑地看着丁丑。丁丑记得姚婉净一直在照片里微笑，按她自己说，当时，看到辉煌的商城和高级服装，她眼睛都发光了，所以笑得特别好看。对丁丑说这些话时，她的眼睛也是烁烁发光的，脸面在"辉煌"和"高级"这样的词汇里光彩四射。然后，又猛地回到现实，对着宿舍的灰色水泥地板黯然神伤。

"你还不揉面呀，不早了。"高书意在房间里喊。

丁丑还沉在若有所思的状态里。

房间里，高书意半跪在床沿整理被子，她固定了动作，侧着脖子，没听到丁丑应声，掀了竹帘走出来，丁丑静坐在沙发上。

高书意在丁丑旁边坐下，坐得很近，挤了挤他，他便往边上挪一挪。高书意说："想女朋友了？放心，回来了，我一定把房间还给她。不过，估计这个可能性不大，除非……"她突然闭口不言了。

"她会回来的。"丁丑说，顿了一顿，又补充一句，"她没说过不回来。"

高书意说："这算什么信心？别把脸拉成这样，要觉得委屈，房间还给你，沙发我睡。再有，我不占你便宜，我会做饭、洗衣、拖地，虽然我不太喜欢做这些，不过，这屋子简单，该不难做，也许还挺有趣，就像在烤摊给你打下手。对了，还能帮你打下手，有了我烤摊的顾客会多一些，至少男顾客多一点，你站在那，女顾客当然多一些，我站在那，带了女朋友的男顾客也没顾忌了，嘻嘻，包我吃包我住，不算贵吧。哟，这就是自食其力吧，感觉真好……"

"我从来不用帮手，过日子要什么帮手？你还是收拾一下行李。"丁丑头没动，音调没有起伏。

像石头磕了牙齿，高书意猛地抿紧嘴，看丁丑的侧脸，平静得让人绝望。

"你怎么这样？怎么是这样的人？"高书意失声喊，"你是什么样的人？什么样的……"一声一声扬上去，哭腔一层层浓重了。丁丑转过脸想说什么，高书意号啕大哭起来，捂着脸，缩在沙发角，无遮无拦地，哭声哗哗而泻，漫流到房间四角，并不断地往上涨，把手足无措的丁丑浸沉。他怀疑高书意把一生的哭声和眼泪都攒集在这一刻，然后，猛地决开一个口子。

"高书意，高书意……"除了拿纸巾，丁丑只能让她把哭声和眼泪一点点清理掉。他离开沙发，泡了两杯茶。

高书意的哭声终于愈来愈淡，最后剩下肩膀和鼻头抽抽搭搭。丁丑递过一杯从滚烫放至微温的茶，高书意接了，一口一口喝下去，把最后的哽咽一同吞下。

高书意说："我不是那种一哭二闹三上吊的女人，刚才没忍住。我知道自己惹人厌，苍白，日子空白，毫无把握，连我都讨厌自己了。"

"这不是我的意思，不让你住这不是因为你，是我自己的原因。"丁丑说。

"因为你？难道你小气？是她的原因吧。"高书意豁然开朗。

丁丑揉住额角："有些东西我不确定，对自己不确定，我得理一理。"鬼使神差地，他又想起林时添。丁丑没料到林时添的话会让自己这样印象深刻，现在又莫名其妙地拿他的话询问自己，似乎突然间发现心里某个角落有个暗点，让他恐惧而无措。

高书意跳起来，扑进房间，丁丑听见里面唰唰啦啦收拾东西的声音。一会儿，高书意出来了，提着两袋行李。

"你为难成这样，再赖便真是没脸没皮了。"高书意哭腔已经干干净净，声音冰凉淡漠，"我走了，你好好守着你的'确定'和'清楚'，心安理得过日子吧。只是别过了头，过头了就成虚伪了。"

丁丑木呆在沙发上，听见高书意开门，听见她出门，听见她的高跟鞋一步步往下沉——

"高书意！"丁丑追出去，冲楼梯喊，"等等！"

二十四

高书意扔下行李跑上楼，气喘吁吁立在丁丑面前。

丁丑先下楼把行李提上来，说："回去。"

一进门，高书意就说："我把东西摆好？"

丁丑说："太晚，现在出去不太好。"

高书意看墙上的挂钟，接近十二点，想，城市的十二点算什么？夜生活刚刚开始，丁丑怎么在这城市待的？但她不答话，算是默认。

"让你一时另找地方急了些，今晚先住这。"

"先？"

"后天我回家过中秋，会在家住两三天，当然，可能你也回你父母家。如果需要，这几天你就在这住，算缓冲期，这期间，你自己想想办法。"

"真是好心，我还以为改主意了。"

"我留下钥匙，你要走就把钥匙留在楼下烤车下面的暗格里。"

高书意说："别这样一是一，二是二的，好像要道什么别。"

"你先休息，我揉面。"

高书意摆好矮凳，备了清水："今晚我要从头到尾，好好看一次揉面。"抱膝坐在地上。

很长一段时间，只有面团在丁丑掌下变形、发酵的声音，所以，高书意开口，在内容、声调上都显得很突兀，她拍了下大腿，说："丁丑，我和你回家，你老家。"

丁丑半斜着上身，半仰着脖子，半张着嘴，手压在面盆里，目光固定在高书意脸上。

高书意拍着手说："我原先还担心中秋怎么过呢。"

高书意说："你家在哪？多久的汽车？不远的话，我开车去？"

高书意说："明天我去买点东西，你阿妈喜欢什么？"

丁丑咽下哽着的一口唾沫："是认真的吧？"

"什么认不认真？我要去。"高书意在客厅转圈，说，"我现在收拾东西？你说后天去？那明天收吧，化妆品不收太多，别涂个大花脸去吓死人。你家在哪？"

"你不能去。"丁丑低头揉面。

"要去。"

丁丑手从面团里拔出来，面盆被带得咣当直响。

"我不去。"姚婉净这样说。丁丑一提回老家，她总是想也不想便这样说。

姚婉净不耐烦听丁丑说明节对他和阿妈的重要，她说："什么端午、重阳，都是老掉牙的节日，弄些土得掉渣的东西，祭祖，然后围在一起蠢蠢吃掉，无聊死了。看看城里的节，情人节、圣诞节，花、巧克力、活动，开心时尚，浪漫刺激。"

丁丑说："不单是过节，主要是看看老家，和家里人聚聚。"

"看看老家？"姚婉净夸张地皱眉，"那些地方有什么好看的？现在，所有的老家都一样，半荒或全荒四处杂草的田，破得可怜的寨子，老人走来走去，野蛮的脏孩子一群一群的，女人像揉皱变形的破衣服，都不忍心细看的。还有，蚊子多得要死，去年回家，我一夜就抹掉一瓶花露水，还起了一片片红包，谁知道那些劣质花露水从哪弄来的，真后悔忘带城里买的花露水……"

丁丑试图解释他们一起回去见阿妈的特殊意义，他早对阿妈提过姚婉净，阿妈早想见一眼的。

姚婉净说："你不是说你阿妈很开明，只要我们自己合意就行？你有些思想挺进步的，有些时候怎么这样古板落后？"

"不是同不同意的事，阿妈想见你，认识你。"

"再说吧。"姚婉净总是这样结束谈话，并很快把话题扯开。

后来，勉强去过一次。之后，丁丑再提起回家的事，姚婉净便干干脆脆说："我不去。"

现在，高书意说："我要去。"

丁丑干干脆脆地说："你不能去。"

"不能，你是国家领导？"高书意蹲下身开着玩笑。看见丁丑的脸色，她敛了笑，说："这样吧，我当成旅游，一次特殊的旅游，把你家当农家旅馆，租你家的房间，买你家的饭菜，体验地道的农家生活。现在不是流行这个？"

"我家不做这样的生意，你要这样旅游，有的是地方去。"

"我来假设一下吧。"高书意盯着丁丑，"假如我是男的，提出到你家过个节，照我看，就是极普通的朋友，你也会点头的。"

丁丑不出声。

"有必要吗？这就是你的'不确定'和'不清楚'？太往深处

想反而造作了，要不就思想落后到极点，不敢带女人回老家？"高书意半冷嘲热讽半开玩笑。

"不会随便带，落后新潮与我无关。"

"说来说去，'女人'这词还是敏感的，这是你的偏见？习惯？"

见丁丑不出声，高书意干脆赌气了："那我一个人去，跟在你坐的汽车后面是我的自由，不会打扰你。"

丁丑说："有事明天再说。"

高书意感觉到自己的笑意在嘴边绽开。

第二天早上，喝着粥，高书意重提昨晚的话题："我要去，你不明白，我今年的中秋该怎么过，连我也不明白，特别是今年。"

丁丑突然放下馒头，说："你吃着。"他掀开竹帘进了房间，关上门。

高书意嚼着一口馒头鸡蛋，愣愣看着关上的门，竹帘微微摆着，她总算克制住凑到门边偷听的冲动。

过了好半天，终于听见开门的声音，丁丑掀开竹帘，对她微笑："旅游者，一起回去过节。"

高书意未能及时抓住这话的意义，表情也未能及时反应。

"一起回我老家过中秋。"丁丑重复。

高书意慢慢放下手里的东西，慢慢站起，猛地扑进房间，把门边的丁丑带了个趔趄。高书意话语和动作一起凌乱起来："带什么？你阿妈喜欢什么……"

丁丑在房间里打了电话："阿妈，我明天的早班车，大概十点到。"

"好，早等着了。"

"阿妈，有个朋友想一起去家里过节。"

"好，一起来。"

"阿妈，这朋友是女的。"

丁丑听到阿妈柔软的笑，她说："好，朋友分什么男女。"

"阿妈，她不是婉净。"

阿妈说："别问阿妈，问问自己，要不要带她，你是知道的。"

二十五

凌晨五点的车，九点多在县上下了大巴，换辆汽车再坐一个小时，下车后加半个小时摩托，高书意和丁丑站在一片池塘边，池水在接近正午的日光下闪闪烁烁，如同高书意恍恍惚惚的心绪。她像第一次进城的乡下女孩，脚步怯弱地紧跟丁丑，问："该喊你阿妈什么？阿姨？我不明不白跟了来，她觉着好笑吧？"

"我们这里习惯喊阿姆，你是来旅游的。"

两人在一路的目光和招呼声里走向丁丑的家。多是老人和小孩的目光，老人或坐于门前，或立于篱笆边，或缓走于路上，孩子大多或前或后地蹦跳，在前头的面向他们，往后退，在后面的尾随他们。招呼的多是老人，丁丑一一回答，认真地重复那句话："回了，回来过中秋。"高书意发现这话有魔力般，总能让那些老人绽开满脸笑纹，点头不迭，好像丁丑是他们归家的儿子。

很久以后，高书意听丁丑说了一句话，便猛地想起这情景，似乎全明白了。丁丑说："后生人的回乡最让他们高兴。"

丁丑在一座院子的围墙外立住，对高书意说："这是我家。"他指指半开着的外门，"阿妈在，知道我要到家了。"

高书意缩了一下，她猛地意识到自己的冲动，旅游是最拙劣的借口，她死皮赖脸地随一个男人回老家，连李代佳都没有透露半句，这是做什么？丁丑阿妈落在她身上的将是什么样的目光？高书意想逃了，她半转了身。

丁丑扶住她的胳膊："穿高跟鞋走这段路，脚软了吧？"高书意定定神，不单是脚，她全身都软了，几乎没有迈步的力气。

只有两间正房，一侧搭着长条形的屋子，大概是厨房。房子不大，可院子围出的空地很宽，沿矮围墙种了玉兰、百合、茉莉、芦荟、富贵竹、绿萝……家常而生趣，高书意再次静了静，让自己用心看这些花花草草。

"阿妈，阿妈……"大包小包扔在脚下，丁丑仰起脸喊。高书意看着丁丑，觉得他突然变小了。

高书意先听到一个声音，温软，让人自在，接着看到她，立在门槛下，微笑，双手沾满白色的粉末。她的笑朴素而淡雅。高书意很吃惊，不知自己为什么会用"淡雅"来形容一个农村妇女，这词与她印象里的农村妇女毫不沾边。

她用沾满粉末的手向丁丑和高书意招着："快进来，水煮好了，你们泡茶。我正包软饼。"

高书意"哎"地应了一声，和丁丑提了东西大步进门，竟自然起来了。

"阿姆。"按丁丑教的，高书意招呼一声，莫名地又有些惴惴，她想说些"打扰"或"麻烦"之类的话，却一句也说不出口。

"哎，路不好走吧，天还热，你们先喝茶，早上摘了茉莉，茶叶里加几朵，香一香，精神就回来了。"丁丑的阿妈坐在矮桌边，包着软饼，和高书意聊闲话。

陌生和客气彻底消失了，高书意猛然错觉，这间屋子，她已无数次进出过；这声音，熟悉如曾有过的一段长长的记忆。

端起茉莉花茶，高书意凑近深吸一口，眯上眼睛，享受地点点头。她对丁丑低声说："阿姆——"高书意不再说"你阿妈"，"平日就这么喝茶？好浪漫。"

"什么浪漫，阿妈就是过日子。"她说，"日子要过的。"

丁丑修理一个坏掉的柜子，他阿妈朝高书意招手："书意，一起做软饼？"

"我行？"高书意欣喜地挽袖子，跑出去洗手。

丁丑的阿妈示范着，把糯米团捏成薄薄的圆形皮。高书意手沾了米粉，捏出软饼皮，丁丑的阿妈包上绿豆馅或芝麻花生馅。

"好玩。"高书意笑，"没想到弄点吃的能这么好玩。"

"不单是吃，拜月娘的。"

"有意思。"

开始有四邻来，主要是妇女，也有老人。说看看丁丑，目光却在高书意身上跳来跳去。孩子也跟了来，扒在门槛边看高书意，孩子的目光是无遮无拦的，议论高书意时，手指也指点得无遮无拦。

丁丑的阿妈挪椅子，搬凳子，安排四邻坐下，半围着茶桌。丁丑沏茶，高书意起身把椅子让给一个老人，站得有些无措。

"书意，丁丑回家，欢喜，我给四邻煎糖水蛋，你来灶间帮我？"丁丑的阿妈说。

高书意点头不迭，得了解脱般随她出门。

刚出门，丁丑的阿妈笑着说："书意，我倒忘了，你和阿丑带的那些糖果，给孩子们分分，来灶间拿个红盘，装了给阿丑，他去分。"

高书意拍拍脑袋，她被这些四邻吓昏了。

后来，高书意才知道，给四邻煎糖水蛋是因为她，她随丁丑回家是大事，煎糖水蛋是礼节，意义重大，但不可言说。丁丑说：
"阿妈尽了礼节，可说是为我，免得吓了你，我从小在村里大，哪
有回家要煎糖水蛋的？"

四邻接着糖水蛋，对丁丑的阿妈说："欢喜，欢喜呀。"笑眯
眯的目光向高书意兜头罩去。

丁丑的阿妈只是笑，给每个人端糖水蛋。

李四婶接过糖水蛋时，说："这女崽好，阿丑有福气，带的女
崽都耐看。"

四周静了一下，高书意控制不住地去看丁丑。

丁丑的阿妈点头："现在的女崽愈来愈耐看了，我要是有个女
崽才好哪。"

有人接口："丁丑这脸面你还要怎样？比女崽还耐看。"

屋里呵呵笑起来，包括高书意，谁也没想到李四婶还会再开
口。

李四婶说："上次随阿丑回的那女崽哪，胖点的那个？"

目光哗地落在高书意身上，又哗地退开，都埋头吃糖水蛋。
高书意双颊烘热，感觉自己的脸正一层一层赤涨。

二十六

农村还有黄昏。和丁丑沿寨外的小路往田间走，高书意叹着：
"城市没有黄昏，只有时间，那个时间到了，楼房车辆蒙一层灰色，
城里人见不了这样的灰色，灯就一盏一盏地开，淡薄的黄昏被灯
搅散了。"

"说不定城市根本不在乎黄昏。"丁丑说。

"也许吧。有段时间的我就典型地不在乎，走着，或坐在车里奔着，天黑了便黑，灯总是在的，对黄昏没有概念。后来，又敏感过度，天稍一灰胸口就随着灰，害怕城里的黄昏，容易让本来压得好好的孤独浮上来。幸好城里的黄昏很短，灯光很快亮了。没想到，黄昏可以这样安宁。"

丁丑指指天边，一抹艳丽的橘红和浅蓝直贯长天，说："这里的黄昏是这样的颜色，城里的黄昏是灰色和次第亮起的灯。黄昏还有味道，带了日光焦气的泥土味，带了草叶味的水沟，归家的牛的味道，家畜粪搅在风里的味道……城里的味道，你比我清楚，各人习惯一种味吧。"丁丑深呼吸。

高书意展开双手，说："很怪，我好像找到丢掉很久的东西，久到我都忘了拥有过，可猛地出现了。原来，真有诗词里说的黄昏，我去过不少旅游景区，都冲着'原生态'这些诱人的字眼去，在那些小桥流水、名山大川过夜，也觉得美，美如照片，就是没有这种黄昏的感觉。"

"那些地方的黄昏是装饰过的，黄昏早晨都是一种消费。你们告诉自己，是在美丽诗意的地方，你们在诗意里洋洋自得，感慨或善感着，想象自己在某种意境里，想象这些意境渗进你们的身体，你们便也有了意境，填补某些你们平日不敢承认的空白。"

"丁丑，有些时候你真毒。什么'你们，你们'的，你就活得很真了？不空白了？你对这种黄昏的迷恋就不算偏见了？"

"哪有可能不空白？我也不评论孰是孰非，只是说出些看法，反应这么激烈？我说了，各人习惯一种味。"

"你习惯这种味？"

"都习惯，城市里的也习惯，城里的灯在灰里一盏一盏地亮，是另一种华丽的美，那时候，城里的金属和水泥的面貌会变得柔和，与白天完全不一样。"

"丁丑，你到底是什么样的人？观点模糊，摇摇摆摆。"

"我没有观点，为什么要有观点？顺其自然，让身体和感觉活着。"

"不懂，不过听起来挺震撼的。"

两人顺田间小路走深入了，来到一个斜坡前，斜坡上有片橄榄林，橄榄种得很稀，远远一棵，但每棵都很粗，撑着极大的树冠。

丁丑拉高书意上了斜坡。有了点高度，矮矮的田野看得很清楚了，大多是荒着的地，长着庄稼的田极少，努力固守着什么的姿态，偶尔有一两架瓜棚，显得孤单。池塘倒比较多，一口一口的，像田野的眼睛，余晖在水面闪烁，如同田野最后的活力。丁丑说："现在的黄昏和小时候的完全不一样了，没了粮食的味道，连家畜的粪便味也淡了，多了一种说不清的味，我把它叫危险味，有些东西要消失了。"

"小时候？我很想像一些人那样也怀念一下小时候，可我得承认，我一点也不怀念。我的小时候充满艳丽的玩具，我上幼儿园，学绘画，去儿童乐园，几乎想什么有什么，母亲带我玩或给我买，都随我的心，可我竟怀疑她是否真疼我。哥哥很有哥哥的样子，让我，不欺负我，对所有的人都有礼貌，可我也无法确定他是不是真疼我。父亲一直忙，回家时总有客人，在客厅和他谈话，谈过了话他就进书房。怎么说，我有个优越的童年，可依然不满意，这就是很多人批判的，饱食终日的生活吧。不提了，说说你小时候的事吧。"

丁丑蹲在地上，拔出一种草，叶子圆圆的，他敲掉根部的泥土，指着草的茎部说："可以吃的。"

高书意接过来，草茎饱满嫩绿得有些透明，含着很多水分，但她书本里学过的，电视里看过的，听说过的，所有记忆里，没有关于这种草的印象，将信将疑地看看丁丑。

丁丑摘去叶子和根部，把茎折成几截，放进嘴里细嚼，说："小时候没有零食，找这种草，嚼出一丝酸甜，是我们极大的乐趣。包括覆盆子，一些草籽，某些特定的树叶，生地瓜，生黄瓜……"

高书意试探着嚼了几下，酸，一丝丝的甜，极细微的味道。

丁丑说："我们童年的味道。"

高书意笑："难怪你感觉那么敏锐。"

"还有游戏，包含了喜怒哀乐。"丁丑走到一块田头，绕了半圈，蹲下去，掏出一捧半湿的泥土，开始揉捏，泥土慢慢咬合成一团，有了韧性。丁丑把泥土捏成薄薄的碗状，高高扬起，在一块稍平的石头上一扣，啪地一响，竟很脆。

高书意唬了一跳，泥碗破了个大洞。

丁丑指着那个洞说："愈大愈好，对手得用泥土补这个洞。当然，他会想方设法把泥土捏得极薄，但至少要补得全。最后，得泥土最多的便是赢家。为了这个洞，我们想方设法，出力气，出技巧，或欢喜或紧张。这是我们童年的感觉。"

"要这泥土有什么用？"高书意哧哧笑了。

"没什么用，拿回家放在墙角，日头晒硬了便丢掉。游戏就这样，不讲究什么用的，就像现在的人玩电子游戏，迷在里面。"

"你不认为玩电子游戏是无聊人的活动？"

"也不尽然，童年不讲有没有用，只为了游戏而游戏，长大了，什么事都朝有没有用方面想了，所以电子游戏没地位。其实电子游戏挺好玩，只可惜是虚的死的，没有味觉触觉。"

"你谬论一大堆，不过有意思。"

二十七

拜月娘的供桌摆在院子里，对月，月出奇的大，很近，有透明的质感，高书意甚至感觉得到月光是冰凉的。她发现自己突然喜欢感觉了，她几乎相信这个院子就在月光中心。

桌上除了丁丑和高书意带来的水果、点心，就是丁丑阿妈做的软饼，自制的绿豆糕，自叠的金塔，素淡如月光。高书意有点不习惯，家里每年也供月，大圆桌摆在阳台上，几盒月饼叠放着，各式的水果糕点挤着拥着，插电的烛，会唱歌、不用点火，始终亮着红点的香。人挤在客厅，电视开着，城市里某处有活动，电视及时放送那些活动热闹的场面，都是这样的信息：中秋，喜庆的节日，团圆的节日，皆大欢喜。像所有的人，高书意那时在中秋不记得月，月在城市的中秋是缺席的，城市的中秋灯火辉煌，绚丽欢庆。

这里的中秋如此朴素清淡，甚至有些冷清。高书意想，原来家里多年来供的月是这样的，这月光是不是真的悬浮在城市的灯光之上？

丁丑阿妈点香，跪下，月光一样安静。高书意看呆了，这是个真正的美人，发不烫，脸不抹，衣不艳，可她美，美得月光一样安宁，无可争议。烟袅袅而起，她缓缓站起，持香插上。高书意突然对唇上的口红羞愧起来，来到这，除了适当地保养，高书意基本不化妆了，但刚刚还是抹了点口红，她担心清冷的月光让她没精神。高书意稍偏了身，拿纸巾抹了唇，才转过身对丁丑阿妈微笑。

丁丑也燃了香，跪下。

丁丑起身后，高书意忍不住问："你们真的相信？"

"相信？"

高书意指指月，说："你们相信月娘？相信她拥有的神力？"

"不是相不相信的问题，这是个仪式，没办法用一两句话说清的。跪下是对一些神圣的东西的敬重与期待吧，我或许表达不清，但人世有时需要些这样的东西。"

"有用吗，你们的祈祷？"高书意还是疑惑，这母子的虔诚让她不解。

跪下不会想有用没用的问题，也不单单就是祈祷，有时也是倾诉。

高书意默默退开，她猛然觉得自己俗了，俗得外露了。

退到丁丑阿妈身边，高书意忍不住半低下头。丁丑的阿妈碰碰她的胳膊，指指几乎透明的圆月："有些东西，相信了就在。"

高书意说："我能拜一拜？"

"当然。"丁丑阿妈笑，给高书意点了香，说，"跪下了便诚心。"

高书意跪下，衣袋里的手机突然响起，惊得她手一颤，香头的火星直晃，身子却直愣在那儿。

丁丑的阿妈接过香，插上香炉，对高书意说："你意思已经到了，也诚心了，接电话吧。"

高书意握着铃铃响的手机直退进房间，还有些转不过弯，这音乐如空中无端生出的一只手，把她扯回几乎忘掉的日子。李代佳打来的。

高书意按了接听键，发出的"喂"字微弱而恍惚，像这通话是需要暗中接听的，甚至有点抱怨，在中秋这样的节日，李代佳待在她的固定中，打电话做什么？高书意忘了，前几年的中秋，她都给李代佳打电话，两人在双方嘈杂的背景里，絮絮叨叨，高书意抱怨着节日的形式与无聊。高书意忘了，没给李代佳打电话已经异常了，何况在"这个时候"，何况她前段时间那样的状态。

听到高书意往下压的声音，李代佳声音扬起来："书意，你怎么了？在哪里？不在你爸妈家？怎么没听到他们的声音？哪里这么静？"

"我在外面。"高书意仍压低声音。

"外面？"李代佳真担心了。

高书意往里面走了走，手机更紧地贴住耳朵："我出门旅游，在一个很安静的地方。"

来之前，高书意给母亲打了电话，往年的中秋高书意总是回去的，今年她在"这个时候"不回家，不交代一声可能引起恐慌，她不知自己为什么忘了给李代佳打个电话。

"书意，你到底在哪？"

"一个安静的地方，这里的中秋美极了，美得我都忘了自己，所以忘记你是正常的。"

"什么时候去的？告诉我，在哪？"

"代佳，我很好。"高书意急于结束通话，她对刚才不完整的下跪心神不宁。

"书意……"

高书意想了想，说："和一个朋友来的。"

李代佳猛地静了，过了一会，说："那就好。"然后，她按断了通话。

高书意拿着手机发呆，但当她开门出去，满院的月光扑面而来，又看见丁丑和他阿妈闲谈着的身影时，她豁然开朗，像一脚又从某段日子里踏出来。

在院里默了一段，高书意才缓过神，想起丁丑房里那些书，一个木板粗钉的简易书架放满了书，她白天细看过，并不是原先想象的初中课本之类的，看起来全是自买的书，艺术类的、文学类的、自然科学类的，甚至有数学类的哲学类的。白天她就想问了，刚好丁丑被他阿妈使出门买东西，一转头忘了，刚刚听李代佳的电话时，她的手指就在那些书脊上有意无意地划来划去。

高书意问丁丑："你爱看书？"

"算一个爱好。"

"没见你看书呀，也没见你租屋有书，还是那些不太受欢迎的偏书闲书。"

丁丑想应她："你才认识我几天？"却只笑着说："自己爱好的书，没有所谓偏书闲书之说。我一般只带几本在身边，和衣服一起放在储物箱，看完了便带回家换。"

"你上过大学？"高书意话一出口就觉得冒昧了。

"上了一半。"丁丑说。

"嗯？"

"中途退学。"

外门被某个邻居推开，一个大婶进来和丁丑阿妈说什么，高声冲丁丑打招呼。

二十八

收了供桌，高书意看看手机，才十点多，城市的夜才醒，可这里的夜已经静得出奇，除了风和树叶的梦语，只听到远处虫子的鼾声。供桌上的烛光一灭，院里的月光便脆响一片，屋前屋后听不到半丝人语，高书意不知不觉也放低了声音："阿姆，都睡得这样早？"

丁丑阿妈说："今夜是中秋，还晚一点，平日早睡了。"

两间屋，东房隔成两截，后半截安床，前半截摆放茶几当客厅，西房也隔成两截，后半截安床，前半截放了饭桌和杂物，西房有阁楼。东西房各有门进出院子，两房共用的墙又开了个小门。把高书意安排在西房，丁丑阿妈睡阁楼，丁丑在东房。高书意要睡阁楼，丁丑阿妈说："阁楼上长年备着床铺位，前年天冷，我贪暖睡到阁楼去，竟习惯了，平日家里一个人，我都爬阁楼去睡的，阁楼有对向的窗，通风。"

丁丑在东房看书。

高书意不习惯这么早睡，丁丑的阿妈便和她坐在门前，浸在凉白的月光里，闲闲地聊。

高书意重拾刚才的话题："阿姆，丁丑为什么中途退学？什么样的大学？"

"阿丑考得好，退学是因为我。"

"因为阿姆？"

"阿丑大二时，我挑水浇菜摔了骨盆和手臂，要卧床静养，他回来照顾我。"

"就这样退学了？"

"我摔得严重，阿丑不肯把我留给四邻，等我能下床撑着木棍走路，那一学年已经结束了，住院养伤的费用把家底掏空了，还跟亲戚好友借了好些。"

"可惜。"高书意叹。

丁丑阿妈笑笑："事情出了，路也走了，也就不说可惜。"

高书意惊奇了："阿姆，你不觉得可惜？丁丑不觉得可惜？"

"事情发生了，阿丑也大了，这是他选的路，没什么可惜的。过日子嘛，哪没有这事那事的？"

"我是说，要是丁丑上完大学……"

丁丑阿妈笑："我懂你的意思，日子哪有什么要是的，走着就是。再说，阿丑现在过得不错，这几年欠别人的都还上了，这是最要紧的。"

"可现在丁丑……"高书意感觉又说错了话。

"阿丑卖火腿面饼挺好的，他喜欢，自己找路子，没什么好担心的。"

高书意沉默了，她觉着再继续这个话题就可笑了，这对母子的安然既让她惊讶又让她羞愧。静了一会，她不好意思地说："阿姆，我就这样随丁丑来，您不会笑话吧？"白天李四婶的话仍让高书意脸面烘热。

"笑话？"丁丑阿妈呵呵笑出声，"你是阿丑的朋友，想来便来，随时欢迎。"

"我不是这个意思，其实我和丁丑认识不算太久，这次是我硬要跟来。"

"你们后生人的事，自己安排。"

"我知道这样跟来不太妥，丁丑开始也是不同意的。"

"你想来就来，喜欢就好，没什么妥不妥的，阿丑既带你来，就是同意的。"

"阿姆，我有些不讲理了。"高书意突然有拥抱这个老人的冲动，她抑制住自己，想说的话却控制不住，"我碰到了事，几乎要迈不过去了，我躲着这个时候，便麻烦着丁丑。"

"哪个人都有些难挨的时候。"丁丑阿妈看着高书意，眼神宁静透明。

高书意偏了偏脸，几乎有些急切地转换话题，很久以后，她才明白自己当时根本没换话题，只是造作地把自己扯开，试图远远跳开，以一副伪旁观者的面孔出现。

高书意试探地问："阿姆，丁丑的阿爸很早就走了？"她仔细看老人的脸色。

老人的脸色安宁如夜色，说："很早，阿丑四岁，还不懂事。夜里开拖拉机摔进山沟。"

高书意愣愣看着老人，像被吓住了。

"拖拉机翻了，阿丑的阿爸躺在地上，全是泥。我拿水帮他洗过，伤在脑里，人看起来还好好的，只是脸有点脏，不破相，不睁着眼去，我帮着把他抱上担架时手就不抖了，还能让阿丑瞧瞧他阿爸，他以为阿爸睡熟了。"

高书意半天才问："你帮着抱丁丑阿爸上担架？"

"帮着抱了。在堤上看见山沟深处拖拉机一角，我就知道日子要拐个点了。"

"您一个人，这些年？我是不是冒昧了？"

"我明白你的意思，算一个人吧，有过重新凑的打算。"老人微微笑了一下，"后来觉得不太合适，就和人家明说了，光光正正各走各的路。"

"因为丁丑？"

"不是，有时合适不合适说不清，就闭起眼，胸口有什么东西，自己是清楚的。"听着老人的话，高书意想起丁丑喜欢说的感觉。

"阿姆，你是了不得的人，我没出息。"高书意喃喃说，"你的日子淡如水，可是饱满，就像丁丑说的，心安理得。我空白一片，没了日子的形状。我没出息。"

老人摇摇头："我也有空白的片段，也常蒙头蒙脑撞不到出路。这张床——"老人指指屋里的床，"我不知一人乱翻腾过多少次，床是空的，身子是空的，心是空的。翻得受不住就下床转圈走，好像那么转着走能找到什么东西，其实我不知要找什么，就是找到了也不知怎么填，因为我不知道空白在哪。有时怕吵着阿丑，我就到院子里走，也是绕着圈，撞着凉凉的黑色的夜，也让夜撞进我身子。"

高书意的表情难以形容。

老人又微笑了："我是人呀，日子过着过着，我知道空白躲不开甩不掉，就转过身对着空白，走进空白里，和空白肩并着肩走。"

"阿姆，你是个哲学家。"高书意拉住老人的手。

"什么？"老人第一次迷惑了。

二十九

夜不知多深了，高书意睡在床里，目光在想象里穿过帐子，拐过布帘，落在侧边木门上，门那边是东房，东房布帘后是床，丁丑在那里。也就是说，他和自己只隔一道墙，高书意把肩背靠在墙上，想着也许和他背靠背，手心开始发烫。

阁楼比夜还静，阿姆深睡了吧。高书意半抬起脑袋，听了一会，脑袋抬得更高，慢慢地，手肘撑住床半坐起身。坐了一会，她掀开帐子，下床，在床前站了良久，对自己疑惑不解。后来，她迈步了，踮起脚尖，身体尽量往上提，让脚步的重量轻些，再轻些，奇怪的是，她不紧张。

高书意抽了门闩，一点点拉着门，木板门和门闩都旧了，松动了，无声无息地滑开，夜一样安静。她迈过矮矮的门槛，人在东房了。

高书意绕过布帘，立在丁丑床前，隔着薄薄的帐子。她伸手，缓缓掀开帐子，欣喜水一样浸透了她。丁丑也没睡，侧躺着，静静看着高书意，窗口进来的月光那么好，他的眉眼清清楚楚。她竖起一根手指，轻放于唇边。其实完全没有必要，丁丑不出一声，只是很慢很慢地坐起身，边坐边往一边靠，给她让出一个位置。

高书意坐在丁丑身边那个位置上，丁丑开口想说什么，她摇摇头，说："别说无关的，行么？"丁丑就合上了嘴。

两人并坐在床上，对着窗，月光扑面而来，透过帐子，像轻蒙蒙的烟。这么坐着，似乎只有一会，又似乎很久，高书意脖子有些酸，便歪了头，靠在丁丑肩上。她觉出他的肩微微地缩，便拉住他的胳膊，靠得更紧些，肩头便松展了。

后来，高书意转过脸，丁丑也转过脸，两人面对面了。高书意伸手解睡衣的扣子，一个，两个，丁丑木木坐着，她便把手放在他胸口上，稍稍用着力，让他隔着衣服感觉她手心的温度。

丁丑的胸口缩了一下，身子挪了挪。高书意说："别说无关的，别想无关的，只有我们两个，现在。"她的声音和目光散淡如烟，和月光一样，和丁丑的神情一样，恍恍惚惚。

扣子一个一个褪开，肌肤一寸一寸撞着丁丑的眼睛，她的手揪着丁丑的衣服，说："不要它。"

高书意的身子笼着层牙白的月光，有瓷的光泽，又有些毛茸茸的，云絮一样轻软，发亮的光泽和云絮的轻软在她身上凹凸有致地流动，丁丑想象伸手会捧住一把光亮又绵软的瓷光，他没有伸出手，忘了如何伸手，整个人跌入一个失重的空间里，无法平衡身上所有的器官和意识。

高书意的手指落在丁丑的额角，顺着鼻梁、嘴唇、脖颈划过。丁丑的皮肤在她的指尖下哗啦啦被划开，灼热感刀刃一样锐利又尖细，在身上四处游走。他听见高书意锐利又尖细的声音："你真干净。"她这样叹着，声调和表情变形着，扭来扭去的，不知是极痛苦还是极欢乐，她重复叹："真干净，丁丑，你真干净……"

丁丑被这话猛惊醒般，"不。"他说，"不。"垂下了头。

高书意坐在对面，伸长胳膊，竖起两只巴掌，说："丁丑，把手给我，对着我的手。"丁丑便学她的样子，坐直了，伸长胳膊，竖起两只巴掌，练气功一样贴着她的掌心。

"闭上眼睛。"高书意梦呓般，"我们听听被自己埋住的声音，就知道要什么了，这是你教我的，你记得么？记得么……"高书意缓缓躺下。

丁丑睁开眼，看到她的身子在月光里起伏，弄不清楚是丰满还是苗条。他趴下去，用唇碰了碰那肌肤。他听见她绵长而细微的叹息，从她微张的唇、微闭的眼、微颤的头发里渗出，叹息波浪一样晃着他。他的手一寸一寸游走，同时感觉到了瓷的硬实和云絮的柔软。

肌肤在他手下一个毛孔一个毛孔地张开、歌唱，瞬间万紫千红，绚丽如虹。

丁丑拥住这道虹，拥得那么温柔，虹软成一摊，又拥得那么紧，虹无法抑制地叹息。

身子动了，床动了，屋子动了，整个世界都动了。然后，所有的一切受了惊吓般，身子静了，床静了，屋子静了，整个世界都静了。沧海桑田，像瞬间千年，又像一秒成永恒。

身体失去了所有重量，触觉亦真亦幻，触觉托着身体上升、飘浮，慢慢地，身体和意识一起慵懒地躺在云朵之上，任其飘飞。

所有毛孔，所有血液都想歌唱，无词无调地高声吟哦，但他们什么声音都没有发出，只是微笑。微笑是从骨头开始的，顺着肌肉、血管，一层一层地爬漫到肌肤之上，再由肌肤渗回骨头。

微笑在身上四处爬漫，他们并排躺着，心安理得，任绚丽多姿的空白笼罩周身。

"我看到空白了，和它面对面了。"高书意想这样说的，但这话只在胸口跳来跳去的。她用指尖碰碰丁丑的指尖，他的指尖和她的指尖一起颤了一下，她知道，丁丑明白了。

第二章

一

今天，丁丑最初的顾客是对男女朋友，他刚刚帮姚婉净安置好凉水摊，回到烤摊剥火腿。

"火腿，还有别的吗？"女孩问。

丁丑抬起微笑的脸。

女孩愣了一下，目光呆在丁丑脸上，然后笑意像被风吹皱的春水，一圈一圈漾开。

"还有面饼、面丸、豆腐。"丁丑指指一边准备好的东西。

女孩没看丁丑的手指，看他的脸，看他的眼睛。

男孩说："火腿不要，面饼面丸也不要，燥。"男孩也不看东西，看丁丑的脸，顺着丁丑的脸找到女友的目光。他的声音含了隐忍又外露的怒气，拉女友的手用了力。

女孩回神，手也用了力，往回扯："早上只喝点牛奶，面饼面丸火腿都要一些。"

丁丑说："面饼面丸当早餐不错，纯手工，纯面的。"他话是对男孩说的，微笑和目光都面对着男孩的。

男孩不看丁丑，看女友："这些东西燥，吃了喉咙干，吃点别的？"

"就吃这些。"女孩肩膀娇嗔地晃一下。

丁丑指指对面凉水摊："那边有凉水、绿豆爽、马蹄爽，配着火腿面饼喝倒合适。"丁丑目光也仍面对男孩。

男孩转头看凉水摊，姚婉净朝丁丑笑，男孩的笑意灿然开放，他揽住女友的肩："要什么？点吧。"

火腿面饼面丸女孩各点了一些。

男孩说："多了。"

女孩说："一会不是要去公园和大家凑？给他们带一些。"

丁丑炸着火腿，烙着面饼，女孩目不转睛地看，看丁丑的动作，看他半垂下的眼皮，看他抿着笑意的嘴角。

男孩说："别在这呆等，先去买几杯凉水。"不管女孩挣着的手，直接拉她到凉水摊。

东西装了袋，女孩袋子提到鼻尖前，眯着眼叹："香，手工面饼，很难得了。"

男孩哼了一声："好有出息，男人捏面饼。"

女孩抬起脸，细细看男友的侧脸，扑哧笑了，手指在那绷着的脸颊上一划："哟，吃醋了，吃醋了。"

男孩鼻子哼了一声："吃醋？对那捏面饼的小白脸？"

女孩捂着嘴笑，说："是，小白脸，他只看着你，可没正眼瞧我。"

男孩笑了："算他聪明。"

女孩立住了，敛了笑："没错，男的是小白脸，女的就是美女，稍有个眉目端正点的女孩走过，你目光就哗哗往下掉，恨不得骨碌碌随了去——快看，大街那边正好有一个，目光再不爬过去就跟不上了……"

"是有美女，可我没空，身边这大美女把我目光揪得死死的，挪得开么？"男孩扳住女孩的肩，和她打闹起来。

丁丑和姚婉净远远看到他们打闹的背影，丁丑晃晃头笑，姚婉净在对面朝他瞪眼，高高扬起手，做了个捏住他，用劲拧的姿势，另一只手的食指抬起来，一点一点地，是警告的意思。丁丑摊开手，耸耸肩，一副极无辜、极受委屈的样子。姚婉净扑哧一笑，两只气势汹汹的手垂下去，捂在嘴上。

总是这样，来烤摊的女孩忍不住热情，有些热情过度。姚婉净为这个和丁丑吵过，但吵来吵去，似乎很莫名其妙。姚婉净甚至要丁丑别笑，说他那张脸已经太过分了，还笑。丁丑很无奈，说："我总不能给顾客脸色看吧，还要不要做生意？"姚婉净就沉默，想想也是，况且，那些没大脑的女孩确实买了丁丑不少东西。

后来，丁丑开始和男孩交流——只要女孩身边随了男孩——对男孩笑，搭着介绍姚婉净的凉水。姚婉净和丁丑默契的笑让那些男孩释然。

慢慢地，姚婉净习惯了，她夸张地叹气："唉，为了生意，为多挣点钱，舍不着孩子套不着狼。"

丁丑说："我成了被丢出的孩子。"

姚婉净说："当一当饵而已，最后还不是我的。"丁丑的脸让作为女友的姚婉净不放心，但丁丑这人她是放心的，她甚至笑他已提前进入老年期，没半点好奇和激情。丁丑只是微笑，有时不置一词，有时应一句："没有你说的好奇和激情。"

就像现在，姚婉净激情又来了，朝丁丑打手势，丁丑扬扬剥了一半的火腿，表示正在忙，她那只手挥得急切了，丁丑只好放下火腿走过去。

姚婉净说："这段时间人最少，没什么顾客。"

丁丑知道她的意思，说："这段时间超市前最阴凉，太阳未走到超市楼顶，这里坐着挺好，通风。"

"总这么待着，天天待着，木头一样。"姚婉净脸色暗了。

丁丑开玩笑："我就在对面，不是说单看我就看不腻？"

"不害臊。丁丑，我发现你平日人模人样的，不正经起来脸皮够厚的。"姚婉净话里真含了火气。

丁丑拿起杯，在姚婉净眼前晃晃，继续开玩笑："你卖青草水、绿豆爽、马蹄爽……全是清凉降火的，怎么动不动冒火气？"

"丁丑，你看。"姚婉净指着人来车往的路，指着路两边的商铺，或音乐四起，或人声喧闹，说，"城里在跑，所有的人都在往城市那个芯钻，看着让人着急，我觉得城市像个大蛋糕，全被人分光了，可我们在远远的地方傻傻地看。"

"你进去吧。"丁丑放下杯子，习惯性地对姚婉净说，"我帮你看摊子。"

姚婉净脸上的暗色哗地散开，她唰地立起身，整着头发，边绕出摊子，急步走进超市，边半偏过脸对丁丑说："一会就回来。"

丁丑刚回到烤摊，姚婉净身影一闪，早消失在超市大门。

二

姚婉净仍直奔珠宝区，她立在那条通道上，一边是金黄，一边是烁白，晃得她头重脚轻，有些睁不开眼，但她努力把眼睛睁得大大的，怕漏掉一丝金黄或是烁白。姚婉净看来，这些金黄和烁白是城市最美丽、最高贵的光芒，如果要当一个美丽而高贵的城市人，这样的光芒将是不可或缺的。每每想到这，她便有无法抑制的忧伤，这些光芒总是大大方方地向每个走过的人闪烁，但从不在人的身上沾染一点。她无数次在这里流连，无数次和这些金黄烁白对视，把它们的样式、光泽记在脑里，可它们离她仍然遥远，每对视一次，这些光芒就似乎更远一些。

超市人不多，珠宝区更安静，姚婉净有点怯，她看了一下，售货员立在柜台最里角，大概对这时段不抱希望，她又探了下头，左边黄金区是那个胖售货员，收银员是不睬她的。姚婉净凑到柜台边，去看前两天一直看的链子，金色的盘花，包绕着三颗翠色的玉，大气又典雅，足够大的链子。姚婉净想象这三颗有金色盘花的翠玉开放在脖颈上，她微眯上眼，几乎站立不住。

因为是胖售货员，姚婉净的想象就从容一些。她在链子面前流连了足够的时间，现在挪挪步子，去看那个镂空雕花的手镯，胖售货员会不理不睬，任她隔着玻璃胡思乱想。

如果是那个瘦售货员，姚婉净就看得有些仓促，不会把整个上身靠到玻璃柜上，头不会弯太低，瘦售货员会时不时白她一眼，或者走过来望着姚婉净，问："买什么？看中哪个？"

姚婉净讪讪后退半步，说："看看。"心里却骂着售货员，她明知道姚婉净经常来，一看半天，但从未要求把东西拿出来。姚婉净不是不敢要求售货员拿出货，她怕的是自己，怕手指一碰到这些金黄和烁白就会抓住，再不放开。瘦售货员会用目光逼视姚婉净，逼得她往后退。姚婉净会退进烁白的白金和钻石区，那一片的售货员也好不到哪去。

所以，多数情况下，姚婉净都是兴冲冲进超市，兴冲冲扑向珠宝区，又暗灰着脸出来，骂骂咧咧的。她想，要是周雪雅在，情况就完全不是这样。

周雪雅的包，周雪雅的服装，周雪雅的派头，会让这些售货员的目光嘤嘤嗡嗡扑过来，粘过来，笑容会厚得要掉一样，给周雪雅让座、倒水。周雪雅让售货员拿出那些项链、手镯、戒指，她掂在手里，指头不抖，目光平和，像看着不甚合意的衣服。没错，周雪雅买这些东西就像买衣服，比自己买衣服还淡定，这就是气度。

那些售货员目光像探视镜，一眼把人看得透透，就是周雪雅不拿包，不穿名牌，不戴钻石，一身休闲服，她单单目光就够了。带着她的目光，周雪雅走进这样的地方，售货员的目光和笑容还是会粘着她。姚婉净认为这就是城市人气质，一旦拥有了这种气质，才是确凿无疑的城市人，城市才真正承认了你，不用怕它忘记你，扔掉你，不用对它弯腰点头。

有一次，周雪雅让姚婉净陪她去买耳钉和手链。进超市之前，姚婉净突然拉住周雪雅，说了个恳求。周雪雅稍愣了一下，便大大方方笑了，点头。

当然，那些售货员的目光和问候大多还是朝周雪雅，但姚婉净手里的包让她们惊疑不定，惊疑不定地对姚婉净微笑。姚婉净说："有好看的么？"说完她惊了一下，发现自己学着周雪雅的口气。她不好意思地看看周雪雅，周雪雅朝她点头微笑，像长辈对晚辈的宽容。

姚婉净挑着东西，尽量控制指尖的颤抖，感觉着周雪雅捏住她胳膊的手，只要那只手稍稍用力，姚婉净就昂起脖子拍板："这个吧，也没更好看的了。"依然学周雪雅的口气。

直到姚婉净打开钱包，拿出银行卡递给收银员，那些售货员仍疑疑惑惑的。姚婉净扬高声调："包起来，耳钉和手链都要盒子，分开装。"售货员的笑才啪地松展开，忙不迭地点头。

离开时，姚婉净几乎抬不动脚，她感觉到售货员看错人的羞愧，浑身通畅。

出了超市，姚婉净把钱包和东西小心递还给周雪雅，说："原来买珠宝是这种感觉，雪雅，谢谢你。"

周雪雅接过东西："买点东西而已。"

姚婉净伸着舌头："买点东西？够买我老家的房子了，我手心出汗了。"

周雪雅说："所以说生活是有层次的。"

后来，姚婉净无数次想起周雪雅这话。特别和丁丑逛过珠宝区后，她对这句话的感慨几乎深入骨髓。

那次，在一个商场闲逛，姚婉净硬把丁丑拉到珠宝区。她兴奋地指指点点，丁丑慢慢随着走。售货员问了两次，丁丑说："看看。"是啊，柜台摆着，每个人都可以看看。但售货员似乎很不喜欢这两个字，抱着胳膊，跟着姚婉净，一会儿说："哎呀，你别用力压，柜台是玻璃的。"一会儿说："您要哪件，我拿出来，别老拿指头敲。"

丁丑拉拉姚婉净："走吧。"

姚婉净不舍地任丁丑扯着走。这时，他们听到售货员冷冷的话："一看就是买不起的，瞎费工夫。"丁丑揽住了姚婉净，她才没冲回去。

丁丑半揽着姚婉净走出商场，她挣着说："放开，我不会回去的，回去丢脸么？"

丁丑说："别气了，售货员整天站在那，没生意上门，也着急，也费心。"

姚婉净忽然说："跟着你还不如跟着周雪雅。"

三

丁丑在两个摊子间奔走，炸火腿面丸、烙面饼，有人要凉水，便奔到凉水摊。幸好这段时间顾客并不多。

姚婉净终于从超市出来，一如往日，脚步无力，脸色黯淡。丁丑正把一杯凉水递给一个男孩，他收了钱，退回烤摊。这个时候，他不和姚婉净提任何话头，只烙了一块面饼，纸袋包着，递给姚婉净。她若有所思地接过饼，若有所思地咬了一口，若有所思地嚼着，一直到正午，丁丑到买了盒饭回来，她仍是若有所思的表情。

午饭到晚饭这段时间，姚婉净若有所思的表情淡了，但脸色仍不太好。

晚上，姚婉净说要早点收摊，她绕到烤摊边对丁丑说："收摊了收摊了。"丁丑摊前还围着好几个人，他说："你先回去休息，你的摊子我一会收。"姚婉净真扭头就走了。

一个人收两个摊，费了丁丑一些时间。回到宿舍时，他看不到门板下漏出的光，以为姚婉净先睡了，因此，当他开了门，姚婉净突然从沙发上直起半截身子时，丁丑吓了一跳。

"没睡？"

"睡不着。"

"怎么不开灯？"

"不想开。"

丁丑开了灯，姚婉净跳下沙发，发稍乱，她叫住丁丑："别急着揉面，我们正经说些事。"

"边揉面边说？"

姚婉净静静看丁丑，脸上黯淡的那层又一点一点聚拢来。

丁丑放下面盆，在沙发上坐下，边泡着茶。

"我们的摊子什么时候搬？"姚婉净开口了，果然还是那个话题。

"婉净，我们的摊子在这摆得好好的。"丁丑说，仍是之前说过的话。

"有更好的，我们就这样原地踏步？"

"婉净，摊子离宿舍这么近，很方便。"

"宿舍是租的，租来的屋子不是我们自己的，随时可以重租。在这城市里，只要没有自己的房子，我们就是四处流动的，到哪里租不是租？你这些都是借口。"姚婉净端起杯子又放下。

"我的意思都说过了，婉净，我都不知怎么重复。"

"丁丑，我的意思我也说过了，得重复吗？"姚婉净声调往上扬。

两人一时沉默。

良久，姚婉净又说："丁丑，别怪我话直，说白了，你就是懦弱，比我这个女人还懦弱。男人该有点闯劲，那些成功人士哪个不是敢作敢为？不单懦弱，而且呆板，没一点想头。"

丁丑嘴里的茶顺喉头缓缓而下，他轻轻揽姚婉净的肩膀："婉净，这不是懦不懦弱的事，只是觉得没必要，我们这样挺好。各人有各人的想法，有人觉得日子该闯，有人偏于安静。你所说的成功人士是人们的说法，他们把那个叫作成功，其实也不一定，习惯而已。于是，都觉得该有大家认为的成功，没成功就惭愧，甚至觉得低人一等，这是荒唐的……"

"荒唐？哪个荒唐？"姚婉净抖了下肩，把丁丑的手抖开，

"又是这些歪理，那些奇奇怪怪的书把你脑子弄糊涂了。"她四处望了望，没找到丁丑那些让她看了头疼的书。

"我们走得好好的。"

"好好的？这也叫好？丁丑，我们挤在城市最潮最窄的墙缝里，别人把我们看扁了。"姚婉净哽咽了。

"日子是自己的，别人看得扁？人总喜欢活给别人看，这是怪异的，婉净，你如果换个角度想，就完全不一样了。"

"我的想法又清楚又明白，没有角度换。丁丑，我们在城市住了这么久，可从来跟城市人不沾边，我们也回不了老家的，连老家的人都把地丢了，我们怎么回得去？我们不是城里人，不是农村人，不是小镇人，再不努力，什么都不是，什么都没有。我总是梦见四周起了雾，雾把什么都融掉了，我什么也看不见，除了雾。"姚婉净捂着脸哭起来。

丁丑搂住她："婉净，我懂你的意思，可这是因为你心里空，和有没有东西其实没关系，和你是不是城里人没关系。我知道你想拥有什么东西，可你就是有了那些东西，卖东西的人全对你笑，城里所有的地方你都走进去了，又怎么样？还会觉得空，还会害怕，那时你就不知道想有什么了。"

"我不相信，有了那些东西我就踏实了，成了城里人，城市就是我的家。雪雅说生活是有层次的，我们是最没层次的人。"

"婉净，假设我有了所有的东西，我也帮不了你，那些东西还是会变成雾。"

"我不相信！"

"婉净，拥有很多你说的那些东西的城里人，四周也可能全是雾。"

"我不相信！"

"你那叫周雪雅的朋友也一定觉得空，要不，她就不用从头到尾挂得亮闪闪，连眉目都看不清楚。婉净，我不是说她不好，只是说我的感觉。"

"雪雅好得很，没人比她好了，她是活得最有层次的人。"

"婉净，不是我不愿搬，只是搬了还是这样，这不是搬不搬的问题。"

"其实，搬了还不是摆摊，不可能有什么大出息，我只想有点变，变好一些，就是一点点也好，可又怎么样呢？那一点点够做什么？"姚婉净号啕大哭，她的指甲深深插进丁丑肌肤里，像要挖出点什么来。

四

金尚广场开放那天，姚婉净硬拉了丁丑去，说中午这段时间没什么人，错过这个城市的盛事是大遗憾。早在几天前，姚婉净就安排好了，那时，城市到处是宣传语，为金尚广场的开放擂鼓助威，到处飘着关于金尚广场的话题，它已成了城市这一段最潮流、最时新、最要紧的话题。金尚广场接近城郊，面积之大，对城市来说都显得奢侈。都说那样一个广场，传承了城市的文化，使城市的进程快速地向城郊爬蔓，围绕着广场，一个新的发展区将是城市的新星，冉冉而起。

姚婉净拿着广场的广告图，激动得双颊通红，好像那是她家新盖的房子。她说："多豪华，最大的广场，城市就是大手笔，开放那天一定全城人都去。"

丁丑说："一个新广场，宣传成城市的根，过分了。这本是官员的政绩，面子工程，却非说成老百姓的喜事要事。"

"你刻薄了，丁丑。"

"实话实说，那广场大而无当，成片的雕花水泥，还不如一个公园。"

"发展，你懂么？会有一个新区。"姚婉净用上了宣传语。

"城市爬过去就是发展？听说迁走的居民还没有新的安置区，那本是一片民居，该拆掉多少房子，他们该去哪？"

"你就会说扫兴话，还轮不到你忧国忧民，先忧我们自己吧。不管怎样，开放那天一定要去。"

"开放那天都往那儿凑，没必要赶那时候去挤。"

"就是要热闹，到时广场周围还有美食街，去看看有什么小吃，试试别人的东西，说不定有什么启发。"

"美食街会连摆十天，缓几天去吧。"

"你去不去？反正我去，就开放那天，时间准准地去。"

姚婉净去，丁丑当然也去了。

果然挤，挤得只看见人的后脑勺和广场那个代表城市的根的仿城楼建筑。除了招商的美食街，周围摆满散摊，卖什么的都有。

姚婉净看中了那些散摊的位置，看中令人咋舌的人流，并留意起来。她问过东西的价钱，美食街里只摆十天，又要铺面费，东西贵不奇怪，可散摊的东西也很贵。

姚婉净当下就提出把烤摊和凉水摊搬到广场周围。因为太闹，她说这主意时拼命扬高声调，显得很激动。

丁丑完全愣呆的样子，等反应过来，只是摇头，摇得姚婉净火气直冒。她高举起手，挥着弧线："你看，你看这么些人。"

"只是一时的，都赶新鲜，几天就散了。"丁丑尽量凑近姚婉净说，"这摆不长久。"

姚婉净说："这里的火腿每根多卖五毛钱，面饼也可以提价。"

"大都是附近居民赶这几天热闹，不长久，我们赶不了这样的热闹。"

那天，他们挤着人也被人挤着，似乎目的明确又漫无目的地在人潮里流来流去，时不时就搬摊的事说一两句，由于实在太闹，话只好尽量说短，声音又往上拔，两人像在吵架。

回来后，这话题被正正经经提起来了。

姚婉净重复着搬摊的好处："广场的人流量，东西的价钱可以提高。"

丁丑重复他的想法："摆不长久，都是凑热闹的。"回来时，他看清楚了，一条公路绕广场边沿而过，公路对面是矮矮的民居，民居被大幅的彩色广告图板围起来，露出一线破旧的屋顶，滑稽又凄凉，平日不会有姚婉净要的人流量，那附近几年内倒有可能成一片工地。

"那是城市的新区，去了说不定会有什么机会。"

"那是开发商和地产商的机会。"

"不试试怎么知道？有了金尚广场，那里就算旅游区了，东西卖贵点理所当然。"

"广场算什么旅游区？最多是晨练和散步的地方，晨练和散步的人极少买烧烤。再说，我们这么远，东西贵多少都划不来。"

"当然搬房子，到处有房子租。"

"有必要吗？在超市前摆得好好的，经理也熟悉了，到时续一下合同，摊就继续摆，宿舍环境还好，租金也合理，婉净，这就好了。"

"有什么好的？超市门口租金那么贵，我打听过，广场周围的散摊只象征性地交点卫生费，不用租金，基本上纯挣的。还有，东西的价钱能提高。"最末一句，姚婉净想了想，再次强调。

超市门口租金是贵点，但丁丑认为有保障。他的烤摊实际不是真正的烧烤摊，烤车上放两个圆形浅口平底锅，一只专门烙面饼，一只炸火腿和面丸，用少量的油，其实只算半煎半炸，没什么油烟，烤车半靠着超市门，放几张矮桌和椅子，还算干净，因此，超市愿意和丁丑续签合同。

丁丑说："签过合同，烤摊就是正经生意，不算乱摆乱放，不担心随时得收摊走人，又是在超市，不操心影响近旁居民的问题，一句话，这摊摆得安心。"

姚婉净说："安心的是超市吧，每个月坐收租金，你揉面揉到指头肿，不够几次租金的，倒大方。"

丁丑说："这里我们有了一批老顾客，他们也是超市的老顾客，再说，多少流动客人原是冲超市来的，这也算超市对我们的无形帮扶。"

"自我安慰。"姚婉净不假思索地应，"哪个地方摆久了都有老顾客。"

"广场那边的散摊是胡乱摆的，没有正规租金，收的什么卫生费是广场管理处收的，听说还要收什么保护费，都是邻近居民中的无业者。还有，散摊间也容易出现不良竞争。我不沾染这些东西，麻烦。"

"还没搬自己先把自己吓坏了，还是软弱。"姚婉净咬咬牙，把这话说出来，"你就永远蹲在超市门口，享受那些墙的保护吧。"

"婉净，我不是这意思。"

姚婉净掀开竹帘进了房间，总是这样，他们谁也无法说服彼此。

五.

他们曾试图说服彼此。

摆了烤摊后，丁丑感觉重新回到日子里，兴奋地心安理得着。

站在烤摊后，丁丑看到了人来人往。超市前是闹街，有个红绿灯，他每天看着人们等待或者通过。路这边的人背对着丁丑，看不到他们的脸，路对面太远，看不到他们的表情，但丁丑从那些抖动的脚、欲迈未迈的步子、前倾的身子、东张西望的脑袋，可以看出人们的焦急。城里的步子焦急的居多。偶尔有慢吞吞、懒懒的，若不是老人，便会引起丁丑的注意。

街对面是商铺，服装店、鞋店、花店、手机店、婚纱店……丁丑看逛街的人来来去去。立在商铺落地玻璃外张望，那是心里有怯意的；昂首阔步进店，那是直接冲某件东西去的；进去逛一圈便出来的，应该是随便看看；也有人进店良久，丁丑猜想是看中了某样东西嫌贵，或是价钱僵持不下……

除了下午撑几把大伞挡太阳，烤摊是露天的，夏天的暑气无遮无拦，丁丑立在超市门前的地砖上，感觉暑气一层一层往上漫，顺着裤腿往上爬，在头顶蒸腾成烟雾状，丁丑就不自觉地微笑，这种热好，太阳直接的热，阳光的味道浓得要焦了，和面饼一样新鲜，城市里是难得的。他想起某些空间里夹了汗味的闷热，这样的热通透又畅快。

热无遮无拦，冷也是彻底的。冬天的风被两边的楼层夹得发硬发紧，直直地扫打丁丑的脸颊，脸上的毛孔一会儿就僵了，收缩成一团。

丁丑喜欢这些，看得到日子，感觉得到日子，所有能让感觉活着的东西，丁丑都喜欢。林时添摇头说这条件太苦，丁丑说喜欢，林时添看了他半晌，说他脑子坏掉了。

和丁丑相反，姚婉净总是闷闷不乐。丁丑向她讲了关于行人，关于商铺的猜想，她懒懒撩了下眼皮："这有什么用？"

丁丑说："这不必讲究有用没用的，感觉着就好，你走进日子里，让感觉活着，日子就有趣了。"

"听不懂。丁丑，你什么都好，就是喜欢绕些莫名其妙的话。"姚婉净轻轻叹口气，"你的精力要是用在别的地方，一定会有出息。"

"这样不是没出息，婉净……"

"好了，别扯你的歪理了，你说看看行人倒还有些趣味，没顾客时也只能做这事了。"姚婉净伸长脖子，一会儿，她伸出手指，"快看，那女人——这边，穿黄裙的那个，看她的包，和电视上广告的一模一样，要是正品，一个可以当我们几个月生活费，你猜，那包是不是真的？"

丁丑也伸出手指："你看，红绿灯下的那对，他们正吵什么？等等，看会发生什么——绿灯了，你看，男孩拉住女孩的胳膊，挡着有车的那边，女孩挣着他也不放，我敢保证，过了路后，他们就不吵了，你觉得呢？"

"看那辆车，宝蓝色的那辆，车里一定坐着一个男人，男人旁边一定有个女人，一定都和这辆车一样，光亮得刺眼，丁丑，这个时段，不是上班时段，也不是下班时段，他们会去哪里？或者他们根本不用上班，整天开着车想去哪就去哪？"

"婉净，看那个孩子，拿冰淇淋的那个，车那么多，他妈妈提着东西又扯着他，紧张得腰都弯了，他只管看着冰淇淋，只管吃，他的世界里只有冰凉的甜，一定极醉人。你说，等他长大了，会不会突然回忆起这个场景，感慨不已？"

"丁丑，那男人进了手机店还不到一分钟，提着袋出来了，他买手机比买火腿还干脆。"

……

没有交集，他们对着彼此说，各说各的，但总归是点乐趣，顾客稀少时，姚婉净就到丁丑矮桌边坐下，两人你一句我一言地说。

但那次风雨后，他们不再说这样的话题。

那天的云和风是突然来的，天转眼就灰了，风哗哗啦啦地从街上驰过，冲撞了建筑物，吼叫一阵后掉头绕圈。丁丑帮姚婉净把凉水摊拉到超市檐下，盖了薄膜纸，又扣了把大布伞，再返身收烤摊。

刚把烤车拉到檐下，两把大布伞遮住，雨就扫下来了，扫得丁丑脊背发疼，幸亏姚婉净躲在烤车后。丁丑在烤车后放了两把椅子，揽着姚婉净坐着。

风带着雨点吹进来，丁丑用身子挡着。从伞的缝隙望出去，街上蒙蒙一片，街边的树梢疯狂摇晃。姚婉净靠在丁丑胸前，看着看着，眼就湿了，好像外面的水雾吹进她眼里，她擤擤鼻子说："我们竟要到这地步，这样躲雨，这样守摊。流浪的还有个天桥底躲雨。"

"婉净，你看。"丁丑指着外面，"雨斜斜的，很好看，街上的水花一朵一朵开，难得可以看这样清楚。躲家里隔着玻璃看不清的，我们是碰上机会了，这样近距离看雨，两个人。"丁丑胳膊用了力，把姚婉净抱紧。

"雨有什么好看的？幸亏有伞，街上也没什么人，要被人看见，还不被笑死？看那些开车的，碾着雨照样跑，哪像我们这样缩着？"

"我们这样浪漫呀，人为制造不出的机会和环境。"丁丑凑在姚婉净耳边说。

"什么浪漫？又不拍电视。电视里是因为男主角要站在雨里给女主角看，他们要守摊么？"

"电视里不靠谱，他们需要感动，就下雨，好像为了配合那些什么主角的心境，为了让主角表现一下，天就专门下场雨，太自私了吧，呵呵。这样才自然，他们是他们日子的主角，我们是我们日子的主角。"

"主角？"姚婉净突然哇地大哭起来。

丁丑拍着她的肩，姚婉净哭得一咳一咳的，上气不接下气。

六

那年，丁丑背着行李犹豫在门口时，丁丑阿妈端着一盆鸡食出来，她手里的盆歪了一下，却笑着："阿丑，回来了不进门？"

丁丑阿妈熬了稀粥，放上炒花生和咸菜，自编起藤条工艺篮子。编一个篮手工费三块钱，一天勤手勤脚能编两个半。丁丑呼噜了半碗粥，抬起脸说："阿妈，我在城里的工作没了。"

"没做错事吧？"丁丑阿妈头没抬，手没停。

"没。"丁丑摇摇头。

"那就好，没了再找。"

"工作是我自己不要的。"丁丑放下碗，看着阿妈，阿妈脸上的表情让他放心。

丁丑说想自己做点事。

阿妈问："想好了？"

"有个大概的想法。"

"那就着手吧。"

那段时间，丁丑和阿妈一起着手。丁丑重新跟阿妈学揉面，做面饼面丸，把炒过的花生碾成花生粉，立在灶前依阿妈的指点掌握火候。这些，丁丑从小随在阿妈身边，不知不觉间是学会的，但正经做起来还是不一样，需重新细细过一遍。

那天，咬着一块面饼，丁丑突然问："我做这个真行么？"

阿妈不点头不摇头，反问："这想法是你自己合意的？"

"自己合意的。"

"那就别想这想那，也别再问我，我们看看还缺什么。"

"缺资本。"丁丑捏着一个月的工资，底气全无。最后一个月工资被扣了，经理说："自动辞职，扣下。"

阿妈说："你随我来。"她带丁丑往山上走，在一片橄榄树前停下，指住其中两棵，"这是我们家的，生产队解散那年分的，砍一棵。"阿妈指头又抬了抬，往远处一片竹林指，"林里有两丛竹，也卖了吧。"

丁丑抬头看那两棵橄榄，冠那么大，遮出好大一片阴凉，他想象着这片阴凉缓缓倾倒，枯萎。他退了几步，摇头。

阿爸去世那年，丁丑记忆早已模糊，但他知道阿爸买拖拉机的钱还欠着一大半，阿爸拖拉机上的货毁了，都得阿妈赔偿，还有，家里两间房刚盖好屋顶，瓦钱工钱也是欠着的，阿爸的棺材是前巷的老六叔先掏钱买的。阿妈有无数个理由需要这两棵橄榄和那几丛竹子，但她一直没有走这一步，也不知阿妈当年怎么走过来的。后来，丁丑提到，阿妈微微笑："怎么走，总要走，除非到了尽头，哪有迈不过去的？"

现在，自己还没有迈步就要这些了，他冲阿妈摇头，说："另想办法，我迈得过去。阿妈，我们先回。"

阿妈不走，顺斜坡往上走，走到橄榄树边，朝丁丑招手。

阿妈让丁丑抚着橄榄树："这是我家的东西，像一张桌子一把椅子，总要用的，这时候刚好用得着，就拉出来，有什么好东想西想的。"

丁丑抚着树身，犹豫仍在脸上闪闪烁烁。

"别想结果怎样。"阿妈拍着树皮，"没试过，哪个知道怎样？照着想法做就好。要人人都先知道哪条道能得到什么，日子还不成了一条道？"

砍了一棵橄榄树、两丛竹子，丁丑回城转了半个月，找到超市门口，置下烤车，租了房屋。他回到原来的工厂，没要回最后一个月的工资，但接回了姚婉净。

丁丑认为在厂里打工唯一的亮点就是碰到姚婉净，她和丁丑隔乡，初中时在镇中学成了同学，但姚婉净高中先退学了。

那天，丁丑随下班的人流木木走出厂大门，他的感觉也木了一天，整个人有些呆。他呆呆的手突然被人晃了晃，抬起疲倦的眼皮，看到姚婉净。姚婉净像一个鲜活的回忆，微笑着立在面前，感到日子扑面而来，他扯住姚婉净的胳膊，像终于拉住与日子有关的东西。

在厂里的几个月，丁丑感觉眉目眼鼻在一点点退化，退至僵硬、模糊。

丁丑的活不算很重，每天把一些重物拉到指定地点，再把另一些重物拉回来。机器连续不断地发出的噼啪声，坚硬、匀称、无始无终，丁丑的耳朵被塞得严丝合缝。他曾经试图用耳朵捕捉其他声音，但这种声音霸占了所有空间，其他所有声音在机器声中碎成粉末。丁丑半垂着头，拉着东西，走向这头，走向那头，眼睛和思维同时呆在一点，不属于丁丑自己，机器指挥着它们。

丁丑不累，他就是恐慌，感觉不到日子里的一切，季节、声音、味道、表情、想法……回到宿舍，丁丑坐在帐子里，镜子贴在鼻尖前，对镜里的脸说，日子丢了。丁丑把镜子塞进被窝深处，日子丢了，他的人也丢了。他变得失魂落魄，年纪大点的工友问他，是不是累了。丁丑摇头，说，不是干活的累。

"活不累怎么木木的？"

"这活就需要把全部的感觉和想法木掉，我很倦，日子丢了。"

工友说："胡绕什么？听不懂。只要扛得了，活好好干，拿得到工资就是。"

"单单因为工资？"

"还能为什么？你做事做傻了？"

那天，丁丑在原地呆立了很久，直到管工上班，大声把他喝进车间。那时，丁丑就有了一点想法。

丁丑说："婉净，你怎么也到了这种地方？"

姚婉净说："要进大城市呀，天啊，城市真大。"

高二退学后，婉净一直留在镇上，为舅舅守一家卖中年服装的小店。半年前，服装店难以为继，姚婉净在一个同乡的介绍下进城了。进了城，姚婉净就后悔前几年在小镇待掉了，她原以为城和小镇差不多，就是楼高一点，路宽一点，人多一点，没想到是这样的。她在电话里对家里人感叹，家里人让她说怎样，她喊道："怎么说得清？城市说不清的。"

下班后，丁丑和姚婉净开始一起散步，一起逛街，一起吃小吃。丁丑喜欢和姚婉净谈起家乡，姚婉净喜欢和丁丑谈城市。

现在，丁丑觉得一切都好，除了与姚婉净的婚事。

七

丁丑向自己求婚的事，姚婉净没有告诉家里，而是第一个告诉周雪雅。

是时，周雪雅和姚婉净坐在咖啡馆里，窗帘半掩，灯光又柔和又华美，让人忘掉白天黑夜，钢琴曲微风一样，拂来绕去，若有若无。每每到这，姚婉净都要向周雪雅感叹，这样的地方待三天三夜也不腻，坐在这，就离那些破房破屋远远的。这么感叹的时候，姚婉净总要朝周雪雅前倾上身，半伸脖子，笑着说："幸亏有你。"听到这话，周雪雅就会轻轻晃晃头，稍有点腻烦地挥挥手，像要把姚婉净的声音扫干净。但她的眼睛总像第一次听到这话那样，半眯起，身子后靠，优雅地抵在沙发背上。

只有周雪雅才能把姚婉净带到这种地方。

周雪雅往咖啡里放糖，提勺轻搅，动作懒懒的，像搅着满杯心事。姚婉净也放糖，也轻搅，一样的懒懒，一样的像搅着满杯心事，周雪雅笑了。第一次把姚婉净带到咖啡馆时，姚婉净把咖啡搅得满碟满桌，她又慌又愧地看着周雪雅，周雪雅笑了，抬抬下巴说："你要学的还很多。"

姚婉净说："我什么都不懂。"声音充满忧伤。

"慢慢来。"周雪雅呷了口咖啡。

现在，姚婉净喝咖啡已经有模有样了。

姚婉净说："雪雅，丁丑向我求婚了，正式的。"

之前，丁丑一直有这个意思，但姚婉净总是带走话题，丁丑也不好再提。这次他明白地提出来，姚婉净想，一定是因为前两天那件事。

"哦?"周雪雅勺子静止在咖啡杯里,"你答应了?"周雪雅少见地朝姚婉净倾过身,目光和声音都绷得有点紧。

"没有。"姚婉净依然搅着咖啡,真正满怀心事了。

周雪雅肩膀和表情同时松展了,说:"也差不多了吧,等你结婚,成了家,怕把我忘九霄云外了,要再这么喝咖啡恐怕难了。你们老家不都这样吗?嫁了人,就把自己卖出去了。"

"怎么可能!这里不是老家。再说,忘了谁我都不会忘了你,你是我在城里唯一的朋友,真正的城里朋友,我……"姚婉净几乎无法表达自己。

看着姚婉净赌咒发誓的样子,周雪雅笑了:"好了,开玩笑。说实话,你为什么不答应?这两年来丁丑不是你唯一的男朋友?对你不是很好?又是你同乡。"

同乡!姚婉净猛地抬起头,这两个字让她感觉又和城市拉开一段距离,随时会把她从城市扯出去。她摇摇头:"我不知道,他是对我不错,是我唯一的男友。"

"你不喜欢他?"周雪雅试探着问。

姚婉净沉默了一会,摇头:"也不能这么说,除了丁丑,我还没碰见更好的,至今为止,没想过要离开他。"

"那为什么不答应?"

"不知道。"姚婉净抱住头。她在期待什么呢?是的,她有所期待,对这个城市,对自己的日子,她充满了与目前完全不同的期待,但这期待烟一样看不清抓不住,她不知该不该抓住丁丑的手,她怕被他扯住,再迈不了步子。

"不答应就不答应,有什么大不了的,要是求一次婚就答应,也太便宜他了吧。"周雪雅轻敲着桌子,"又不是你求婚他不答应,多大的事。"

姚婉净满脸恍然："雪雅，我是昏了头了。"

周雪雅嘻嘻笑："话说回来，你这么不在意，不怕你的丁丑不安生？"

"不安生？"姚婉净惊讶地张大眼，"他会不安生？雪雅，他太安生了，长着一张光鲜的面孔，却是老人的想法、老人的行为，守着那个破摊老说心安理得。心安理得，你听，好像他是个退休老干部，人家退休老干部还希望退休金再提一提呢。他要是能不安生点，日子倒有可能不一样了。雪雅，你不知道，我们住的……"

姚婉净不说了，在周雪雅面前已说过无数次，她想起第一次随周雪雅去她家。一群保安的笑脸中，她跌进一个迷宫样的花园。周雪雅扯着她，弯来绕去，穿花过树，听到水流、喷泉、音乐。

周雪雅家那扇铁门打开时，姚婉净眼睛晃了一下，有些站不稳。换鞋后，她立在宽大的入户花园里不动了，看着周雪雅家的大厅，原来电视上那些豪宅搬到现实是这样，比电视堂皇富贵一百倍。周雪雅说："进来呀。"姚婉净说："我站一站。"她得寻找呼吸，她的呼吸猛地跳出去，在半空飘荡，一时收不回。

周雪雅家的地砖明明平滑如镜，姚婉净却走得深一脚浅一脚，摇摇晃晃走到沙发前，坐下去时跌了一跤，人往后仰，双脚高高跷起，弄得周雪雅家端着水果的保姆差点摔了盘子。

姚婉净拿起一个水果，小心翼翼咬一口，周雪雅开着电视说："味还行吧，这个差不多十块钱。"十块！姚婉净哽了一下，不知该不该继续往下咬。她说："一个！就这一个！"

周雪雅说："保姆常去买，老顾客，水果老板算便宜了。"

周雪雅把姚婉净带进她的房间。姚婉净在那阔大的房间里转，眼花缭乱，喃喃问周雪雅："一个人用得了这么多东西？"

这么多衣服，这么多化妆品，这么多首饰，这么多提包，这么多……

周雪雅说："还想再买。"

现在，姚婉净的意识呆在那个房间里，勺子呆在杯中。

周雪雅突然说："婉净，你不甘心吧，就这么嫁了。"

姚婉净猛地抬起眼，呆呆看周雪雅。

八

如姚婉净所说，周雪雅是她在城里的第一个朋友，准确说是第一个城里朋友。在工厂，她也交了不少工友，但只是工友。姚婉净也有同学，但只是同学，和她一样来自农村。只有周雪雅是真正的城里朋友。和周雪雅的认识很偶然，因此，姚婉净认为周雪雅是城市送给她的厚礼。

那段时间，正热映一部大片，大片像一股浓烈的味道笼罩在城市上空，年轻人都在谈论那片子，不管有没有看过，谈论它变成一种见识，一种时尚。姚婉净决定像城里人那样，到电影院看这部电影。

那天，姚婉净领了工资后，揣了张整五十块的和几块零钱。电影院不远，姚婉净用两块钱坐了地铁，再用两块钱坐了公交车，袋里还有五十二块钱。她在票价板前连看三次，没错，大片票价九十块。她忘了风度，不住问身边一个女孩："看部电影九十块，怎么这么贵啊？"她嗞嗞吸冷气的样子让那个女孩很厌烦，耸耸肩走开了。

另一个女孩凑上来，是周雪雅。姚婉净还在重复："贵，真贵。"还没意识到原来的女孩已经走了。

周雪雅说："一直这个票价。"

姚婉净看了她一眼，说："我在镇影院看，五块，新片才十块。"

"这里不一样，3D 片。"姚婉净的样子，周雪雅觉得挺好玩的。

那天，周雪雅和男友赌着气，她觉得男友没激情，男友很无辜的样子，说他对她百依百顺，还要怎样。他是对她不错，周雪雅不知还要他怎样，但她莫名地不满意，心情糟糕。最后，她说男友有热情没真情。男友说："我这样还没真情？"周雪雅说："你眼睛里缺点东西！"男友感到莫名其妙。两人不欢而散。

不欢而散的周雪雅逛到电影院，准备看部电影把这个下午对付过去。

姚婉净一只手掏在衣袋里，想走又舍不得。她竟没有手袋，钱装在衣袋里，周雪雅暗笑一声，觉得这女孩太好玩了，不如凑个热闹，反正也无聊。

周雪雅买了两张电影票，朝姚婉净扬扬："请你看电影。"她站在姚婉净面前，带着居高临下的亲切笑意。

姚婉净目光呆在周雪雅身上，她从头到脚亮闪闪，闪亮的头发，闪亮的唇色，脖子上闪亮的坠子，闪亮的衣服，闪亮的手链，闪亮的包，还有闪亮的鞋子。城里人，姚婉净想。她突然有些怯，不知该点头还是摇头。

周雪雅又扬电影票："票我买好了。"

姚婉净眼睛睁了一下，不知不觉就随周雪雅走了。她随在后面，不停说："谢谢，谢谢你。"说得周雪雅有些烦："这有什么？不就是张电影票吗？下次你请我吃爆米花。"她本来想说咖啡的，但改了口。

"好。"姚婉净毫不掩饰欣喜，"一定请，看完电影就请。"

被人请爆米花的感觉很好玩，周雪雅接过姚婉净递来的爆米花，看见她的手微微地抖。姚婉净看着周雪雅丢一颗爆米花进嘴，笑容在眉眼间灿烂地开放。

那天下午，姚婉净和周雪雅一直在一起，周雪雅的每句话似乎都会发出光芒，让姚婉净的脸和眼睛发亮。周雪雅喜欢这种感觉，第一次发现自己有这样的影响力。姚婉净把周雪雅当太阳，自己是向日葵，绕着她转，笑脸朝她。事实上，以后所有的日子，和姚婉净在一起，周雪雅都享受着这样的感觉。

临分手前，她们交换了电话号码、地址。那时，姚婉净还没有手机，记下的是厂宿舍值班室的电话，给的是工厂厂址，她看到周雪雅把她的号码和地址认真地记在手机里，胸口一突一突的。

周雪雅和姚婉净时不时见面，成了很亲密的朋友。主要在晚上，或姚婉净的休假日。周雪雅除了跟男友约会，随时自由。

闪闪发亮的周雪雅有张长相一般的面孔，上学时成绩很一般，才艺也一般，按她的话说，男友对她也一般，但她有个不一般的家庭。她父亲是这个城市最早一批开发者中的一个，如今，她父亲拥有多少地皮、厂房、小区，周雪雅不清楚，也不必清楚，从小到大，她就没想努力弄清什么事，她脚下每一块砖，每一步都有人安排得好好的。在一个一般的大学毕业后，父亲帮她在政府部门找了个职位，名声好，清闲，专门养周雪雅这种人。找职位的费用，如果周雪雅用工资来付，至少要十年。多一倍她父亲也给她找，要的是名声，周家没人游手好闲。

整日跟男友约会也没味，况且千依百顺的男友惹她生气，周雪雅总感觉他的热情是装的，装得愈努力，她愈生气。于是，她常找姚婉净。姚婉净每次听她电话，都气喘吁吁的，说从三楼跑下来的。她气喘吁吁地喊："雪雅，是你啊！"欣喜之情震着周雪雅的耳膜。

远远地，周雪雅就能看到，或者是感觉到姚婉净双颊和眼里的亮色，她的向日葵来了。周雪雅从包里掏出一条水晶链，前两年流行时戴过的，朝姚婉净晃："送你。"

姚婉净双手捧过："这么漂亮，太贵了。"她想还给周雪雅。

"不喜欢？"

"怎么可能？"姚婉净尖叫起来，"我从来舍不得买这么好的东西，太好了，我不能要，上个月你刚给我一条脚链，工友们眼睛都花了，说纯银的当脚链，造孽。"

周雪雅笑："喜欢就戴上，啰里啰唆的。"

姚婉净戴上那条链子，一路上抬着胳膊，在眼前晃呀晃。周雪雅突然莫名地感动，她拧拧姚婉净的颊："这个家伙，有了链子都把我忽略了。"

九

几个月后，周雪雅把姚婉净带进她的朋友圈，都是城里人，但没一个能深交的，她们朝姚婉净点头，客气地笑笑，大概是碍于周雪雅的面子。

那天，周雪雅给姚婉净打电话，让她一起去美容美体，说一家大店十周年店庆，专门请老顾客，她要带姚婉净体验一下。姚婉净把凉水擤扔给丁丑就走。

洗脸还好，美体时，要求把衣服全脱掉。姚婉净僵在美容床边半天，不肯把美容店的外套掀掉，一个房间，三四个顾客，加上几个服务员，她不习惯在这么多人面前光身子。服务员不知道，上前服务，帮她解外套带子，姚婉净尖叫一声。服务员愣了一下，周雪雅和几个姐妹哈哈大笑，一个姐妹冲周雪雅挤眉弄眼："不会还没开过荤吧。"

"有可能。"周雪雅说。

又是哄堂大笑："纯得可以呀，她没男友？"

"有男友的，好长一段时间了，不过应该还没有……"周雪雅自信了解姚婉净。

几个人笑得更厉害："绝种，绝种男人——真想见见面，没问题的吧……"她们拍着美容床，光着的上半身抬起来，弄得姚婉净又疑惑又害羞，她不知她们笑什么，笑她穿着衣服？但她们那样光着，还那样撑起来，她看着真是不习惯，她别过脸，把外套拉得更紧。

周雪雅说："婉净，这是做美容，没脱衣服怎么抹精油？怎么按摩？这里全是女的，怕什么？我们才懒得看你，快脱吧，别耽搁服务员了。"

姚婉净满颊通红，趴下去，别别扭扭地让服务员拉掉外套，紧紧抱着美容床。服务员在她背上拍打了半天，她的身子还僵得像截木头。等服务员抹了精油开始按摩，她又笑得骨头发软，上气不接下气，连连讨饶。

那些姐妹对周雪雅说："相信你了，没碰过的。"

一个姐妹说："敏感呀。"

美容房里又是一阵让姚婉净迷惑不解的大笑。她不知自己哪里出丑了，因为不脱衣服吗？还是因为她笑？可确实痒得受不了，她们怎么受得住？

最后洗脚时，有姐妹叫了男服务员，她们联合着要帮姚婉净叫个男的，姚婉净尖叫着把脚抽出来，在房里转圈，弄得那男服务员一脸尴尬。最后，还是周雪雅为她解了围。

事后，周雪雅问："婉净，你和你男朋友丁——叫丁丑吧，怎么住的？"

"租房，超市后的老居民区。"

"不是这个，我问的是你两人怎么住一起？"

姚婉净的脸唰地烧起来："我们各自租房，隔着几间屋。"

"各住各的？"周雪雅手里的筷子几乎掉下来，"一直这样？"

"当然，我和丁丑虽然是初中同学，可在工厂打工遇到才重新认识，从厂里出来摆摊，做男女朋友才半年。"姚婉净低着头。

"我的天。"周雪雅感叹。

姚婉净忙说："我常在丁丑宿舍吃晚餐，看电视，丁丑揉面时我就走了，回自己屋子。"

"我的天。"周雪雅又叹。

那顿饭，周雪雅和姚婉净吃了两个多钟头。周雪雅边吃边说，不紧不慢，声调缓淡，但每说几句，姚婉净表情就要惊一下，脸上一阵白一阵红，手一会紧抓着杯子，一会揪住衣服。周雪雅就拍拍她的手背，安慰一般。

这两个多钟头里，周雪雅把城市一层一层掀起来，让姚婉净细细看，她一层一层，一个角落一个角落地抖搂开，经经脉脉理给姚婉净听。真正的城市其实是看不到摸不着的，你得融进去，整个化进它独有的生活和方式、观念和意识。周雪雅说："你以为城市就是楼房、灯光、汽车、金钱？你还在城市的边上打转呢。按你这样的生活方式，再绕十年，还没法踏进城市半步。"

从饭店出来，姚婉净脸上浮着层光亮的红色，她脚底轻飘飘的，城市的风吹过来，她有些跌跌撞撞。和周雪雅分手时，她哑哑地说："雪雅，我落后了。"

丁丑很清楚地记得，那天晚上姚婉净回来时，他要收摊了，她神情恍惚地立在烤车前，说不出是高兴还是难过。

丁丑说："婉净，怎么这么晚？"

姚婉净不答话，定睛看着丁丑。

第二天早上，姚婉净极早地敲了丁丑的门，和丁丑一起做了早餐，吃着，她长长呼口气，说："丁丑，我们一起住吧。"

"嗯？"丁丑没听明白。

"我们一起——住，我那间屋退掉。"

丁丑端着碗，目光木在姚婉净脸上。

姚婉净低下头："丁丑，我的意思是，少租一间屋，省、省点。"

姚婉净说："丁丑，你这屋住一人浪费了。"

姚婉净说："省一份房租，每月省一份，一年下来省很多。"

姚婉净起身说："我先回我那里。"

丁丑拉住姚婉净："婉净，我、我不是那意思。"

姚婉净说："我、我没怪你的意思。"

丁丑说："我的意思是……"

姚婉净说："再说吧，这事再说。"

姚婉净走了，丁丑听见她的脚步顺着楼梯，一路嗡嗡嗡远去，脑壳里却嗡嗡嗡响起来，愈来愈响。

那几天，两人之间再不提这事，好像那天早上姚婉净根本没说过那话。

姚婉净见了周雪雅，说："我想和丁丑一起住。"说完这句话，她咚地低下头。

"废话，你们这算什么男女朋友？隔着几间屋子住，没结婚就先分居？"

姚婉净再和丁丑提起这话题时，丁丑正在揉面，她蹲在面盆前，说："丁丑，我们搬一起吧，过几天我那屋子就到期了。"姚婉净目光平静，语调平静，神情平静。

丁丑双手沾着面，不知该继续揉着，还是该先抽出来。半晌，他说："要不，我们定亲？"

"不。"姚婉净说，目光、语调、神情都没变。

十

那天收摊后，姚婉净让丁丑先回，说天气热，她去宿舍洗澡，再到丁丑那里吃夜宵。

姚婉净敲门时，丁丑在揉面，冲着门喊："门没锁。"姚婉净用胳膊肘顶门，半侧着身立在门边，抱着被子、枕头、睡衣，手指还勾着一只袋子，装着些七七八八的东西。

丁丑揉面的手顿了一下。

姚婉净也愣了愣，像走错了门的表情，但很快大声说："搭个手呀。"

丁丑半摊着满是面粉的手。

"好了，我自己走。"姚婉净侧身挤进门，丁丑过去用手肘帮她关了门。

丁丑看姚婉净怀里的被子、枕头，目光随她一步一步往屋里挪，好像她真走错了门。

"我的屋子后天到期，这两天我一直在收拾。"姚婉净把东西放在沙发上，甩着发酸的双手，"东西都收得差不多了，一包一包放着，睡着怪怪的。今晚，我把席子和床板也收了，睡不得了，干脆先过来。"她想把东西抱进房间，向丁丑喊，"掀一下竹帘。"

丁丑走过去，僵着沾满面的手，用手肘把竹帘顶开，姚婉净从那道缝钻进去，说："东西我安排在床上。"

丁丑没声音，姚婉净转过身，他木着，不点头不摇头，或许是刚刚背着他时，已经点头或摇头过。姚婉净抱着枕头跳下床："丁丑，你什么意思？不喜欢我住这？"

"不是，婉净。"

"我睡沙发好了。"

"不是，婉净。"

"你这副表情什么意思？"

"我先去揉面。"

灯关了，姚婉净关的。两人在沙发上坐着，屋里还是很亮，丁丑认为是月光从窗口进来了，姚婉净认为是城市远处的灯微弱的余光。

"婉净……"丁丑把她的手握在手心，久久没动，两人感觉热气在手心缭绕，一层一层浓密成水汽，手心湿了。

姚婉净把手扯出来，朝房间走去，不知多久，丁丑听见姚婉净喊："丁丑，你进来。"

条件反射般，丁丑立直身子，迈了几步，站定在竹帘边。

"丁丑？"姚婉净声音有点急，有点怯。

丁丑掀开竹帘，看着床上姚婉净的影子："婉净，我们先定亲？"

"你过来。"姚婉净拍着床，往里挪了挪。

两人坐在床上，姚婉净仰脸看着丁丑："你真想和我在一起的？"

"还用说？带你离开工厂，出来一起摆摊，我们就是一家人了。"

"可是我们分开住，大半年都这样，隔着几间屋，不奇怪么？"

"婉净，我早说了，我们定亲，你不喜欢那么快结婚，先定亲。定了亲，会慢慢安定下来。"

"丁丑，在城市住这么久了，你怎么还记着老一套？城市没人定亲的，男女朋友就是了，你不会对我没感觉吧？"

"婉净，你知道，我不是这意思。"丁丑揽住她的肩，"这不是老一套新一套的问题，这是各人的观点，这种事不能赶什么城市潮流的，各人看法不一样。"

"我的看法和你不一样。"姚婉净转脸正对丁丑，眼睛和眼睛极近地对视，她说，"你说过，我们很多想法不一样，但可以磨合，你能理解。现在，我的意思你理解吗？"

姚婉净扯着薄外套的拉链，极慢地往下拉着，丁丑听见拉链啪啪地扯开，有什么东西撕裂了，在他面前裂开一道痕，如目光，如闪电，烁烁盯住他，让他又迷惑又恐慌又忍不住好奇。他听见拉链还在往下走，走到了尽头，砰的一声，如锁头在钥匙下弹跳，声音如此惊人。他四下看了一下，怀疑是否惊动了四邻。

"丁丑……"姚婉净的声音焦干而遥远，她说，"丁丑……"她的手摸索着，好半天找不到丁丑的手，已经适应黑夜的眼睛不知怎的变得昏黑。

姚婉净的手终于捉住丁丑的手，那只手像经过跋山涉水，哆哆嗦嗦的，弄得丁丑的手也受传染般颤抖起来。一只颤抖的手拉着另一只颤抖的手，放在她的胸口，隔着薄薄的背心，那份饱满和炙热让丁丑的手惊了一跳，被灼伤般抽回来。

姚婉净的手再次捉住丁丑的手，两只手如相依为命的人，一起颤抖着摸索。丁丑大脑一片空白，周围的东西开始颠倒、变形，他觉得一脚踏进了万丈深渊，拼命地想转身又无法自拔。世界的面目变了，像原来的日子撕开了一层，露出的另一层无法确定好坏，一时找不到接受的方法，像踏进另一个世界，与原来的世界一时找不到对接点，中间隔着一段空白，令人莫名恐慌。

丁丑听见喉咙里发出的嘎嘎声，分不清是他的还是姚婉净的，分不清是哭是笑还是喊。只感到姚婉净的指甲挖进自己的皮肉里。

"对不起，对不起……"丁丑说，不知为什么这样说，他只是重复着，"对不起……"他把手狠狠地拉出来，甩在床头上，任疼痛顺手臂爬蔓，这疼痛让他感到一丝莫名的安慰。

十一

姚婉净租的屋子退了，和丁丑住在一起，直到最近，她总提起搬摊，重新租地方。

姚婉净哭累了，抹抹眼抬起头："你揉面吧，我先睡。"于是进了房间。

丁丑跟进去，她缩在床里角，半抱着胳膊朝里躺着。丁丑说："煮碗粥吧。"

"不吃。"姚婉净说，声音很隔膜。

丁丑揉过面再进房间，姚婉净仍是那个姿势。丁丑关灯睡下，一只手轻轻搭在姚婉净肩上，肩膀极快地缩了一下，她仍醒着。丁丑一只手掌抚在那只肩上，轻轻用了力，是安慰的意思。姚婉净说："睡吧。"

静了一会，丁丑说："婉净，你真那么想搬摊子就搬吧，试试，不习惯的话再想别的法。"

姚婉净不动，说："算了，搬不搬还不是那样，都是摆摊，卖火腿面饼卖凉水，怎么卖也翻不了身。"

"婉净，"丁丑半拥住她，"别总这么说，我们现在摆摊和在厂里已大大不一样，再说，我们的摊子还好，加上最近食尚馆的订货（食尚馆看上了丁丑的面饼，每天向丁丑定购面饼，作为特色食品，丁丑每天早上摆摊前会先揉些面饼，烙好，撒上花生粉，送到食尚馆，回来时正赶上摆摊）自食其力绰绰有余。还有，这两年，你阿弟书念得差不多了，我阿妈身子也好，以后的日子肯定愈来愈好。"

"好？怎么是好？"姚婉净转过身，眼睛睁在丁丑鼻尖前，"摆摊能摆成城里人？能买房？能上咖啡馆？能逛珠宝区？"

"婉净，生活有很多种，各人有各人的方式，不是只有城里人才活得好，咖啡馆和珠宝区也并不是生活的主角，那些都是你看得到的，还有看不到的……"

"够了。"姚婉净打断丁丑，"别再绕这些话，不着边际，都不知在念些什么。"

夜立即静了，姚婉净也静了。直到第二天早餐，直到丁丑到食尚馆送面饼回来，直到摊子在超市门前摆好，姚婉净一直垂着眼，不说话，不看丁丑一眼。

直到高书意出现在烤摊前。

丁丑正低头剥火腿，他先看到淡紫色的指甲，捏着一只淡紫的手包。丁丑笑着抬起脸，询问她要什么。

高书意呆了，丁丑的脸几乎让她措手不及，明亮、干净，她没想到城市里有这样的脸，可竟有一点熟悉。她失神地立在那，半揪着眉，在记忆中搜索，试图寻找熟悉的缘由，最后想起某次旅游时在山顶与日出不期而遇的早晨，没错，他像那个早晨。这个联系很怪异，弄得她自己忍不住笑了。

丁丑问了几句没得到回应，这女人明明盯着他，却失着神，她有精致的五官，但描画太过细心，反而显得僵硬，脸色苍白，讲究的穿着，但身子单薄。

丁丑扬高声："你好，要点什么？"

高书意回过神，笑笑，指住面饼问："这是什么？什么做的？"

"面饼。"丁丑简单说了面饼的原料和做法。

高书意又问了面丸，丁丑也简单说了。

对面姚婉净的目光过来了，高书意向烤摊走去的时候，她就注意了。开始是被高书意的装扮、手包吸引，她一眼看出这是真正的城里人，和周雪雅完全不同风格，但姚婉净看得出，她那一身甚至比周雪雅更讲究。但接下来，高书意看丁丑的表情让姚婉净迷惑，慢慢地，她似乎明白了，变得焦躁。高书意指着丁丑烤摊上寥寥可数的几样东西问个没完，姚婉净已变得愤怒。更可气的是，丁丑不知和她啰唆什么，那些面饼和面丸有什么好说的？还那样笑着。

"丁丑，你过来一下。"姚婉净扬高声喊。

丁丑应了一声，朝姚婉净的摊子转过脸，高书意也顺着姚婉净的声音转过脸。

姚婉净看到那两张脸，从她的角度看过去，几乎并排着，她的火星在声音里噼啪炸响："过来一下，现在。"

丁丑向高书意抱歉地点点头，走向凉水摊。

高书意看看姚婉净，转过头，扮着鬼脸。李代佳站在路边树荫下，又耸肩又摇头。

姚婉净指指凉水柜，说："放得不稳，给我挪挪。"

丁丑挪着凉水柜，姚婉净问："那女的是谁？"

"顾客。"丁丑试摇着凉水车，说，"挺稳的。"

姚婉净又问："说什么，那么半天？"

"问面饼面丸怎么做，可能讲究，怕不卫生。"

"那么讲究，还吃什么烧烤？"

"已经点了东西，我过去安排。"

高书意要了不少面饼面丸。丁丑烙好第一块面饼时，高书意就说："我先试试。"丁丑匀匀撒了花生粉，包进纸袋递给她。她把手包吊在腕上，接过饼呵着气咬了一口，细嚼，连夸："好香，又焦脆又柔嫩，面饼上撒的是什么？不会是什么人工香料吧？"

"是花生粉，自炒的花生碾成的。"

"好吃。"高书意点头，又咬一口。李代佳在不远处的树下目瞪口呆，姚婉净在对面气得颊边发红。

丁丑把东西装好时，高书意突然说："再烙一些。"

丁丑说："面饼顶饱，太多会不会吃不了？"

高书意笑："怪了，你不希望多做些生意？我不能送朋友？我试着合意，想让朋友也尝尝鲜。"

姚婉净本想再喊丁丑一次，刚好来了两个女孩要绿豆爽，她只能勉强招呼着。

趁丁丑专心烙面饼，高书意又转过头，李代佳招着手，很着急的样子，高书意又扮了个鬼脸，笑着转脸，用心看丁丑烙饼。

高书意提着两袋面饼东西走向李代佳时，李代佳不停摇头："服了你了，不用第一次就这么卖力吧，还站在烤摊前开吃了，我的淑女。买这一堆做什么？"

"是真好吃，这一袋孝敬你。吃是真想吃，你以为我吃饼是表演？"

"谁知道，初衷就是要表演的，不是么？"

高书意说："事情好像和原先的计划完全不一样。"

李代佳说："最好一样。"

高书意说："哎，他有女朋友，在对面摆凉水摊。"

"关你什么事？"李代佳说。

十二

高书意几乎每天到丁丑烤摊，一般要一两个面饼和几个面丸。

姚婉净追问丁丑："那女的到底是谁？"

丁丑说："不认识，那天来买面饼你也看到了，以后就常来。"

"真是你忠诚的顾客呀，大概你的服务也好。"姚婉净的脸扭开了。

丁丑笑："说明面饼好吃，回头客好呀，我们不就指望有老顾客？"

"不只是老顾客吧，不就买点面饼面丸，每次站在那里说个没完，像做什么大生意，要谈合同一样。"

丁丑不说话了，揽住姚婉净的肩，他理解她的在意，但能怎么样？高书意确实是买饼而已，说的大都是关于饼的。

买了饼，高书意偶尔装在纸袋里带走。大多数时候坐在烤车后矮桌边，细嚼慢咽，极享受的样子。丁丑想，饼有人这么品尝，倒也不枉他揉面的功夫。

光吃面饼面丸，口容易感到干，高书意有时想喝点什么，她看丁丑闲着，便问他能不能帮她到姚婉净摊上要一杯马蹄爽。她指着吃了一半的面饼，稍不好意思："你看，我吃了一半，拿着走过去不太好看。"

丁丑笑着点点头。

丁丑走到姚婉净摊前，姚婉净劈头就问："还不走？"

"顾客想吃多久，没限制的。"

姚婉净说："反正没别的顾客，你这边坐坐吧。"

"她想要一杯马蹄爽，我先送过去。"

"你给她送！"姚婉净起身，坐下，又起身，"你给她送！跑起腿来了。"

"婉净，是卖给她一杯马蹄爽，保安陈他们要，我不是也送到车场？"

姚婉净仰起脸："我不想你送。"

丁丑说："好吧，你送，我看着摊子。"

"她是什么人，要我送？"

"婉净，她是顾客。"

马蹄爽最后是丁丑送的。放下马蹄爽，姚婉净就把丁丑唤回凉水摊了，高书意捂住嘴笑。

高书意总是面对着大路吃，李代佳站在路边树荫下或红绿灯边，用目光笑她或催促她。几次后，李代佳不干了，说："你倒好，吃着饼，调着情，我呆站在路边。算了，这事我不掺和了，你自己玩吧。"

高书意紧张了："代佳，这是什么意思？说好要看我把这事做成的，你中途退出。我知道，我现在到哪里都多余了，连你也失了耐心。"

"好了，我哪是这意思，要是你呆站在路边，怎么样？"

"代佳，拜托了，反正你也闲着没事。"

"还要多久？"

"不知道，我突然觉得真挺好玩，都不舍得那么快结束了。"

李代佳转身要走。

高书意扑哧笑了："好了，我想想法，让你一起吃饼你又不要。对了，怎么没想到，芳姐的服装店不是在路对面？以后你就在那看看衣服喝喝茶，我吃我的饼，也算给你和芳姐聊天的机会，免得她老说我把你霸占了，我吃饼这段时间你就专心陪芳姐，我大方吧。"

"得了便宜卖乖。"

高书意的脸色忽地有些沉："我知道，主要是我，我无事可干。"

"又说这个，怎么愈来愈情绪化？"李代佳轻轻推着高书意，"不过，我提醒你，最近你来得有点多了，别离了初衷。"

高书意哈哈笑："李代佳，小看我了，我就那点定力？不都是为了游戏更好玩，更像样么？无聊至极想出的主意。"

那天是妇女节，高书意几天前就在日历上圈出来。她很早起床，这个节日对她的意义是，李代佳单位放假，她儿子幼儿园不放假，她丈夫语言学家或许放不了假，这一天，她是属于高书意的，比星期六还痛快，星期六或许语言学家还会粘了来。

李代佳到高书意家时，高书意已在楼下等着。李代佳笑："性急也不是这样的。"

高书意说："不是性急，这样的好日子不能浪费，等你上去，喝两杯水，磨蹭一下，一个好好的上午就在最无聊的地方没了。"

"那是你家，什么无聊的地方。"

"我所有的无聊就是在那里生根发芽的。"

她们悠闲地吃了一顿妇女节优惠早点，在街上慢吞吞逛了一圈，买了一些似乎很必要，但可能永远用不着的小东西。逛到美容店进去，刚好是美容店那天第一对顾客。她们洗脸、敷面膜，听洗脸的服务员把店里的产品介绍成世上最神奇的东西，自己偶尔扯些闲话。

出美容店时，高书意和李代佳坐在车里发呆，高书意握着方向盘问："去哪？"

李代佳说："随便。"

高书意最怕李代佳这话，她看了下时间，说："午饭还早了点，再去哪逛逛？"

街上转了一圈，高书意的方向盘有了方向，二十分钟后，在雅兰发城停下，说："洗个头吧，然后去对面吃午饭。"

李代佳说："我昨晚刚洗头。"

"再洗一次，当头部按摩吧，你有更好的去处？有的话，我立即开车。"

高书意和李代佳进了雅兰发城。

吃了午饭，逛了几家服装店，衣服没有让人欣喜的款式，又进了两家珠宝店，似乎也没什么趣味。两人走出商城时，高书意按了下沉静许久的手机，欣喜地说："两点半，可以喝咖啡了。"

她们搅着咖啡，用和钢琴曲同样缓慢的节奏。

高书意说："代佳，然后做什么？"

"然后这一天就差不多了。"李代佳说，"我也该回去了，阿聪差不多放学了，要不，我们顺路去接他？"

"那明天呢？后天呢？"高书意搅着咖啡，一直搅，好像杯里是凝固的时间，她能把它搅散，甚至想象把搅散的时间捧起来，扬出去，这样，时间就消失了，不再硬邦邦地绕在她四周。

明天？后天？李代佳无法回答，高书意无数次问过这话，她记不起是什么时候开始的，高书意离开公司的时候？高书意在家里等待那个可能的孩子的时候？还是许育生离开这个城市的时候？李代佳没问过，她相信，高书意自己也说不出所以然。

十三

大学毕业后，高书意被分配到一个小镇的单位，对她居住的城市来说，偏远，待遇一般。接到通知，高书意的母亲对她的不满持续了挺长一段时间。刚毕业时，高书意的父母就准备妥当了，该走的路，该找的人，该送的礼，安排得好好的。按安排，高书意将顺理成章进入市里一个不错的单位，有个清闲而体面的职位，也将会有一个体面的丈夫。母亲说，女人，这是最合适的路了。

高书意不要，说从小到大被安排够了，要按自己的意思走一次。她说，能分配已经比很多人强。她说，所谓的好单位总被她这种人挤了，不公平。被分配的单位不过是远点，她有车，待遇是一般，反正家里不指望她的待遇，那样的单位，在当地，也是多少大学生想进而不得的。她还想说……

母亲截断她，几年大学没在身边，人全野了。

高书意干脆周一到周五住在那个小镇，周末才回城，离开家，她自在。直到碰见许育生。

当初，高书意看来，许育生是很有气度的人，他对进单位嗤之以鼻，说好好的一个人，蹲到那叫单位的笼子里，争来争去，有什么出息？男人要做一番大事。他说这番话时，高书意仰起脸看他，被他挑起的眉眼和目光所吸引。高书意不矮，但和许育生在一起总忍不住仰起脸，经常在他的话里热血沸腾。后来，日子沉静了，静得几乎总凝固掉，高书意试图弄清当时的热血沸腾，毫无头绪，只是开始明白，其实许育生的大事与她毫无关联，与任何人都无关联。

和许育生结婚后，高书意三天或两天回一次城，渐渐觉出了偏远的不便，特别是许育生有了自己的公司后，高书意得每天回城。

调回城里变成必要的事。当初是高书意自己放弃的，她不想再向父母开口。许育生的父母都在他看不上的市单位，且都不是小角色，但许育生也不愿开口。他说："算了，单位那种地方，不是把人弄坏就是把人弄呆。"他说得潇洒而干脆，使高书意深受迷惑，她有些心虚地问："那我做什么？"

"当然来公司，我的公司在上升阶段，正愁没有人手，你这个名牌大学的毕业生进来，正好大展身手。难为之前你想在单位蹲着，思想怎么这样僵化？"

许育生的话很尖锐，但高书意莫名地有些兴奋，"大展身手"四个字在她体内发酵，她甚至想象了这样的情景，与许育生并着肩，沉浮商海，成为一对传奇。对于怎样的传奇，高书意感觉有点模糊，然后如何，高书意也未深想，但这场景对她有极大的诱惑力。

最初那段时间，高书意确实大展身手了。

在许育生的公司里，高书意做着类似于秘书兼经理的工作，和许育生一起见客户，参加谈判，分析市场，出差。许育生说过一句还算公道的话，高书意是公司的功臣。公司很快上了正轨，许育生有意识地给高书意减少工作，他的意思，一个是不让高书意太辛苦，一个是该考虑孩子的事了。

高书意听丈夫的，他的安排从来有条有理，一步紧接一步，她享受着被安排的轻松，甚至有一丝小女人的甜蜜。

离公司的事务愈来愈远，高书意不知不觉间退出公司中心，更多的时间待在家里，直到有一天许育生说要到另一个城市打开市场，重建更大的公司，她惊讶不已，说事情过于突然。许育生淡淡地笑笑，说一点也不突然。他已做过充分调查，走通路子，安排资金，挑选地址，几乎万事俱备，高书意竟以为他只是动了念头，只知道他频繁出差。高书意突然有一丝不快："为什么不告诉我？"

"我提过，再说，也不用你操心。"许育生完全没有觉出不妥，他说，"那边更适合公司发展，到时，主公司在那边，我更多会在那边，你也过去。"

"不去。"高书意对自己的干脆稍稍吃惊，随即缓和了口气，"我习惯了这个城市，再说，你大部分精力放那边，这边的公司也要有人看顾。"

"这边公司你不用操心，我交给育明，这两年他跟着我，可以独当一面了。"

许育明是许育生的弟弟。

"安排得真周到，这样理所应当。"高书意吃惊了，公司不再需要她了。

许育生说："你只管看好家。"

高书意想，我就是给你看家的。

许育生说："好好等待我们的孩子。"

高书意想，我就是为等待孩子的。

就这样，高书意莫名其妙地失业了。许育生的朋友，以及他那些朋友的太太，每每到家里来就称赞许育生会疼惜太太，说高书意是真正的富贵闲人。

除了笑，高书意还能怎样？她咬着嘴角，努力保持笑容，有礼有节。但她的胸口一抽一抽地想，闲人，成闲人了。

许育生去了另外一个城市，遥远得需要飞机。开始，高书意体谅许育生新公司初创，三天两头地飞往他那边，但时不时碰上他开会、出席活动、见客户、出差，她就在他租的高级公寓里等他，频繁地给他打电话。打着打着，高书意会猛地一愣，觉得自己成了一个怨妇，甚至像错爱了别人的丈夫，要恳求他给自己分一点时间。

高书意庆幸自己没过来，原来的城市还有熟悉的美容店、咖啡馆，更重要的是有李代佳，这个城市除了陌生还是陌生。她对许育生说不想过来了，他有空就回家，没空就算了。

许育生听出她话里的赌气，笑笑，揽住她，把这当成小女人的娇嗔。

许育生忙的时候很多，所以，高书意闲的时候很多。她曾开过一家饰品店，兴致勃勃地想创立自己的事业。但领教了饰品店华丽之后的枯燥，她对李代佳说，说到底，就是小生意，提升不到事业的高度，算是给自己一个理由，关了饰品店。后遗症就是，饰品店清货剩下的东西好久才送完，高书意的朋友大都不属于戴饰品的阶层，她们戴的是真的黄闪的白，高书意的饰品低档了。

看朋友们接过饰品勉强的样子，高书意冲李代佳叹，总算知道什么叫吃力不讨好了。

饰品店关了，许育生一直忙，他们的孩子一直没有到来。

高书意真的闲了。

十四

李代佳可能不记得，三月六号晚上高书意给她打了通电话，当时高书意的声音有些低落，但李代佳没有特别注意，这两年，高书意的情绪就像这个城市的天气，忽高忽低，整体偏坏。再说，当时姚聪因为睡前要吃一颗棒棒糖未得允许，正抱着李代佳一条大腿，婆婆在一边嘀嘀咕咕帮他求情，而语言学家正高声评论一则国际新闻，所以，她对高书意有些敷衍。

高书意记得很清楚，三月六号晚上，她给李代佳打了电话，拨出号码之前，已把手机握得发烫，她知道这个时段李代佳忙，后天才是三月八号，三月七号晚打电话好些，她还是拨出号码。

高书意在电话里说："代佳，能说说话么？"

李代佳顿了一下，似乎捂着话筒对姚聪说了句什么，然后问高书意："怎么了？"

高书意说："没事，明天有空么？"

李代佳说："明天他家有亲戚要来，我出门不太好。"

"好吧。"高书意按断了手机，想，明天晚上别给她电话了，算了。

放下手机，高书意进了洗手间，把顶灯和镜前灯全部打开，洗手间唰地白亮一片，镜里的脸猛地清晰起来，高书意后退一步，镜里那张脸满是吃惊的表情。

那是我。高书意对自己说，慢慢走近镜子，脸修饰得多么好，配上那身衣服，近于完美，可我带着它做什么？高书意大拇指和食指捏住自己的下巴，把它托起，她突然有些讨厌这张脸。可是今天，她为它费了多大的工夫。

高书意掐着时间爬起床，吃了点东西，到雅兰发城时，刚好是第一位顾客。洗过头，她给四号一个难度挺高的任务，要这样一个发型，看似随意，实则讲究，讲究里透着自然，自然里透着高贵。四号说："您本人就有这种气质，这头发自然披着就是这效果。"

高书意说："不是玩笑，要去一个特别场合的。"

四号便不说话了。

半天后，高书意顶了一头半长发出来，似披似绾，似垂似蓬，她对着车镜子看了一下，有那么点意思。

然后，高书意赶场一样进了美容店，洗脸、磨砂、敷面膜、爽肤、护肤、化妆，一系列下来，立在镜前的人光彩而自信。妆是讲究的淡妆，精致至极的自然。高书意对服务员点点头："挺好，我要去一个特别场合。"

她弄不清为什么要对每个人这样说，好像说多了，那个场合就变得自然。

出了美容院，午饭时间已过。正好，不吃午饭了，她甚至觉得肠胃也该清洗一下的。她去了咖啡馆，喝得很慢很讲究，好像喝咖啡也是一种准备。

出咖啡馆时，高书意看了时间，高兴地哼起曲子，已经两点多，去商城走一圈，时间就差不多了。

高书意在商城选了新的项链，白金包翠玉的坠子，配上的耳坠也是白金包翠玉的，讲究又大方。因为那个场合，高书意昨晚在家翻遍了首饰盒，那么多，许育生送的，自己买的，父母给的，竟没一件真正合意的，立即把一张卡塞进手包，准备重置。她又逛了服装区，家里衣柜也找不到十分合意的衣衫，很幸运，相中了一条裸色长裙，简直像为她今天的发型、妆容和配饰准备的。

回家路上，高书意心情一直很好，对今晚充满莫名的兴奋和隐隐的期待。但当她回到小区，上楼开了门，心情一下子掉落到一个未知的深处。对那个将去的场合，高书意突然充满怯意。

高书意拨了一个号码，她想好了，只要许育生和她说上十句话，不，五句，她就取消今晚的活动，好好待在家里看电视。

"喂？"高书意的声音颤抖不安。

"书意，等会给你电话，我这有个重要电话。"然后，是通话被切换的提示。

高书意把手机扔到沙发角，开始换衣服，戴配饰。真傻，她想，为什么不去？那么好玩的聚会。

那是一种很特别的聚会，高书意报名交钱时，收钱的女孩神秘地对她说："来这的都是了不起的人，聚会不是随便什么人就能参加的。"

"了不起？"

"不是有钱，就是有势，要不就很有名。"

"哦。"高书意苦笑了一声，"那我也算了不起了。"

"当然。"收钱女孩的声音乖巧脆亮。

"了不起"的人聚在某个高级酒店的大包间里，包间里有暧昧的灯光、暧昧的音乐、暧昧的花香、暧昧的身影和目光。西装革履的男士戴了半截的面罩，半遮了眼睛又让目光烁烁。这些烁烁的目光在衣着讲究，妆容豪华的女士身上闪动，落定在某个身上了，便走过去，请她共舞，请她谈话，请她喝酒，还会请她做什么，没人追问。来这里就是为了不追问，不追问过去，也不追问将来，只为了眼前，眼前一切的颜色、味道、感觉。

当然，是有可能碰上熟人的，碰上了，彼此点个头，心照不宣地笑笑，走开，重新寻找。今晚之后，便已失忆，再次碰见，这一截记忆便忽略掉，仍是心照不宣。

高书意被搂在某个怀抱里，踏着缓慢而凌乱的舞步。从某种意义上说，那个怀抱是令人愉悦的，高而不瘦，宽而不粗，那只抚在高书意后背的手温存而有力。高书意可以肯定，有某种东西在两人之间，至少是两个身体间蒸腾。

这时，高书意越过高高的肩膀，看着包间里搂着的一对对，在昏昏的光线里微微晃，她莫名地恐惧起来，这些晃着的影子，多像一群孤独的灵魂，无处所依。

高书意的恐惧愈来愈深，就像现在她对着镜子，那张脸多么精致，精致到虚假，苍白从妆容之下浸漫出来。

高书意转了下头，看见许育生留在那里的剃须刀，他一向喜欢这种装刀片的，不喜欢电动的，说电动的没劲。高书意拿起剃须刀，慢慢把刀片拆出来，捏着刀片站在镜前发呆。

十五

剃须刀久不用了，但刀片仍然发亮，金属所有的亮色垂坠在刀片刃部，像一丝光线。

忘了脚下的舞步，那人脸凑到高书意耳边，戴着半个面具。他说："你很美。"话如耳语，化成烘热的气，拂着高书意半边脸颊。她抬头看他，他的眼睛半隐于面具后，目光露在外面，如室内的灯光一般暧昧不明，高书意涌起一阵反感，她压抑着这阵反感，问："你呢？我看不清楚你。"

"不必看清楚，我的手不是给你了？还有别的。"他抚在高书意背上的手用了力，高书意几乎贴在他身上。

高书意挣了一下，脖子往后拉，让脸和他的目光错开一段距离，说："看不清便不认识你，最好保持距离。"

他的嘴咧了一下，似真似假地笑。他说："这便不是明白人了，到这要的就是随意，没必要认识，没必要想太多，放松，懂吗？彻底地放松，最好是狂欢，身子的狂欢，高雅的狂欢。"他的头又垂下来，几乎放在高书意脖子上。

高书意缩着肩膀。

他说："彻底放松后，从这里出去，又是本来的面目，生活还是照样。"

高书意环顾了下四周，那些影子，微晃着，紧贴着，暧昧着，戴着面具，这个城市所谓高级的人士，高级的聚会，高书意一阵恶心。她把手很不客气地抽回来，退了两步。

半个面具下那张嘴又笑了笑，说："装什么？这地方没必要，都装累了。"

"摘下面具。"高书意挑衅地说。

"这样才好玩。"他说，朝高书意伸出手，"我知道，你一定寂寞，很寂寞。"

高书意逃出那个高级聚会。

那句话在背后追着她："你一定寂寞，很寂寞。"

现在，这句话又响起，在洗手间四壁间四处碰撞。高书意甩甩头，举起一只手，刀片放上去，刀片刃部那丝光亮接触到皮肤，皮肤立即爬起一层鸡皮疙瘩，类似冰凉，又类似疼痛。高书意看到镜里那张脸变形了，五官扭动，恐惧浓重，苍白如纸。高书意后退几步，愣愣看着刀片，横在左手手腕处，她想象在刀片上用了力，划出一道殷红的线，感觉皮肤冰凉地撕裂开，尖锐的疼痛之后，灼热涌动出来，灼热的红色往下滴，顺地砖爬行，蜿蜒，触目惊心。

高书意惊叫一声，刀片响亮地落在地砖上，刀片点了一下手上的皮肤，渗出血珠。高书意慌乱地找纸巾，成团地按在伤口上，冲出去找药品，抹了药，贴了止血胶布。只是划破了皮，但高书意握着那只手，坐在客厅喘气。

半天后，她重新进洗手间，捡起刀片，装回剃须刀，放回贮物架。在床上坐了一会，她又回洗手间，把剃须刀连同刀片装进盒子，放进洗手盆下面的格子，推到最里角。

高书意手忙脚乱地换下裸色裙，摘下链子和耳坠，胡乱地卸妆，洗澡。她站在喷头下，水从头顶直冲下来，冲掉那个自然又讲究的发型，她闭上眼，在水声里呜呜地哭，让水流进喉头，呛住鼻子。

洗过澡，高书意甩在床上。睡觉。她告诉自己，像一个催眠师，反反复复呢喃，睡觉，睡觉……

高书意醒了，扒拉了一下闹钟，八点，还那么早，为什么醒得这么早？她慌乱地想，三月七号这一天会很长。高书意闭上眼，再睡一觉，醒来便接近正午了。眼皮很酸，昨晚湿着发上床，一夜下来，头皮僵硬而昏沉，浑身无力，一切表明，她需要再补一觉。但睡不着，如深夜失眠般烦躁不安。

高书意终于爬起来，再看闹钟，九点半。

喝了杯水，也懒得梳洗，打开电脑上网，到处是悲伤的消息，桥塌了，路崩了，车翻了，着火了，杀人了，几乎殊途同归，不是受伤就是死去，充满危险与伤害，高书意莫名地想起洗手间的刀片。她关了网页，到洗手间拿出装剃须刀和刀片的盒子，扔进杂物间。

在房里转了几圈，不知怎的又坐到电脑前，这次，她点了娱乐新闻，服装、奢侈的饰品，高书意没兴趣。看八卦，整容、炒作、偷情、关系……高书意头晕，焦躁不安。

终于十一点，高书意想起午饭，想起还没有吃的早饭，一阵轻松，该吃饭了，有件事可做。高书意不想出门，从抽屉里搜了一沓卡，挑了个电话。

打电话之前，高书意强迫自己梳洗，化了妆，稍稍整了下头发，穿的是家居服，还好。稍收拾出样子，才拨通电话，点了个荷叶饭和一个汤。

送饭的是个男孩，比高书意小五六岁的样子，立在门口，把袋子提高，晃在高书意面前，要她接住。高书意笑着说："忘了拿钱，先进来。"

男孩想了想，走进门，在门边立住，怯怯地等高书意拿钱。

高书意说："进来坐坐，我去拿零钱。"

"谢谢。"男孩点点头，但立在门边没动。

高书意偏磨蹭着，笑嘻嘻看着男孩："你老板给你计时的？"

男孩摇摇头。

"那就坐下，喝杯水。"高书意钱包捏在手里就是不付钱。

男孩说："店里叫外送的很多，我楼下自行车还吊着一份。"

高书意笑起来，先是微笑，然后味味笑，最后哈哈笑。

拿了钱后，男孩迅速退出门，高书意听见他逃着跑掉的脚步声。

高书意关了门，屋里猛地静下。她打开饭，用心吃起来，突然，她又开始笑了，笑声愈来愈响，肩膀耸动得愈来愈激烈，直笑得一口饭喷出来。那男孩一定被她吓坏了。哈哈哈，高书意想，我是一个吓人的人了。

那天下午，高书意还是上网，在那些无聊或可怕的新闻里四处流窜。

晚上，高书意几次拿起手机，几次放下，昨晚，她想好不打的，但还是拨出去，手机上出现李代佳的名字。

明天是三月八号。

十六

三月七号晚上，高书意还是给李代佳打了电话，明天是三月八号，她不想赌气，赌不起。

转眼三月八号下午了，李代佳说她得去接姚聪了，这表示今天过去了。

那明天呢？后天呢？高书意就这样坐在李代佳对面，搅着咖啡，一直搅，好像杯子里是凝固的时间，她能把它搅散，她甚至想象着把搅散的时间捧起来，扬出去，这样，时间就消失了。

良久，高书意对李代佳说："我几乎依赖你了，或许，我得重新找个人。"

李代佳在高书意手背拍了一下："胡说，还有哪个比我对你更死心眼？"

高书意沉默了，毫无缘由地，她想起三月六号晚上的聚会，想起那个让她恶心的怀抱，她甩甩头，把那个念头甩掉，竟奇怪地生出另一个念头。

"代佳，也许我可以再认识一个人——你先听我说，就当给自己找件事做，你知道，我虽然在这城市长大，泛泛之交不少，朋友却很少。说句公道话，可能还是你能忍我的情绪化。真正认识一个人，很花时间的，我想花掉时间。"

"认识谁？"李代佳认真了，"男的女的？怎么认识？"

"最好是男的，那才有趣。"高书意啜了口咖啡，抿嘴笑。

"你要做什么？人不是随便就可以认识的。"

"知道你的意思，我不找什么圈子里的，随机找一个，用偶遇或自然的方式，自然而然地认识，一点点熟悉。"

"书意，你到底要做什么？"李代佳有些惊恐了。

"就当一个游戏吧，认识，成为朋友，或者还会有别的感觉。"高书意嘻嘻笑了。

"荒唐。"

"有什么荒唐的？没错，最好有那种感觉，至少证明我还有魅力，还能做成一件事。"

"书意，你想好了，你知道，肯定会有人对你那意思的。"

前天晚上的情景又浮起来，高书意烦躁地挥挥手，说："不是起心动念的那种，这年头，欲望像夏天的热浪，在城市四处翻滚，闭眼就能撞上，我要的是动心，我要试试。"

"动心？书意，你疯了。"李代佳真正吓住了，"你到底要怎样？想对自己开玩笑？"

"放心，我说过了，游戏而已，我会一直清醒着，你就当观众好了。"

"这样也不厚道，你想让哪个动心？然后呢？"李代佳盯住高书意。

"我心里有底，会把握好度的，别这么上纲上线的，就是想试试，试试我是不是还活着。"

"是个游戏。"李代佳强调，"不过，别太乐观。动欲不难，动心少见，再说，真动了心不好办。"

"一个游戏而已。"高书意脆声应和，"其实也没敢奢想，我又不是不知道城市，只是确实想找件有趣点的事做做。我估计了，最好的结果，成为朋友。如果那样的话，说不定你的语言学家会很高兴，我会缠你缠得少一些。"

李代佳沉默了。

高书意说："走吧，现在就选人去。"

李代佳摇摇头，无奈地随在高书意身后。

她们把车停在超市车场，在周围逛来逛去，甚至走了一间茶吧，一个书摊，一所邮局。李代佳说："你以为在逛街买衣服，这么满大街转的？还是拍电影，随时随地有一个美丽的偶遇？"

"反正没事，你不是让语言学家去接阿聪了？再说，今天碰不上就明天，明天没有就后天，这样我就不用担心明天和后天了。"

高书意突然收住步子，指着超市门前，很兴奋："代佳，那个怎样？"

"超市门前到处是人，我怎么知道哪个进了你法眼？"

"代佳，给我提起精神，摆烤摊的那个，那个小伙，其实应该跟我们差不多年纪，是我总觉得我们老了，他们还小。以前进超市，他总是低头剥火腿或捏面团，我有点印象。"

"摆烤摊的？书意，能不能找个靠谱的？"

"什么是靠谱，什么是不靠谱？我当时还想，这样的年轻小伙，肯安心在街头摆烤摊，比那些啃老族，或是嚷嚷找不到好工作，不肯屈尊的大学生好多了，比我这样游手好闲的人更强百倍。"高书意说，"就这个了，我过去买他的东西，是最好的搭讪了。代佳，你在路边等着，看我的游戏。"

没等李代佳回答，高书意径直走向丁丑的烤摊。

然后，丁丑就看见淡紫色的指甲，他抬头，高书意看到那张清晨一样的脸。

高书意在烤摊前站了很久，比计划的时间长得多，直到李代佳着急。她吃了丁丑的面饼，并为李代佳提回一袋，说："真的好吃，很纯粹的味道，单纯的浓香，吃过后会怀念的，不像那些大饭店，味道精细，吃了以后却发腻。"

那天以后，高书意几乎每天必到，李代佳守在路边或树下，后来就坐在芳姐服装店里。

每次向烤摊走去，高书意都对自己说，李代佳在身后看着，自己只是按计划做给她看。迈向烤摊的步子理所应当，中气十足。

那两天，李代佳单位来了什么领导视察，她没法溜出来。没了李代佳，高书意几乎没有去烤摊的理由，她开车经过超市，到街的尽头又绕回来，停在芳姐服装店外，进了服装店，和芳姐闲闲地扯话。一会儿后，芳姐就说："书意，你有什么事没办好，这么没心没魂的？"

高书意说："芳姐，我想起要到超市买点东西，车放你这。"

高书意穿过人行道，朝丁丑的烤摊走去。身后没有李代佳的目光，失去观众，高书意竟有些慌乱，又有些欣喜。她要了两块面饼，坐在矮桌边慢慢吃。

吃完面饼回芳姐服装店时，高书意突然想，李代佳不在更好。

高书意开始自己到丁丑烤摊吃面饼。李代佳提起，她还会敷衍："你没去，我去有什么劲？你有时间，我就去，没时间就算了。"

她对自己说谎感到吃惊。

然后，她继续去丁丑的烤摊，瞒着李代佳。

那次，高书意走近烤摊，丁丑抬起脸，仍笑着。她发现，那笑里带着忧伤。

十七

那天中午，姚婉净就出门了，说周雪雅有个什么聚会。出门前，姚婉净回宿舍换了衣裙，描了眉涂了唇。离开前她双颊透红，跟丁丑说不知会多晚回来，让他别等。

丁丑来不及答话，姚婉净转身走了，晃着单肩背包，背影让丁丑感到有些陌生。

晚上姚婉净回来时，丁丑的面揉得差不多了，她进了门就连声喊累，拿了衣服直接进卫生间，丁丑看不清她的表情。

好一阵子，姚婉净才出来，歪着脖子擦湿发，发挡了半边脸，对丁丑说："还没揉好？快点，去洗澡吧。"说完，直接掀开竹帘进房间，丁丑仍看不到她的表情。

丁丑洗完澡进房时，姚婉净半背着门坐着。"关灯。"她说，撩着半干的头发。

丁丑一时回不过神，床有些凌乱，他觉得需要整理一下。

"关灯。"姚婉净说。

丁丑伸手关灯的同时，几乎被姚婉净扯倒在床。

"婉净？"

他听到姚婉净粗重起来的喘息，她慌乱地揪扯着丁丑的衣衫。

"婉净？"丁丑试图扳住她双肩，想和她说点什么，至少先说一说，他想看看她的眼睛，也让她看看自己的眼睛，他相信，这样一来，他们间的熟悉感会回来，直到现在，中午的那层陌生感仍然没有消失，丁丑有种隐隐的不安，这种不安面目模糊，但确切地存在着。

姚婉净不说话，扑在丁丑身上，半湿的发垂在脸上，暗夜里，她只剩下模糊的一团和怪异的喘息。她已扯掉大半衣衫，又扯丁丑的，勒住了丁丑的脖子。

"婉净，婉净……"丁丑呼唤着她，像要把她从某种意识深处唤醒。

姚婉净头仰了一下，发往后撩起，丁丑模模糊糊看到她紧闭的眼睛和半张的唇。她听见那个声音："婉净，婉净……"一阵狂喜涌上来，她下意识地应了一声。她听他的声音，四平八稳，有着接近绝对的力量，她愿意听他的，他就是城市。他在唤她："婉净，婉净。"

丁丑搂住她，感到她在无法抑制地颤抖，他轻轻安抚她，想让她放松，她却像突然受了刺激，猛地绷紧，猛地压下来。

他那么彬彬有礼，第一次匆匆一见，姚婉净和周雪雅就喊他"绅士"。是的，"绅士"多么适合他，从说话到微笑到言行，他绅士而节制。他对她也是那么绅士，几乎绅士得让她伤心，他对她说"请"，点东西时礼貌地询问她和周雪雅的意见，他对她谈城市，谈时事，谈建设。他为什么对她说这样的话题？这些话题缥缈又冷漠，不带丝毫感情色彩，他对她也就这些话题可谈么？对她就是冷漠又理智的么？

姚婉净呜咽一声，颓然地趴在丁丑身上，偏着脸，不让丁丑看她的眼睛。她的眼睛仍热切着，怕丁丑发现。她就是用这样的目光看他，不管他说着什么，话题是如何冷漠理智，她都听得入迷，她看他的西装，在他身上妥妥帖帖，把西装的高档表现得淋漓尽致；她看他的手表，那只手表只在电视上看见过，戴在他腕上是这样合适；她看他随意放在桌面上的车钥匙，闪烁着他的气息。她的目光完完整整放在他身上。

他完全是漠然的？不，姚婉净不相信。如果是这样，他为什么请她和周雪雅喝咖啡？周雪雅说，他与她哥哥认识了十来年，一起大学毕业，一个进市政单位，一个做生意，他们不单是同学，还是互惠互利的朋友，但他从未请周雪雅吃过什么，从来只客气地招呼。"认识了你，就不同了。"周雪雅说这话时的表情令人难忘。

"有意思，婉净，这次是我沾你的光。"从咖啡馆出来，周雪雅就笑着对姚婉净说，"这是真正的城里人，城里的男人，有这种男人请你喝咖啡了。"

姚婉净晕晕乎乎的，脚尖悬浮，她不敢告诉周雪雅，其实他请自己吃过饭，单独地请。她惶恐地对周雪雅说："别乱说，他和你哥是好友，捎带着才看得起我。"

"婉净，我说的是真的，这绅士虽然只是个上班的，领着固定工资，可在那样的单位，也不错了，能挤上城市数一数二的那层了，你不会觉得配不上你吧？"

"雪雅，开什么玩笑。"

"不开玩笑，我只是提醒你。"

姚婉净胸口咚的一声，莫名其妙地说："听说他有老婆孩子的。"

周雪雅大笑起来："这关你什么事？婉净，你还缺根筋，唉，跟我那么久，还是这么傻。"

姚婉净耳根和眼角忽地红了，这红又忽地烁成亮色。

他是有意思的，他看自己的眼光，怎么说呢？姚婉净不知怎么说。她又坐起来，摇晃，她按住丁丑，不让他翻身，不让他抬起脸。夜色里，丁丑看见姚婉净的脸和身体一起扭动、变形，幻化成一个陌生而疯狂的影子。

丁丑迷惑间，听见姚婉净喊了一声，扑倒在他身上。

姚婉净觉得有股气直冲上天灵盖，软了身子，轻轻呜咽着。

丁丑抱着这个柔软的身体，仍在困惑不解之中。

"绅士……"姚婉净喃喃说。

"嗯？"丁丑扶起她的脸问。

姚婉净下了床，到客厅倒了杯水，在床边默默坐着。

丁丑也下了床，到储物箱里摸索。他把摸索出来的东西握在手心，手伸到姚婉净鼻尖前，缓缓打开，是个盒子。他缓缓打开盒子，说："婉净，我准备好了。"

姚婉净下意识地抬了下手，又很快缩回去，有张脸从盒子后清晰起来，于是，丁丑的盒子变得轻飘飘的。

十八

丁丑对姚婉净说，一年前她搬过来时他开始存钱，每月一点，半个月前他开始逛珠宝店，两天前买下这枚戒指。

丁丑说："婉净，你是一年前这天搬过来的。"

姚婉净讪讪的，她看着丁丑，这是好男人，很好的。她又看看戒指，这是他一点点存的，一年多的时间，该是他买得起的最贵重的东西了。珠宝区那些人世的金黄烁白在姚婉净眼前飘飞，只是飘飞，再与她无关，一种莫名的忧伤与绝望从她胸口升腾起来。

丁丑开了灯："婉净，给你买的。"

戒指在灯下夸大地灿烂着，姚婉净双眼睁了一下，这是她能接触到的最贵重的东西了，可以属于她的。她终于接了盒子，捧在手心。

丁丑说："婉净，我们定亲。"

姚婉净没回话，看着戒指。

丁丑说："定了亲，结婚你想缓缓也行。"

姚婉净仍不说话，像所有的意识都附在戒指上。

真巧，她刚走了一段，绅士的车就随上来了，停在姚婉净身边，摇下车窗，说顺路带她。

姚婉净相信，他专门随在自己身后下楼，专门追着自己来。想到这，姚婉净想笑，忍都忍不住的。

那天，姚婉净和绅士都在周雪雅家，绅士找周雪雅的哥哥，姚婉净找周雪雅。那天绅士和周雪雅的哥哥不谈生意，只闲话，周雪雅和姚婉净便在客厅一起闲聊。接近晚饭，姚婉净先出的门。姚婉净刚出小区，绅士的车就跟来了。

他把车停在姚婉净身边，摇下车窗，微笑着看姚婉净惊讶的脸，说："带你一程。"

"怎么好意思。"姚婉净保持一份矜持。她常坐周雪雅的好车，陪她到处去，可一个男人的好车她从未坐过，而且说带她，这对她来说，意义重大。因此，她说不好意思，脚步却没动。

他说："顺路。如果还让你坐公交车，就是我不礼貌了。"

他说得有礼有节，如果再推辞，反显得小气了，姚婉净钻进他为她打开的车门。她像要肯定什么，问："顺路？不麻烦的吧？"

"顺路。让一个朋友站在路边等公交，说不过去。"他说。

很久以后某个瞬间，姚婉净才突然想起，当时，他怎么知道自己住在超市附近？怎么知道是顺路？是的，他不知道，但他告诉她，只是顺路。

姚婉净几乎没有意识地看着他，不说话。不知说什么，似乎说什么都显得浅薄，他握方向盘的样子，半舒展的坐姿，从容的目光，都是一种气度，姚婉净想，这就是城市的感觉，城市的味道和底气从这个男人身上丝丝缕缕抽缠出来，如烟似雾地缭绕在他四周，她从未如此近距离地靠近城市。当然，她和周雪雅已经靠得很近，但他是完全不一样的。对于他，姚婉净有种模模糊糊的期待。什么期待？姚婉净手心出了汗，手僵在膝盖上，脑袋僵在脖子上，笑容僵在脸上。他便看见她一副很紧张的表情。

他放慢车速，说："一起吃晚饭吧。"

"嗯？"姚婉净吃了一惊。

"我是说，不早了，顺便吃个饭，我家里这时差不多开饭了。"

姚婉净胡乱晃着脑袋，忘了是摇头还是点头，那个期待如一盏灯，在不知名处一闪一闪亮起来。

他问："家里人等你吃饭？"

她极快地摇头："没，就我一个，是不好意思。"

他似乎松了口气："那一起吃，想吃什么？"

"我对城市不熟，也不懂，听你的。"在他面前，姚婉净不再羞于自己的无知。

他笑笑："那找个安静点的地方。"

他打了个电话，说："晚饭我在外面吃，有事，走不开。"

姚婉净的笑意在肚子里一突一突的，亮色一层一层爬上鼻尖眼角。

打过电话，他突然很放松，想哼哼歌什么的，终究还不太习惯，肩膀却若有若无地微微耸动，为想象里的歌拍着节奏。这个女孩让他放松，他发觉自己在她的目光里无限扩大，他说的每句话，每个表情，她照单全收。他甚至想，我可以放肆一点，无礼一点，这些在她的眼里都将成为风度。这个想法让他激动，他握方向盘的手微微抖了，他仰了下头，深呼出口气，像要把平日的彬彬有礼吐出去。

他们是在周雪雅家的别墅认识的，那段时间，别墅刚装修好，周雪雅说去转转。进门时就看见周雪雅的哥哥和他，立在阔大豪气的客厅里指指点点。周雪雅介绍了姚婉净。进房间时，周雪雅低声对姚婉净说："我们叫他绅士，总是有礼有节、正气不凡的样子，又客气又礼貌，我看也未必，壳子罢了，城市里哪个人没戴个壳？只是，这人的壳装得够好，光鲜亮丽的。"

姚婉净就记住了他"绅士"这个名号，真正的名字反而忘了。

那天，在别墅里显得清闲，四人度假一般四处闲逛，还让人把午饭直接送到别墅。那时，他就留意到姚婉净的目光，又羞怯又外露，看起来完全不是场面上的人，这让他感到新奇。

他单独请自己吃饭了。事后，姚婉净不止一次告诉自己，不止一次强调"单独"两个字。可是单独过后是安静，他几乎再无声息，直到今天在周雪雅家里碰到，请她们喝咖啡，请的是她们，还是因为周雪雅的哥哥临时有急事，他本来要走，见周雪雅和姚婉净也要出门，便看似随意地提了一句。

他很含糊，有段时间，他似乎变得亲切随意，可接着他又变得客气疏远。

他怎么想，姚婉净不知道。

她接了丁丑的戒指。

十九

接了戒指，但对丁丑关于定亲的提议姚婉净没有表态，她在周雪雅面前打开盒子，说："丁丑给的，他又说定亲。"

"你接了？"周雪雅不看一眼盒子，看定姚婉净。

"丁丑提好多次了，我都没答应。"

周雪雅手指碰碰盒子，笑笑："也只能买这样的。"

姚婉净把指甲握在掌心，说："我还没答应的。"

"我懂了，为自己留条后路，婉净聪明了。"周雪雅恍然拍手。

姚婉净怯怯看着周雪雅："是不是不太好？"

"什么好不好的？为自己安排有错？"周雪雅让口气轻描淡写，"戒指是丁丑自愿送的，你不想拿？"

姚婉净低下头。

周雪雅碰碰她的手指，让她抬脸，捉住她的目光："你想吊死在一棵树上？何况这棵树无枝无叶，能在城里给你撑一片阴？"

姚婉净打了个寒战，端杯，把茶水默默灌下去。

"耐心点，想挤进城的人有多少，碰破点皮或磕点伤算什么？"周雪雅说。

姚婉净冲她笑笑。

等待。姚婉净耳语般对自己说。她没想到，等待比想象的容易得多。

姚婉净是三天后接到电话的，电话铃响时，她正和丁丑喝着消夜粥。姚婉净以为是周雪雅，她看一下号码，极快地转脸看一眼丁丑，脸上的慌乱纷飞飘扬。丁丑问："怎么了？"

她笑笑："是雪雅，她很少这么晚打电话。"

姚婉净"喂喂"地应着，握着手机进了房间，丁丑只听到一阵低低的说话声，模模糊糊的，偶尔有几个扬高声调的"好"。

出来时，姚婉净脚步有些趔趄，她半捧住脸，高声对丁丑说："明天是雪雅生日，我竟忘了，她有个生日会，我明天出门。"

丁丑说："又不摆摊？"

"如果忙得过来，你就顺便摆出去，如果麻烦就算了。"姚婉净开始挑选衣裙、配饰和手包，多是周雪雅退给她的，但已足她整个改变形象。

丁丑想说什么，终没开口。姚婉净耐心地试衣裙和饰品，细细询问丁丑的感觉。丁丑总是淡淡说："太花了，婉净。"

姚婉净咻咻笑："你懂什么？我不能问你的，你不懂欣赏这些东西。"

第二天，丁丑摆好摊，姚婉净下来了，从头到脚一新，也是周雪雅的一旧。像个顾客，她对丁丑摆摆手："我走了。"

姚婉净晚上回来，丁丑已收了摊，她脸颊赤粉，有种抑制不住的雀跃，她熬粥，煎蛋，让丁丑坐下来，说要好好谈谈。

丁丑也想和姚婉净好好谈谈，面对面，却一时不知从何开口。

姚婉净也一时无声，喝了半碗粥才说："我要出门几天。"

丁丑所有的话烟消云散。

"雪雅要去旅游，让我陪她。"

丁丑说："婉净，你的摊子很久没摆了，周雪雅是无事可做的。"

"她有单位的，只是不用像头牛那样拖生活。丁丑，我只想见识见识，你烦了吗？摊子停几天算什么？挣不了多少。"

"婉净，我不是这意思，我是说我们的日子……各人有各人的日子，不必随在……"

"好了。"姚婉净放下碗，"别又说这些，我后天走，可能要三四天。"她进房收拾东西。

无声上了他的车，远远随在他身后到机场，登上飞机，姚婉净一直头重脚轻，几乎不辨方向。他一直没开口，还是那套深色西装，表情平淡，从头到脚散发着浓重的绅士味道，这让姚婉净犹疑不安，像随于父母身后新进校门的小学生。

上飞机找到座位，两人挨着。他半直着身子，四下望了望，坐下，抓住姚婉净的手，才转过脸，冲她笑笑，那笑仍是一本正经的。

所以，当一进旅馆房间，他砰地关门，把她拦腰抱起扔在床上，姚婉净惊呆了，有一瞬忘了事情的前前后后，差点尖声喊人。

他不像他了，把姚婉净压在身下，揪掉西装，像揪掉身上一层束缚已久的什么东西，领带飞出去，皱巴巴落在椅子角，光亮的皮带啪地掉在地上，以被抛弃的姿势落在那里。他对自己说，扔掉，扔掉，我扔掉了自己。

他听到身上一层壳咔咔作响，这层壳年深日久，严丝合缝地把他封闭起来，光鲜亮丽，顶着这层壳，他待人接物，他四面玲珑，他四通八达，他觉得安全，生活光彩四射，一切称心如意。偶尔，对，偶尔的时候，他有些喘不过气，手脚有些僵硬。但这些偶尔出现时，他转过脸，装作看不见，让"偶尔"无趣地退开。后来，姚婉净出现了，他看到了某些可能性。这些"偶尔"愈来愈频繁地出现，他开始面对它们。

现在，这层壳在脆响，出现了裂缝，裂缝四处爬动，壳整个裂开了，砰地碎了满地。他突然举起双手，大叫一声："舒畅！"

姚婉净木呆呆躺着，他笑了，弯下腰，鼻尖碰着她的鼻尖，在她面前，他可以这样，不用保持，丢弃竟让他饱满无比。姚婉净稍稍抬起脖子想说点什么，他伸出手用力推，把她的头推进枕头里，哈哈大笑。

"别叫我绅士！"他大吼，"别再叫我绅士！"

他竟知道姚婉净和周雪雅背后这么喊他。

"让绅士见鬼去！"

他在狂吼中冲撞，偶尔低下头，很好，她躺在那承受着他的冲撞。

姚婉净和她的绅士在旅游地住下，除了偶尔出门吃饭，或随意而短时间地散步，一直关在房间里。姚婉净觉得，他在背叛自己中得到极大的刺激。他想，见鬼，我原来是这样，啊哈哈，有趣，痛快。

他不再穿西装，随意套着休闲服，头发东倒西歪，整个人有一种凌乱感。有时，姚婉净看着他埋头吃饭，就莫名地恐慌起来，他身上某种味道似乎消失了，前段时间的感觉变得虚幻。

回到旅店，姚婉净会看到他平日的表、皮箱、西装，她会重新踏实起来，似乎这些东西替他保持着姚婉净在意的味道。

有一天，经过一家珠宝商店，他们进去了，她挑了一条链子和一对耳钉，他随随意意替她付钱的样子让她激动不已，那种味道变得坚实可信。

回程那天，他重新穿上西装。上了飞机，他的表情纷乱地飘扬了一会，尘埃落定之后，还原成出发那天的样子，平淡、一本正经。

出机场时，他说："有人会来接我，我就送你到这。"

二十

丁丑微笑着，问高书意："要点什么？"

他的笑容不一样。高书意不答话，笑里隐着忧伤，忧伤在他清晨般的脸庞上飘浮成雾气。

丁丑又问一次。

高书意问："你怎么了？"问完后，她吃了一惊，问得如此自然，这是她第一次问丁丑这样私人的问题，这个问题之前，高书意和丁丑之间还是摊主与顾客的关系，至多是老摊主和老主顾。

"嗯？"丁丑显然没有领会到高书意的话。

"你怎么了，今晚？"高书意认真地问。

丁丑愣了一下，笑容扑地绽开，这次真笑了，灿烂而明亮。他摇着头："没事——面饼？"

高书意看看对面，凉水摊摆着，没人守，他女朋友又不在，高书意留意到，凉水摊已空了几天。

"跟昨晚一样。"高书意说，"对了，女朋友有事？"

丁丑满脸惊讶。

高书意指指凉水摊："一直空着，你一个人守两个摊？守得过来？"

"还好。"

"这边人多的时候，不怕那边有人趁乱？"

"不会。"丁丑显得很自信，"我忙不过来，顾客自会放好零钱。"

高书意等在摊前，突然扬高声："烙过火了。"丁丑忙把饼翻过来，果然焦了，抱歉地说："我重新烙，烦你等等。"

"吃了你这么多饼，火候可从来分毫不差，今天有心事？"高书意想了想，问。

丁丑仍笑笑，浅淡的忧伤烟一样拂过眉梢，高书意像被什么突然击中，有些失神。

"没事，慢慢烙，我等着。"她在矮圆桌边坐下。

那块饼，高书意吃了很久。除了后来一对恋人，烤摊再没什么顾客，超市已经在清场，丁丑的烤摊也要收了。高书意仍坐着，饼早已吃完，她胡按了一会手机，对丁丑说："差不多收摊了吧，一起喝个茶？"

高书意挥了下手："希望你先别摇头，我很少开口请男的喝茶，难得一次，别让我没面子。她语调很急切。"

丁丑笑了一下。

高书意说："吃你这么多饼，算感谢吧。我今晚没事，本来想约朋友去喝的，她忙，你算舍命陪君子吧。"

丁丑摇了下头，指住自己，想说什么。

高书意说："地方不远，就在江边，环境好，也不贵，一般的茶一泡也就几十块，你要是大男子主义，觉得该你请，也好，算对我这个老主顾的感谢吧。"

丁丑说："我还得……"

高书意说："说实话，我专门等你收摊，可不敢随便打扰，我再多说，连自己都觉得不识趣了。就是喝杯茶，认识一下。"

丁丑耸耸肩，摊摊手，表示话都被高书意说了。

高书意等丁丑收好摊，领着他走过公路，过广场，朝江边走。

高书意说："这时城市稍静，走走感觉不错，不用坐车了吧。"

丁丑说："我也是这个意思。"

他们去了望江茶座，竹搭的架子，伸在江面上，空气清新而潮湿。

"你的名字？"等待服务员送茶具时，高书意问，"很奇怪，我们算熟悉的吧，却连名字都不知道。"

"丁丑。"

"丁丑？美丑的丑？"

丁丑点点头。

高书意呵呵笑起来："你叫丁丑，就你这脸？太讽刺了吧，你阿爸阿妈很有幽默感。"

"姓丁，丑时出生，就这么简单。"

高书意点点头："这么起名，倒也好玩。你好，我叫高书意。"

一时无话，夏夜的江风令毛孔和精神一起舒展，丁丑半靠椅背，静看河对岸。高书意托着下巴，手肘撑在桌面上，壶里的水开始跳动。两人沉默着，也不觉得尴尬，高书意对这感觉又陌生又奇怪，除了李代佳，高书意和别人在一起是极怕冷场的，一冷场，便不自在，努力地没话找话。严格说来，丁丑算初识之人，这份自在怪异地让高书意有些不自在。

"看什么？"高书意问，顺他的目光看去，对岸什么让他这样入神？

"灯，河对岸那排灯，一排亮在岸上，一排朦胧在水里。"丁丑指了一下。

高书意不看灯，看丁丑，一个男人这样看灯这样感觉，对高书意来说，几乎是不可想象的。

就是这一次，高书意第一次注意河边的灯，对丁丑也有了独一无二的印象。

后来，高书意叹："你连灯都可以看出这种意思，一个人待着也是有趣的。"

丁丑说:"趣味和人多人少没关系。"

"单独一人也有趣?"

"当然,有时候人多是硬凑的,不见得有什么趣味。"

"你幸运。"高书意声音低下去,"我一个人过怕了。"

"你总一个人么?"高书意以为丁丑会这样追问。

但他没问,只是看对岸的灯,完全入迷的样子。

"我丈夫去世了。"高书意突然说,几乎脱口而出,然后,她被自己惊呆了,捂住嘴。

丁丑转过头,静静看了她一会,张了张口又合上,显然不知怎么安慰她。

高书意淡淡笑了笑:"没事,已经两三年,我习惯了。"说完,她开始暗骂自己该死,但心里竟无法抑制地很轻松,很自在。

丁丑却沉默了,似乎在为她的遭遇感到抱歉。

"好了。"高书意摊开双手,"不提我的事,你呢?你女朋友怎么了——凉水摊的女孩是你女朋友吧,为什么把凉水摊扔给你?如果我记得没错,她的摊子总时不时空着。"

丁丑说:"她这几天有点事。"

"她还真是你女朋友啊。"高书意莫名其妙地说。

丁丑没注意她的话,沏了茶后,又望着对岸入神。

他在想那个女孩么?那个女孩配么?高书意莫名其妙地想。

二十一

丁丑正准备揉面，听见敲门声，姚婉净回来了，提了两袋行李，比出门时多了一袋。

"这么晚？"丁丑接着行李，"不是说中午的飞机？"

"飞机晚点，和雪雅吃了夜宵。"姚婉净闪身进门，目光专注在行李上，丁丑看不见她的脸。

姚婉净把人甩在沙发上，喘着气。回来后，她是找了周雪雅，一起吃了晚饭，喝了夜茶，但早已回来的，在附近街上转了两圈，走走停停，这几天的片段纷纷扬扬，扑面而来，每个碎片都还有锐利的角和灼热的温度，弄得她脚步踉跄，在回丁丑这里的路上磕磕绊绊。

丁丑说："累了吧，先喝杯茶。"

姚婉净埋头翻行李："我先洗澡，你揉面吧。"

卫生间哗哗的冲水声，丁丑揉面的动作有点缓，若有所思的。姚婉净变了，说不清楚是什么变了，但感觉确定。

姚婉净出门时擦着湿发，发散在额前，丁丑无法确定她的表情和目光。她坐在沙发上，很用心地擦发，显得很沉默。

"丁丑。"姚婉净突然唤。

丁丑转过脸，姚婉净脖子歪着，湿发垂在一边，半背对着他，他只看到她散开的发和拍着发的手。

姚婉净说："丁丑，我觉得凉水摊这样摆着不是办法。"

丁丑揉面的手顿住了："婉净，主要是顾客总看不到人，有时我摊前又忙，但这两天还是不错的。"

"我不单是这个意思，我不太想摆这个摊。"

丁丑知道。

"我想换份工作。"姚婉净说，"不摆凉水摊了，或者你把凉水摊并在烤摊边。"

"你想做什么？"

丁丑希望姚婉净转过脸，看着他。

姚婉净似乎被竹门帘迷住了，目光一直粘在上面，后脑勺对着丁丑。她用后脑勺说："我也一时不清楚。"

姚婉净不肯定。在旅游点的第三天早上，姚婉净借一个机会有意无意提到烦恼的工作，当然，她没提自己在摆凉水摊，只说工作又辛苦，待遇又低，然后开始感叹城市的艰难。绅士说："那换份工作。"

姚婉净摇摇头："哪有那么容易？想进超市当售货员都有难度。"

他笑了，提到他有些朋友，特别是做生意的朋友，都不是小打小闹的。

姚婉净目光烁烁了，她不提他那些朋友，单说他本人在城里就不是小角色。

他摇头笑了，说她根本不知城市的水有多深，他算什么？在城里甚至算不上角色。他说的是实话，但他享受她的目光，在她的目光里，他会产生饱满的错觉，她不相信他的实话，他享受她的不相信。

后来，他似乎隐隐提到，有个朋友在"大潮流"开一间高级服装店和一间高级鞋店，或许可以开个口，让姚婉净去那个服装店试试，工作环境极好，工资比做什么超市售货员好得多。

姚婉净喉头发干，她忘了自己应过什么话，是否应过话，只记得拼命喝茶，一栋永远灯火辉煌的大楼在面前冉冉而起。"大潮流"，这个城市最高档的商城，姚婉净相信，走进去，便真正走进了城市。她想象自己走进去，步子摇晃，目光昏花，身子半悬浮。

但他说"或许"，这是什么意思？他不确定？姚婉净在这个不确定里沉重起来，冰凉的失望浸漫了她。

他再没确定地提起这事，风一样无影无痕。姚婉净也不好再提起，这个不确定就吊在胸口，一会儿烁烁发亮，她把光芒无限扩大，耀出一段前程，一会儿又暗淡无光，如石如泥，哽得发堵发慌。

丁丑说："我们一起找找？看有什么合适的。"

"不，我自己先找找看，别耽误了烤摊。"

"婉净，怎么这样说？"

"丁丑，我要谢谢你的，当初在厂里一直照顾我，又拉我出来摆摊，要不是你，我怎么一个人出得来？要是不摆摊，我现在可能还是一个打工妹，可能谁都不认识。"

"婉净，怎么了？"

姚婉净突然想起，周雪雅是在工厂的时候就认识的，认识了周雪雅，才认识了他——绅士。

"还是要谢谢你，丁丑。"姚婉净没头没脑地说。

没有和丁丑出来摆摊，没有他总帮自己看摊，工厂不可能那么自由，或许也没机会。

"婉净，你到底怎么了？这几天你去了哪？"丁丑把面盆推开。

"丁丑，我们两个真的很不一样，你是知道的，很多看法完全不一样，要的生活也不一样的。雪雅说得好，没有谁对谁错，谁好谁坏，只有想要什么，人，总是奔自己想要的东西……"

"婉净……"丁丑揽住她的肩，把她轻轻扳过来，让她对着自己。

姚婉净顺手拿遥控打开电视，她说："有时，运气来了，那东西就在眼前，一伸手抓住了，要是眨眨眼，漏过去，可能就全没了……"

敲门声。

是林时添，他耸着肩说："不好意思，来晚了，没办法，今晚我差点流落街头。我丢了刘婷，顺带把她的出租屋也丢了。"

刘婷是林时添这一段的女朋友，在饰品店工作，和工友合租了套极小的房子，林时添就在她那里挤。

"你睡客厅吧。"丁丑指指活动沙发。

"不，不，不。"林时添目光在丁丑和姚婉净脸上跳来跳去，笑着，"怎么敢扰你们小两口？我行李寄保安李那里了，答应明天请他吃顿像样的，今晚就在他那里挤。我上来，主要想说件事。"

姚婉净脸色很差，说："你们说事，我休息了。"

林时添一个小时后才走。丁丑进房时，房里很静，姚婉净似乎睡熟了。

丁丑躺下，朝姚婉净转过身，她朝着墙壁，身子安静极了。丁丑确定她没睡着，伸手半搂住她，她一动不动。

林时添的话影子一样，在暗夜里飘浮。

二十二

姚婉净起身，朝林时添僵硬地点点头，僵硬地掀竹帘，进房关门。

"吵架了？"林时添问，压低了声音。

"没有，什么事都可以说，为什么要吵？"

"那问题大了。"林时添摇摇头，"肯定发生了什么事。"

"没什么。"丁丑声音有些虚弱。

"那只是你以为没什么，这方面我有经验，一看一个准，不是我乱说话，婉净心里有什么事了，而且不是那种可以吵吵就过的事。"

丁丑沉默，良久说："是的，她心不在焉。"

"她有更好的去处？"林时添试探着，看丁丑垂着头，又说，"其实可以理解，进城不就是想奔更好的东西么？钱呀工作呀房子呀……只要机会有道缝，肯定往里钻，城里每道机会的缝隙前都排着长队，如果是我，也会这样。"

"丁丑？"

丁丑抬起头："你喝茶么？"

"丁丑，留不住的，可能你们还没说什么，可我知道，简单说吧，我就是那样的人。"

丁丑说："你不是有事？"

"对了，我来借点钱，有急用，先上来告诉你，你能准备准备。"

"又有什么计划？"

"这次是置行头，还有先找个落脚地，付租房定金。"

"行头？"

"就是换一身皮。"林时添扬起手，从脑袋出发顺身子一路扫下去，似乎就改头换面了。

丁丑永远无法确定林时添在做什么，他高中毕业后进城，开始也是进工厂，干了几个月，换厂，又干几个月，再换，换几次后，不入厂了。遇见丁丑时，他说："那不是人待的地方，我看透了，不吃不喝干到死也看不到城市的天，踏不进城市的地。"

林时添开始在城市晃荡，有时说当着超市的保安主管，有时说帮人卖手机，有时卖家用电器。每开始一件事，他都豪情万丈，设置了无比乐观的前程。当超市的保安主管，他说，他只用一个月时间就由保安变成主管，让丁丑别问他怎么当上的，只说按这样的速度——当然，以后速度可能会缓点，但总会一路上去，变成部门主管，部门经理，副经理……末了，他将入股超市。

卖手机时，林时添狠批超市的混乱，毫无希望，对正上班的大型手机店充满期望，他将在那里了解种种内幕，建立客户源，拉出关系网，到时，最差是入股手机店，好一点是独自分出去开店。

后来，他吃着丁丑的面饼，丁丑随口问他："手机店还好吧？"

"手机？"林时添大咬一口面饼，说，"那种东西卖不得，更新换代比一日三餐还快，降价降得比挣的多，这条路走不长。"

"现在做什么？"

"电器。这是一条长远的路，家用电器将长盛不衰，买房的人这么多，每套新房都需要一整套电器，还有，旧去的房子电器也会旧，这些电器是该换的。丁丑，你想想，这是多大的市场。"

他不等丁丑说，半个饼塞进嘴，鼓着颊说："电器要做品牌，我正朝这条路进军，已经使手段，通过弯弯绕绕的路，认识了不少供货商，顺这路子摸下去，拿下一个品牌的代理权，那时，城市就有我一条路了。"

后来，林时添不再提电器店，一年前，他第一次向丁丑借钱，说要买辆三轮车，在城郊正开发的新区拉客，说那里外地客多，出手大方，他得挣点家底。丁丑觉得这是条靠谱的路，自己手头有一些，又向阿妈要了一些，凑给林时添。

三轮车后来卖了，说那是坑人的行业，风吹日晒，把面皮毁了不说，女的还瞧不起，女朋友都交不到了，倒不如游手好闲，让人看不清底细，有些女的还以为这是种风度。

游手好闲的林时添交了几个女朋友。照他看来，只有两个靠谱，也交得最长，一个是陈素芝，一个是刘婷，他住着这两个女朋友的租房，吃着她们的工资，过了一段清闲日子，他甚至对这两个女朋友提到了婚嫁。林时添向丁丑借的两次钱都是这两个女朋友先帮他还的。两次林时添都对丁丑这样说："这两年我手头攒有一些，先垫上，你的钱也急用。"至于垫上后下文怎样，林时添没提过。

借去买三轮车的钱是陈素芝帮忙还的，后来又借一次，说和朋友合开鞋店，是挣过一点钱的。挣钱那段时间，林时添来吃面时光鲜亮丽，但不提还钱的事。不久，鞋店倒闭，林时添倒还钱，新交的女友刘婷垫上的，林时添说，和她是一家人了，她的存折上还有一点。

现在，和刘婷分手了，他拍拍巴掌对丁丑说："早晚要分的，说受不了我，我就这样，受不了还能怎么办？"

林时添说："我现在急需一身行头，行头在城市是最基本的通行证，有时行头决定你属于哪个阶层。我以前那身行头，最多也就交交陈素芝刘婷这样的女友，赖个地方落脚，什么也变不了。想接近其他阶层的女人，至少得像那个阶层的人，才有机会——丁丑，别这样看我，不是正有另一个阶层的女人和你走得很近？我知道，你觉得那不是。只有你才能不明不白交上那样的朋友，你有这张脸。

"好，不说你了。我这次是靠谱的，有了基本目标，就差一身行头。"

"时添，你不觉得这太荒唐了？闯了这么多年，该理智点了。"

"这是最理智的。"林时添说，"反倒是你，还是这么糊里糊涂，放着这么好的资源，不懂得利用。"

丁丑摇头。

"丁丑，别看不起我，不单是女人，男人也是耗不起的，我再不用点心思，怕真无立身之地了。"林时添话里竟有极少见的忧伤。

"时添，不是看不起，各人有各人进入生活的方法，只是按我理解，这法子不靠谱。问一句你可能觉得幼稚，这样进入生活，你开心？"

"哈哈哈。"林时添突然大笑，"这话一点都不幼稚，一点也不好笑，只是你会这样直白问出来，会想到要问这样的问题，还真有点幼稚。"

"时添……"

"有了一切的时候，我会开心的，不可能不开心。"林时添强调着，"一定的，你不相信？有了一切，怎么会不开心？"

二十三

第二天，林时添很早就来了，幸亏丁丑很早便去柜员机那取了钱，他说："再晚两天，我就要汇一些回家了。"

林时添说："放心，丁丑，你是哥们，不是女人，再说，我知道你每分钱怎么来的，会抓紧还你。还有，我这次绝对找着了路，要放的是长线，钓大鱼。"

"时添，我总觉得不靠谱，把自己的日子寄在别人的日子上。"

"丁丑，你太老实了，又喜欢绕这些又深又飘的东西，日子就是脚下踩着一些东西，两只手抓得满满的，最好嘴里还能咬着一些，那就是你的。说难听点，你是死板加落后，可惜了你这么好的资源。"林时添望着丁丑摇头，"这张脸要放在某些地方，会照亮多大一片前程，你倒把它放在烤摊上。"

丁丑不应他，安排着面团和火腿，姚婉净还未起床，他想着是不是该唤醒她，问她凉水摊今天摆么。

林时添说："算了，我们都一样，想定了自己以为的那点，说了也白说，先走了。"

林时添刚关门，姚婉净就出来了。

丁丑说："粥熬好了，还有煎蛋。"

姚婉净说："林时添又来了，来得真早。"

出房门前，姚婉净收到了信息，她握着手机，看看信息，昂头深呼吸，再看，没错，他的信息。姚婉净跃了一下，跳下床，她眉梢带了残留的喜意，半披散的头发掩了，让自己的声音含了怒气："又是借钱的吧？"

"婉净，他有点急用。"

"他每次都急用，每次都赶得是时候，我们刚缓过气，你刚存上一点，他就来开口，算得准准的。"

"婉净，前两次他都还了。"丁丑疑惑地看着她，前两次林时添借的时候，她没说什么，只稍稍提了一下。

"你有本事，装起富翁了。"姚婉净扬高声调。那条信息又闪了一下，信息说，见个面，中午一起吃饭。

"婉净，我们暂时用不上，时添先挪一下。"丁丑一只手搭在她身上。

姚婉净退了一下，那条信息写明了时间和宾馆地点，现在收拾一下出去，刚刚好。姚婉净的脸涨红了："是，用不上，你竟有用不上的时候，我们在摆摊，摆摊的借钱给人家买西装。"

姚婉净摔帘进了房间。

丁丑说："婉净，时间差不多了，我先把摊子摆出去？"

"随你吧，愿意的话就顺便摆出去，我要和雪雅出去。"姚婉净喷着发胶。

丁丑晚上收摊后回到宿舍，才听到姚婉净上楼的脚步声。

进了门，姚婉净就忙忙地收拾东西。

丁丑说："婉净，我知道我们间不关林时添的事，你怎么了？谈谈？"

姚婉净说："我想出去几天。"

"婉净，有什么事你说，我尊重你的意思。"

姚婉净立在竹帘边，抓着一条裙子，静静看丁丑，一会儿说："丁丑，我们要的东西太不一样了，你知道。"

"我们好好谈一下。"

"雪雅有个小公寓，一向出租，最近租客搬走，空着，我去那里住。"

"住周雪雅那里？这里住得好好的。"

"我想住那样的地方，喜欢那样的地方，那种地方才是城市。"

"什么时候回来？"

姚婉净不答话，进房收拾，丁丑听见开关箱子的声音。

"婉净，周雪雅的公寓在哪？"

房间里静静的。

"婉净，我怎么找你？"

"我想清静一段时间，一个人。"姚婉净掀帘出来，提了箱子。

"婉净……"

姚婉净走到门边，立住，转过身，目光却和丁丑的目光错开："丁丑，我很任性，没办法像你这么安心，你不要怪我。"

"婉净，你怎么了？"

姚婉净开门。

丁丑说："就算要去，也等明天，这么晚了。"

姚婉净闪开丁丑，站到门外。

"我走了。"姚婉净说。

丁丑说："我送送你，公寓在哪？"

姚婉净突然慌乱起来："别送，我打的，一下子就到，雪雅等着。"

她半跑着下楼梯，箱子磕磕碰碰的。

丁丑随着下了几级台阶，要接她的箱子，她几乎尖声喊："我自己走。"

轿车离超市还有一段路，姚婉净就让绅士停车，说："就在附近，我很快下来。"

绅士看姚婉净顺超市的方向远去，他给家里拨了电话，说："临时急事出差，今晚不回家。"

丁丑说："我帮你提箱，又这么晚了。"

姚婉净鞋子跺着楼梯："我说不用，你以为晚，城市的夜刚开始，我好得很。"

丁丑呆在楼梯上，听见姚婉净的鞋子一路敲下去，又急又慌，好像这租房是可怕的牢狱，逃之不及。

姚婉净关上楼梯大门，一路急走。绅士说："小公寓租好了，一应用品都有，在大潮流商城附近，去大潮流商城上班也方便。"姚婉净扑在他怀里，一只手捂住眼，把泪捂在手心，免得弄湿了他的西装。

姚婉净走了，小小的租房空阔无比，安静无比。

丁丑绕房子走了一圈，姚婉净其实没带走什么东西，她以前的旧衣服，和丁丑一起买的小摆件，拖鞋，日常用品，全在原来的位置。姚婉净箱里几乎全是新衣服、新饰品、新化妆品，箱子也是新的，前段时间出门旅游回来后，旧的行李袋就被这个红色精致的皮箱代替了。

丁丑这时才猛地发现，姚婉净所有的东西都换了，她丢下了以前所有东西。她说是周雪雅给她的，所有的东西。

周雪雅的日子是片巨大的影子，把姚婉净整个罩着，她在里面绕圈圈，舍不得走出去。丁丑想，姚婉净也许真想清静几天，或者想试试别样的日子。他没想到，姚婉净连手机都关了，丁丑的手机静静的，没有她半点消息。

丁丑知道，她住在这城市某个小公寓里，但她不想让他知道，她就远得无法触摸，无法感觉，甚至无法思念。

一天天过去，姚婉净一直静下去。她失踪了。

二十四

高书意还是赶在收摊前到的。

"面饼？"丁丑说，仍微笑着。

高书意细看他，笑容里的忧伤愈加浓重了。

高书意说："差不多收摊了吧，我时间应该掐得差不多。"

丁丑点点头："就剩三块面饼。"

"烙了，装纸袋里，带到望江茶座吃。"

丁丑说："你带走吧，我想回去休息，还得准备明天的生意。"

高书意说："去望江茶座就是休息，别这么扭扭捏捏的，每次都是我开口请，这次算你回请一次，这是最基本的礼貌，可惜还是我开的口。"

穿过大路，走进广场，周围一下安静了，散步的人走了，带孩子的母亲也散了，远远地，只有成对的情侣低低说什么，或者什么也不说。

两人的脚步声有些整齐，也有些响。高书意说："你今晚很沉默。"

丁丑无声地笑笑："不是都一样。"以前，他们去望江茶座，一路都是很少话的。

"不一样，以前只是没说话，今晚是沉默。"高书意疾走几步，赶到丁丑面前，半转过身，半后退着，开玩笑，"不会因为陪我这个不相干的人出来，太郁闷吧？"

丁丑笑笑，还是无声的。

一路无声，直到在望江茶座喝下第一巡茶，高书意才问："因为女朋友？"

丁丑喝茶。

高书意说："她的摊子空很久了，走了？"

"离开几天。"

"几天？听起来怪怪的。"高书意靠在茶桌上，看着丁丑，"旅游？回老家？还是有事？虽然我没资格说什么，也根本不认识你女朋友，可真觉得有点怪，算一个朋友多嘴吧，你不弄清楚，这种事？"

"她有自己的想法，我尊重她。"丁丑说。

"别说口号，你在回避。"高书意不客气了，"我都说开了，有什么呢？"

"回避不了。"丁丑放下杯，"我的日子可能要转个弯了，只是不习惯，近两年一直这样过，有些突然。"

"就这样？"高书意疑惑地看着丁丑。

"你和她到底怎么了？她到底去了哪？你是不想说，还是根本不知道？"高书意竟有些激动。

"我们习惯不一样，想法不一样。现在找不到她。"

"这些借口都是虚的。总要有个交代吧？你不生气？不质问？"

"各人有自己想要的日子，我当然想听她说，但她不想说，我也没资格要求，没资格质问。日子要拐弯，我生哪个的气？"

高书意嘴唇动了一阵，竟不知说什么，良久，摇摇头："不懂，该笑你软弱酸腐还是该叹你有勇气，你……"

高书意手机响了。

高书意"喂"了一声就沉默了，木着脸听，良久，说："简单点，不回就是不回，你还记得家？"

然后又沉默，看不出在听对方说还是跟对方僵持什么。

"没必要。"她应了一声，声音压得很低，忍着怒气。

"你是正事，我无理取闹，怨妇一个。"高书意把字一个一个咬出来，咬得嘎嘎直响。

"够了，够了……"高书意冲话筒低吼。

她用力摁了手机，重重扣在桌面上，肩头一耸一耸地喘气。

丁丑沏了茶，给她端一杯。

高书意喘了一阵，问丁丑："你不想问问？一点也不好奇？"

丁丑说："你想说的时候自会说。"

说实话，丁丑确实有些好奇，听她那些话，对方的身份似乎确凿无疑，但高书意说过，她丈夫已去世，一两年了，也许另外一个？

高书意说："还是我这个人已经引不起一丝好奇了？"

丁丑摇摇头："我只是不习惯问这问那，各人有各人的日子。"

高书意喃喃说："你倒分得够清楚的。"她突然想，自己玩笑可能开大了，该和丁丑说实话了，她坐直身子，说，"其实……"

丁丑手机响了，是信息。他伸手掏手机，又响了一下。

高书意说："两条信息追着来，一定是某人。"话里含了莫名的冷笑。

是姚婉净，第一条信息：别找我了。

第二条信息：我过得很好，放心。

"是她？要回来了？"

丁丑摇摇头："让我别找她。"

"你不生气？到底怎么想的？"

丁丑说："我找了她很多天，现在她有了信，我该高兴。她说过得很好，看来她是满意的。"

高书意焦躁地挪着身子："天，不知道该哀其不幸，还是怒其不争，你到底是没骨头，还是根本没爱情？"

丁丑默默喝茶。

"别喝了。"高书意说，"我带你去个地方，别闷在这。人家开心，我们也去开心开心。"

丁丑摇头。

"不会不敢吧？没去过那地方？没事，去去就习惯了。"

"不是不敢，是不想，去做什么？"

"废话，去痛快疯一下，他们都开心着，我们这样闷着，太对不起自己了。"高书意拿了手包站起来。

丁丑还是摇头："这有意思？你不是要玩，你是要发泄。要单纯是发泄也还好，至少调节情绪，我看你像是要报复什么，要讨个莫名的甘心，能报复什么？有什么不甘心的？这是去疯最差的理由了。"

高书意甩着头："就不甘心，很不甘心！"

"去了就甘心？"

高书意木住了。

"你真想去吗？确实想去的？如果确实想去，我们就去。"

高书意跌坐在椅子上，抱着脑袋，手握拳捶着额头。

丁丑并不阻止，却仰起头，陶醉地说："风很好，白天日光很足，风被晒得又温又软，融化了，有点黏性韧性，在河面上这一拂又浸了水汽，弹性中带湿润，没错，这风是有弹性的……"

"鬼话。"高书意喃喃着，却忍不住侧着脸颊去感受。

"这样的风错过了才不甘心。"

高书意鼻子哧地一笑："酸。"

丁丑脸仰得更高，看着夜空，说："城市灯太多，看不到星，看不到月，但也有好处，把夜空衬得纯黑。大概眼睛进了河面的水汽，这样看着天，天也是润的，有种黑玉，凉、润泽，大概就是这感觉……"

"骗鬼。"高书意鼻子又哧一声，慢慢抬起头，目光散开去，感觉人变成丝丝缕缕的东西，在黑夜的风里飘飞，姿势柔和又安静。

二十五

姚婉净没有消息的那几天，丁丑找了她城市里有限的几个朋友，主要是以前几个工友，都说久不联系。认识周雪雅后，姚婉净几乎再没跟别人交往，但丁丑没有周雪雅的联系方式，她随姚婉净到过丁丑烤摊两次，都是错开几步站着，很客气很矜持，等姚婉净把面饼递给她。除了光闪闪，丁丑想不起她的面目。

丁丑甚至按姚婉净常去的方向一路走下去，希望在哪个咖啡馆哪个服装店或哪段街碰上她和周雪雅。后来，他发现这方法很笨，城市的店面和人多而杂，有时就是隔着几步，被一个陌生的脑袋或身体隔着，便错开了。

实在没法时，丁丑拨了姚婉净家里的电话，旁敲侧击地试探她阿妈的口气，想从她的口气里辨别姚婉净有没有和家里人联系，有没有透露她的去向。谁知姚婉净的阿妈比他更敏感，大声说："婉净没在你那？你们怎么了？她怎么了？"

丁丑毫无办法，直到好几天后收到姚婉净的信息，让他放心。

那时起，丁丑开始等另一个日子——明天。

好几个月前那个节，算得上大节了，丁丑让姚婉净一起回家。姚婉净说："别每个节都回，等你生日再说吧，今年你生日我们给自己放两天假，我陪你回家。"

丁丑从不在意自己的生日，但他等着这个生日。

那时，姚婉净还买了毛线和毛衣的花样书，笑着说要贤惠一回，准备给丁丑和丁丑的阿妈各织一件毛衣。丁丑说："我的毛衣无所谓，你能为阿妈织一件，她不知会多高兴。"他搂住姚婉净，满心激动。

姚婉净笑着瞪他一眼，说："至于吗？"

"婉净，你不知道，你回去，还有你的毛衣的意义。"

"好了，怪论又要来，鸡毛样的事都能翻出什么意义，真正的大事反说是没意思的。"

丁丑不辩，说："婉净，谢谢你。"

明天就是说好要回家的日子。

毛线装在袋里，袋子放在储物箱旁边那个角里，丁丑那件织了个袖子，丁丑阿妈那件织了巴掌大一片下摆，和毛线杂乱地塞在一起。

丁丑把袋子收进储物箱，倒了面粉，开始揉面。

他揉得很慢。揉过面，门仍安静着。丁丑放水洗澡，卫生间通厨房的门开着，有敲门声的话，他相信听得到。姚婉净有钥匙，但她喜欢敲门，说从包里掏钥匙麻烦。

洗完澡，仍很安静。

那晚，丁丑睡在沙发床上，耳朵朝门的方向竖着，一直很静，他安静地入睡，安静地起床，那个日子安静地到来。

这晚，高书意走近烤摊，丁丑就说："去江边走走？"

高书意愣了一下，哧地笑了，说："你的招呼语'面饼'变成'江边'，真不习惯。"

丁丑笑笑的。

他的笑让高书意无心玩笑，说："那收拾吧。"

不去望江茶座，顺着江边走。往下走一段，完全和望江茶座那段不一样，这一段已完全开发，江边的高级酒店、商铺都开放了，望江茶座那一段处于半开发半休息状态。

高书意靠着护栏说："这里看对岸有点不一样……"

丁丑不在旁边，远远立在一间酒店前发呆。

高书意喊了两声，他都没反应，高书意凑上去，笑着："你也被城市的灯红酒绿诱惑了？"

丁丑表情游离，慢慢往回走，靠在护栏上，盯着远处出神。

"看见外星人了？"

"可能你觉得我没资格问，不过，到底怎么了？"

丁丑似乎终于缓过气，说："有件事明白了，有段日子算尘埃落定了。"

"什么哑谜？"

丁丑目光又投向远处，跌落在城市的灯光里。

丁丑远远就看到那个人影了，那条亮黄色的裙子他看过，吊在衣柜里，说是周雪雅送的，面料高档，保护得很好。亮黄色的人影从酒店出来，挽着另一个人影，西装、皮鞋，是姚婉净心目中城里人的形象。丁丑远远随上去，两个人影的步子显得急促，出了酒店就放开胳膊，稍错开一步，冲一辆黑色轿车而去。

丁丑看见西装皮鞋进了轿车，在车里面打开另一扇车门，亮黄色的人影低头进了车。她半偏身，半低头那一瞬，丁丑看清楚了，看清楚的那一瞬，他脑壳嗡地一响，变得迷迷糊糊。

轿车远去，拐了个弯，朝城市灯火辉煌处而去。

丁丑立在那里，忘了该往前走，还是该转身。

后来，高书意走过来，他才记起该往河边走的。

高书意追问："到底看见什么了？"

"看见了不该看见的，也看见了早该看见的。"

"找个地方坐坐吧。"高书意说，"缓口气，放心，我不会再问，不会烦着你。"

"不坐了，回去吧。"

"这么急着回去，等女朋友？她还是没回来吧。"

"不等了，不是你日子里的，怎么等都等不来。"

"等不来了，自己的日子照着过，这是学你说的。"高书意笑，"我也受你影响了，也不知是算励志，还是算悲观。"

"我想回趟家，明天就回去。"

"突然回老家做什么？找你阿妈？"高书意开玩笑。

丁丑竟认真地点头。

"就是要回，我们也找地方坐坐。"高书意碰碰丁丑的胳膊，"今晚算我陪你。"

丁丑看了她一眼。

高书意竟有些结巴："我、我一向无聊，也没少烦你，难得有机会陪陪你，让我也发光发热，感觉一下成就感吧。"

高书意说："别怪我把成就感建立在你的痛苦之上。"

丁丑说："好吧，去坐坐。明天不摆摊，可以晚一点。"

二十六

丁丑到家时，母亲载了手工篮子去交货，又载了很多藤条、珠子回来。丁丑站在门边，母亲看了他一眼，高声说："回来得正好，快把藤条、珠子搬进屋。"

母亲说："锅里有绿豆汤，先喝，然后一起做个篮子，做完刚好可以准备晚饭。"

母亲把篮子的样图摆在桌上："你眼睛亮，看好珠子颜色的搭配。刚刚在李婶那里看她做的样子，还有点印象，赶快做一个，明天就顺手了。"

丁丑一路上一涌一涌的情绪一点点往下沉，他照阿妈指点的，观察篮子样式，学阿妈的手法编织，思维里一时只剩下篮子，藤条有一种凉爽而舒服的质感，香味淡淡的。

丁丑编入神了，晚饭上桌时，篮子已经编好，放在桌上，小巧精致，竟有说不出的愉悦感。

阿妈炒了两盘菜，吃着饭，她才有意无意问起："阿丑，怎么回来了？面和花生不够了？"

丁丑筷子顿了一下，摇摇头："面和花生都有。"他惊讶地发现，自己很平静了。

阿妈说："这次再带一些。"

"阿妈，婉净这次没来。"

"我知道。"

"本来说好的。"

"没事，我见过她了，算认了面了，下次带她来也一样。"

"阿妈，她、她可能不会再来了。"

"你确定？"

"我们走不到一块，她现在已经不在我那里。"

"走不到一块？你这么想？"

"我们都这么想。"

阿妈点点头："那就是说都想通了的。"

饭桌一时很安静，筷子碰着碗沿的微响显得很清晰。

"阿丑，你不是一直想听听你阿爸的事？"丁丑阿妈突然说。

丁丑惊讶地抬起脸，又忙不迭地点头。

"你只知道，你阿爸的拖拉机倒进了山沟。我只敢大概这样跟你说，你阿爸去世后好几年，我都不敢细说细想，愈不敢想，愈揪心。后来，我干脆细细记下那个时候，反而好些。"

听到丁丑阿爸出事到她赶至山沟那段时间，丁丑阿妈到现在还想不起，像段空白，无法回忆。有人说，四岁的丁丑是一个阿婶抱去的，她是被寨里两个女人拖去的，她一片茫然，好像那是与她毫无关联的事情，与她的记忆没有契合点。

拖拉机倾在沟底，丁丑阿妈扑过去扒拉，十指插入泥，忘记人已经扒出，就在几米远一块木板上，浑身泥。

看到那个泥巴一样的身体，她听到哗哗撕裂的声音，顶着的天，立着的地，周围的日子布满这种声音，她木在那里，疑惑地盯着那个身体，听着撕裂声，世界遥远又陌生。后来，她听到一个阿姆的哭腔，这就是了。

她猛地一个踩空，扑倒在那个泥巴身体上，脸面埋进那堆泥巴里，不动，不出声，不抬头。周围的人几乎以为她已停止呼吸，呼唤她，摇晃她的肩膀，她没有反应。

一股什么力量把她抛到一个无过去无未来的地方，她不知怎么办，就这样埋着脸，闭着眼，抿着嘴，如果可以的话，她想把呼吸也停掉，抛掉世界。

丁丑四岁，摇摇晃晃立在一边呜咽。阿妈好像在那里，他不确定，阿爸好像也在那里，脸面模模糊糊的，也不确定。他疑惑地碰碰阿妈的肩，那个肩膀毫无反应，陌生感淹没了他，他惊恐地抬起脸，每张脸都显得陌生，巨大的阴影把四岁的丁丑兜头罩住，他的世界充满了被抛弃的悲哀。

这时，阿妈突然抬起身子，脸面胸口全是泥巴，但表情是阿妈的，她展开胳膊抱住丁丑，在他耳边轻轻说了一句："阿丑，不怕。"所有的阴影和悲哀纷纷退去。没有人知道，这个拥抱是如此非凡，让丁丑即将滑落的童年重新拐点，在正常的日子上前行。

丁丑不记得那个拥抱和那句话，但它们的温度贮在丁丑心灵最底层，这层温度在以后的日子里，丝丝缕缕地缭绕，绵绵不绝。

四岁的丁丑在阿妈怀里大哭起来，他的世界回来了。

阿妈说："听到你阿爸的事，我以为是上天的把戏，吓吓我而已，看见他躺在泥里，我还是不信，乱七八糟地想，想象他出远门，他明天回家，他已经在家。后来，我扑进泥里，闻见他的味道，真的是他……"

阿妈停了一下。

阿妈说:"想象不到事情也来了,扑地就到了面前。他把我们丢掉了,我想,日子也把我们丢掉了。"

"阿妈……"

"可日子还在,没了你阿爸,日子只是换了张脸。"

"阿妈,我知道。"

"吃菜吧,看看日子另一张脸怎么样。"

丁丑笑了。

家里住了两天,丁丑回城,带了阿妈准备的面粉和花生,还有一团在家里揉好的面。回到城里当天傍晚,他就把烤摊摆出去了。

刚八点,城里吃过晚饭不久,烤摊前比较清静,丁丑捏着面饼,高书意来了,看看丁丑,说:"看来好了。"

丁丑笑着问:"面饼?"

高书意说:"两天不见,真还挺想——面饼的。"

高书意要了两块面饼,几个面丸,吃完了,说是晚饭没吃,专留着肚子吃丁丑的面食,说她预感丁丑今晚会回来。

高书意说:"看来你今晚心情好,该庆祝一下,收摊后去江边走走。"

"算了,离收摊时间还长,你忙你的。"

"不知你是客气还是讽刺,我这人有事忙?不怕,等你收摊。"

第三章

一

和丁丑从他老家回来后，高书意就正式提出搬到丁丑宿舍。

高书意说："今天开始，我正式搬过来。"

高书意说："丁丑，你不要这种表情，以前这里不也住两个人？"

高书意说："你不用摇头，不痛不快的。"

丁丑竟想起林时添的话，他对高书意说："我得先弄清楚自己。"

"弄清楚什么？弄清楚你的感觉？我知道，我比你长两岁，你在意这个吗？"

丁丑说："你知道我不是。"

"那你犹豫什么？"

"我和你不一样。"

高书意冷笑："说到底你也是俗人，我们什么不一样？社会上认为的不一样？"

丁丑不答话。

"是不一样，我结过婚，庸俗、无聊，缠着你不放。"高书意声调变了。

"书意。"丁丑握她的手。

"你等着姚婉净。"

丁丑摇头。

"我也觉得不必等的，好几个月了，她回来过？来过电话？除了几个月前让你别找她的信息，还有别的？"

丁丑说："她已经拐上别的日子，我们的路不一样。"

"那就好，陪我去收点东西，我一人不敢去，好像要去闯别人的家。"

到了家门口，高书意在手包里掏了半天，终于找到钥匙，竟拧不开，还是丁丑帮忙开的门，她立在门边，把开关按出一连串的啪啪声，所有的灯都亮了，丁丑说："白天开这么多灯做什么？"

"我觉得这里是晚上，你闻闻，灰尘味多重，好像一两年没住人了。"

丁丑摇摇头："很干净。"

高书意说："你去冰箱拿饮料，水壶太久没煮水了，脏。"

她几乎跑着冲进房间，又猛地顿在床前，那张脸仍在照片里笑着，笑得鼻子眼睛都立体了，她啪地把照片反扣了，跑出房间，朝丁丑招手："进来，陪我在这。"

"丁丑，你一进门，这房间好像就亮了些，灰尘的味道也没那么浓了。"

丁丑说："心理作怪。"

"你身上有阳光的味道，早晨的阳光，我就喜欢……"她突然住了嘴，匆匆看了一眼反扣着的照片，把东西胡乱塞在丁丑怀里。

高书意只收些私人衣物、用品，枕头之类的全没拿。

东西搬在客厅，两人商量着怎么把高书意最喜欢的一盆兰花带走。

高书意手机响了，李代佳的电话。高书意对李代佳的来电突然有点烦，并把厌烦不知不觉带到话里："喂，有事吗？"

李代佳很惊讶："书意，你有事？这几天到底在哪旅游？"

高书意想，反正跟李代佳说过，不如挑开了。她看看丁丑，他正用绳子绑着那盆兰花。高书意退到饭厅，退进洗手间，半合上门，说："我要去他那里住，你知道的。"

李代佳尖声说："这几天的走动还没让你清醒？"

"我很清醒，想好了，你别再啰唆什么合不合适的话，我觉得这是最合适的。"

"我不敢啰唆了，这个他什么都好，不是小白脸，见色不动心，见财不起意……"

"好了，代佳。"

"好吧，说正经的，他答应了？"

"还用说，他现在就在我家，陪我来收拾东西。"

李代佳沉默半晌，说："书意，你当初说的是游戏，记得吗？"

"当然。"高书意不耐烦了，"但现在不是，我完全忘了游戏这回事。"

"那他呢？他知道你开始只是游戏？"

高书意猛地收声了，她关紧卫生间门，才扬高声："代佳，你怎么这样死心眼？要紧的是现在，再说，他开始也只当我是顾客，我就是游戏有什么关系？"

"好，没关系。那么，许育生的事说了？"

"代佳，你真狠。"高书意要哭了。

"不是我狠，你既认真了，其他事便也得认真，何况是这样的事，不说清楚，你们能走下去？书意，好好想想。"

"我不是说了，早想过了。"高书意摁断通话，把发烫的额头靠在冰凉的墙砖上。

丁丑在外面喊，问还有什么东西要收拾。

高书意捧了冷水洗脸，她发现不化妆，学着丁丑随便捧水洗洗脸很痛快。走出卫生间时，她双手捂颊，说："没什么了。"

提着东西走到门边，高书意说："等一等。"

丁丑站住，高书意想了想说："好像还漏了东西。"她急急往里走，进了饭厅，又绕出来，进了书房，好一会才走出来，恍恍惚惚，手里又没拿什么东西。

丁丑疑惑地问："好了？"

高书意突然回到客厅，坐下，说："丁丑，我有话要说。"

高书意的表情让丁丑不再多问，把东西放在门边，走到沙发边，坐下。

高书意说："我煮点水。"她拿了水壶进厨房装水，水煮着，她又翻来翻去地找茶叶。

她想象，她的话一出，丁丑摔门而去，把她一个人丢在这房子里。她的手抖了一下，一包茶叶滑脱了。

不，丁丑不会这样。

他会听她细说，会理解她。然后，他可能会犹豫，说先别去他那里住了。他还是会走，会把她一个人丢在这房里。

不，先别说。高书意甩甩头，现在不是时候，要找时机，找到时机她会说的，丁丑一定会理解。

高书意放下茶叶，关了煮水的电源，说："走吧，也没什么事，以后再说。"

来到丁丑宿舍门前，高书意放下东西，高高扬起手臂，夸张地感叹："到新家了，这里有一半地盘是我的了。"

丁丑开门，高书意着急地挤进去，木住了。丁丑随后进门，也木住了。

姚婉净立在客厅中间。

二

所有的嘴巴半张着，所有的眼睛半睁着，所有的目光乱跳着，小小的客厅碰撞着呼吸交错和目光噼啪的声音。高书意一个包还吊在手指上，吊得手指发痛，掉在地上，咚的一声，所有的目光收缩了一下，又不知不觉地放散开。

姚婉净有两个箱子，放在沙发边，都很饱满的样子，还有一个手包，扔在沙发角。

姚婉净变了，浓厚用心的妆容，遮盖了本来饱满的皮肤，但憔悴仍从粉底一层一层透出来，本已浓密的眉毛描画过，用了黑中带紫的眼影，又描了眼线，眼睛在脸上显得突兀，好像一直在用力过度地大睁着，带着一副像是惊讶又像是生气的表情。她用了很艳的口红，唇显得咄咄逼人。她的发卷过，染成半红半黄，和玫红色的裙子混在一起，让丁丑感到陌生。他往前迈了两步，又停下了，疑惑地看着姚婉净，像要重新确认。

姚婉净试探着走了两步，像踮脚走过一片泥水坑，然后绕丁丑和高书意踱步，好像他们是闯入家里的陌生人。她立在丁丑面前，目光微微抖着，指尖微微抖着，整个身子都在颤抖。

丁丑说："婉净……"

姚婉净猛地缩了一下，好像丁丑的招呼是毒刺。她转身面对高书意，高书意的脸像触痛了她，她退了半步，绕着高书意转，是的，是那个女的，妆容精致、衣着高档、手包名贵的女人，几乎每天到烤摊吃面饼。她变了，几乎不怎么化妆了，发型也没了设计感，一身休闲服，姚婉净看得出这身休闲服价格不菲，但总的看来，给人一种清汤挂面的感觉。不知怎的，高书意这种清汤挂面式的感觉让姚婉净不舒服。

转了两圈后，姚婉净后退，背靠竹帘，离丁丑和高书意远远地站着，一副鉴定完毕的样子，她的目光在丁丑和高书意脸上来来回回，弄得丁丑和高书意疑惑地对看彼此。

姚婉净突然哈哈大笑，张着嘴，仰着脖子，又弯腰又拍膝盖，笑得浑身发抖，声音脆而硬。"哈哈哈……"她手指胡乱地点着，看不出指向谁，笑声愈扬愈高。

"婉净……"丁丑凑前两步。

姚婉净猛地跳起来往门外扑去，在丁丑和高书意回神之前咚咚咚跑下楼梯，门被她带得吱吱直响，高书意门边的行李被踢得东倒西歪。

丁丑朝喊了一声，要追出去。

"丁丑。"高书意叫住他，扯住他一只胳膊。丁丑冲她点点头说："怕会出什么事，我去看看。"

"你去。"高书意放了手，垂下目光。

高书意想说，姚婉净行李都在这，会回来的。终没开口，她的行李半堆在门边，不尴不尬地歪着，高书意不知该把它们推出门外，还是该提进门，提进来放在哪，和姚婉净的行李堆一起么？她坐在沙发沿，听丁丑下楼的脚步声远去，匆匆忙忙的，想象他脸上的表情，焦急、怜惜？还有别的么？他边追赶边呼唤着她么？在某个角落追上她，她将扑进他的怀抱，他将紧紧搂住她，甚至……很多电视镜头在高书意脑里闪，她弯下腰，抱住头。

不能想，现在什么都不想，让时间就这样过去，时间总在走的，她只有等待。她想起丁丑总提的顺其自然，竟真的慢慢平静，她呼了口气，起身盛水，煮水，沏茶。

姚婉净边跑边笑，笑着笑着就呜呜地哭，她用一只手捂着嘴，捂住呜呜声，身子失去平衡，跑得一歪一歪，丁丑的声音在后面遥遥的。

　　"还不是一样，还不是一样……"姚婉净听见自己的呜呜声重复这句话。然后，她在某个巷角突然立住了。丁丑声音愈来愈近，姚婉净转身，飞快地跑回去，迎着丁丑的声音，哈哈笑着。

　　姚婉净猛地撞在丁丑面前时，丁丑的呼唤断成两截，住了步子，呼呼地喘气。

　　姚婉净说："丁丑，都一样，到头来都选了一样的路。"

　　丁丑喘气。

　　姚婉净笑："这倒好，我们的想法其实一样，方向也一样，我也没必要解释什么了。早知这样，我前些天就回来了，那可能好些，她的行李就还未到宿舍吧。"

　　"婉净，你说什么呀？"

　　姚婉净说："我们扯平了，以后都别再提了。对了，她怎么倒把行李搬来租屋？"

　　姚婉净挥着手，挥掉丁丑要出口的话："还让你摆烤摊？"

　　姚婉净挽住丁丑的胳膊："一起回去吧，都说清楚，我没必要跑的，自己都这样，还有什么不能接受的？"

　　走了几步，姚婉净放开丁丑的胳膊，问："丁丑，你实话实说，你们什么时候认识的？"

　　"她到烤摊吃东西，你也看到的。"

　　"我不是问这个，我是说你们什么时候有那种意思？应该在我走之后吧？"

　　"婉净，你听我说……"

　　姚婉净截断丁丑："我明白了。其实，我没资格问你这个的对不对？说到底，是我走在先，你是自由的。”

"回去。"姚婉净说。她走在前面，领着丁丑往回走一般。

姚婉净底气十足的样子，丁丑随在她后面，突然有些迈不动，不知道该走到哪里去。

三

姚婉净进门时，高书意坐在沙发上，目光定在某个点。

丁丑进门时，她转头看着他，看他把自己的行李提进门。

姚婉净也转身，面对丁丑。

丁丑的目光落在茶盘上，他说："先喝杯茶。"

姚婉净说："丁丑，我回来了。"

丁丑和高书意对看一眼。

姚婉净说："丁丑，我以前的东西都还在这。"她下意识地看看高书意的行李。

姚婉净说："丁丑，这城市里，我没地方去了。"

姚婉净开始打开箱子，她的箱子挤塞得饱饱满满的，衣物用品大都有强烈的颜色。她的一只手在箱子角游走，掏出一个红色的绒盒，不是丁丑给的那个，大许多。姚婉净打开红绒盒时稍偏了下身，半遮着盒里的东西，她掏出一枚戒指，红绒盒塞回箱子。

姚婉净慢慢把戒指戴起来，以便让丁丑和高书意都看清。高书意回头看见丁丑的表情，胸口就往下坠。

"丁丑，你看。"姚婉净手竖在丁丑面前，"还记得吧。"

姚婉净说："这个，算数的吧。"

"对不起，丁丑，既然我们都一样了，我这样做就不算过分，谁不是拼着命为自己挖一条路？我和这个女的不一样，她在城市里有一片天，海阔天空。"姚婉净凑在丁丑面前，半仰起脸，用目光这样对他说。

丁丑看看戒指，看看高书意，点点头："算数的。"

"这是做什么的？"姚婉净咬咬牙，追问。

"求婚的，定亲的。"丁丑回答。

"丁丑，我没看错你。"姚婉净说。

高书意缓缓起身，她好像一下子老去，手扶着膝盖，动作僵硬。她站了一会，身体似乎适应了，才走过去提起行李。

"书意……"丁丑轻唤一声。

高书意猛地回过脸。

丁丑猛地垂下头。

高书意哑着声问："丁丑，你想好了？"

"戒指是我给的，确实是求婚用的。"

"我是问，你想好了吗？"

"书意，我竟忘了告诉你这事。"丁丑揉着额角。

"不是你不告诉，是我硬要搬过来的，我也没问过什么，因为我不在乎，我忽略了你是在乎的。"高书意声音极低，如耳语，"我想，当初她接了戒指，可没点头，对吧？"

姚婉净用心整理行李。

"丁丑，你太会往自己身上揽了。"高书意说。

"书意……"

高书意扯出一丝笑："丁丑，你对我没有承诺，无愧。"

高书意从丁丑身边闪过。

她走了，行李和脚步拖拖沓沓地顺楼梯下去。

"丁丑，我不敢回家，灰尘味那么重，像一间老宅。我不想回娘家，我也不想住酒店。我可以在城市找任何地方，可我就稀罕你的租屋。踏实，我在这个屋子里睡得踏实，醒得踏实。我喜欢在这屋里看月光。"高书意远去的脚步声重复着这些话，声音愈扬愈响。

丁丑看看姚婉净，她仍在整理箱里的东西。

"我去看看……"丁丑含含糊糊地说，追出去。

高书意没跑，在一个稍偏的巷角站下，沉重的行李显得可笑，她极力克制自己，才没把它们扔掉。去哪？背靠着墙，她愣愣地想。湿热的泪已经抑制住，变成一层紧绷绷的东西拉在脸皮上，她从手包里掏出手机，把通信录过了一遍，最终按出一个号码。

"书意，还记得给我电话？"

高书意嘴唇抖了。

"书意，听到吗？新生活了吧，怎样？当上烤摊老板娘了？"

高书意捂住嘴巴，蹲下去，她对自己生出一种厌恶感。

"书意，怎么了？"

高书意咬住舌头，把哭声咬住，咬得声音哆哆嗦嗦的，说："没、没怎么。"

李代佳听出了她的颤抖："你在哪？那个摆烤摊的呢？"

高书意喘了一阵，声音平静不少，说："代佳，我会得报应的，不，我得报应了，现世报。"

"告诉我你在哪。"

高书意听到丁丑唤她的声音，起身就跑，跑了几步，立住，对李代佳说："我先挂断了，再说吧。"按了手机，按断了李代佳一句焦急的什么话。

丁丑一出门，姚婉净就扔下箱子，躺倒在沙发上。

她得让丁丑去，到了这个地步——行李都搬过来了——是需要了断一下的，姚婉净等得起这点时间，她告诉自己，得有这个耐心，她甚至细细估计起高书意的家底，比绅士好些？说不准，但绝不会更差，反正在这个城市最光亮的那层里。她会给丁丑什么？姚婉净竟有些莫名地激动，她爬起来，开始在屋里翻找，走了这几个月，屋子里没多什么，也没少什么。她有点疑惑，丁丑会藏东西了？这是不可想象的，或者她会给点方便的？姚婉净的想象开始泛滥。

最后，姚婉净得出结论，女人总比男人好哄些，出手也许更大方，这让她稍觉安慰。她担心的是高书意走之前那份黏腻，还有，她把行李搬进这破屋子，也是令人不解的。

给他们一点时间。姚婉净说服自己，事总要了断的。她看看自己两个箱子，半眯上眼，箱里衣物下隐藏着的东西一样一样过脑，笑意一丝一丝从她的肌肤里扯出来，自己了断得虽有些不情愿，但还算不错的。

四

姚婉净没有发现，提到那条链子时，他的脸色就一般了。那天，本来说好晚饭后直接回公寓的，他可以待到很晚，按他的话说，好好放松一下。

饭开始吃的时候，姚婉净有意无意地提大潮流里的珠宝柜台，这两天进了新款，如何光彩夺目。当然，姚婉净旁敲侧击，迂回婉转，小心翼翼地说，点到为止。他一直很绅士地微笑，表示姚婉净上班的那家服装店老板是他朋友，经过服装店可能碰上，表示晚上的时间不足以逛商场……姚婉净也笑，笑得很娇嗔，很听话，但没忘记提醒珠宝柜在三楼，电梯直接上去，完全能跳过她上班的服装店，也表示早已看中某条链子，不会费时，出饭店进大潮流再到公寓，是顺路的。

饭后，他们顺路进了大潮流。离珠宝柜台还有一段，姚婉净就放开他的胳膊半扑过去。她戴了看中的链子，冲他甜笑："怎样？"

他绅士地点点头，绅士地笑笑："不错。"

服务员及时说："先生真有眼光，这是最新的主打款。"

服务员的目光刚挪开，他绅士的微笑就消失了，鼻尖升腾起一片阴影。姚婉净没看到，她对着镜子，仰脖、侧身、斜眼，专注在新款的链子上。

路上，他显得沉默。姚婉净抓着手包，绒盒在手包里，链子在绒盒里，她回味着链子的光彩，回想单据上的数目，整个人轻飘飘的。

如果姚婉净及时回神，可能那晚在公寓里还会是不错的时光。她没有。

回到公寓，姚婉净第一件事就是将链子戴上，在镜前转身，考虑配哪套衣裙，时不时问他一句："怎样？很有设计感吧。"

他没出声，盯着电视屏幕。

她似乎不用他的回答，自语："品牌就是品牌，戴上了人都显得高贵。"

他频繁地换台。

姚婉净搬出一个雕花小木盒，打开，第一层端出来，她的生命就一点点饱满光彩起来，她忘了外界其他东西、链子、手镯、戒指、耳坠……几乎每晚睡前，她都要这样罗列一次，每每这时，她就感觉生命变成慈眉善目的笑脸。

她背对着他。他看了她一眼，猛地感到这后背无比陌生，对自己待在这里感到莫名其妙，这让他无措而失神。近几月的日子突然显得荒唐混乱，他甚至想不起怎么开始的，只是清晰地记得碰上了一对眼睛，所有的目光兜在自己身上，他每句话都让这双眼睛发光，他在这份专注里失神了。他每个动作都是完美的，他不穿西装，不打领带，不挺着腰，不说场面话，不带场面笑，他可以粗鲁，可以低俗，甚至可以无礼，她都为他感叹，他在她的感叹里轻松陶醉了。

她专注和感叹的到底是什么？他目光撞在她背上，生痛发慌，他冒出冷汗，胡乱地擦抹着额角，腿肚子打着战，没有什么专注和感叹，没有什么真正的轻松。他终于把遥控拍在桌子玻璃面上，拍得很重。

姚婉净的背弹跳了一下，转过来，木呆呆看着她的绅士。他喉头闷闷地呜咽一声，不知当初怎么在这双眼里看到专注和感叹的。他双手捂住太阳穴，顺便遮住自己的眼光和她的眼光。

他说："我要出差。"

姚婉净笑："你忙，我等你。"

"这次是长差。"他顺嘴说，"要去下乡挂职。"

她半张了嘴，一时不明白他的意思。

他说："可能要半年，可能要一年。"

姚婉净又笑了："你忙你的工作，有空回城来看我，我等你。"她几乎又要朝她的木盒转身了。

他急促地说："就是回城也会很匆忙，这公寓的半年租期也差不多了，你就先搬吧。"说完，他就走过去端水，不看姚婉净。

姚婉净走到他面前："什么意思？"

"如果你还想住这，就自己续租。"他语气很淡。

"你呢？"

"我就不过来了。"

姚婉净后退的时候绊了一下，她抓住椅背站稳了，说："我去找你？"

"我忙，你好好过日子吧。"

"因为这链子？"

"不可能因为链子。"

"那为什么？"

"就不必纠缠这个了，这事也该告一段落了，我们可能一开始就误会了。"他彬彬有礼，连站姿都很正经了。

"误会？"姚婉净咬住舌头，"说得真好，一段误会。"他又说场面话了，她知道，真不用再说什么了。

姚婉净点点头："放心，到期了我就搬，先搬到服装店的宿舍。大潮流服装店老板给员工租了宿舍的，虽然几个员工合住，但还算干净。"

他又拿遥控调着频道，脸对着电视，声音冲着姚婉净，说："大潮流那边就不要去上班了，老板会多给你发一个月工资的。"

姚婉净眼睛睁大了，就那么睁着，半天没法眨一眨。后来，她飘飘地说："我上班上得好好的，业绩也还好。"

"老板是我朋友，你是我介绍的，总留在那不好，别节外生枝。"他声音平板，仍面向电视机。

"你怕什么？"

"这朋友和我还挺熟，也经常走动，没必要留什么痕迹。"

"又周到又安全，痕迹都不留，你的意思，以后路上就是碰到了最好也别招呼？"

他不应声。

姚婉净摸到一张椅子坐下，仰起脸，让眼里的湿润干掉，半天，她说："不奇怪，城市就这样，有些东西太假了，有些东西又太真了。"她看到木盒，过去收好那些东西，合上盖子，竟有些慌乱。

抚着那个木盒，姚婉净平静了不少，她转过身，笑容甚至有些从容了，说："既然这样，我们坐下来谈谈吧。"

她的声调引起了他的注意，他终于望向她。

姚婉净说："那就让这一段过去吧，我会让它一点痕迹也不留，不过，我需要生活，需要在城市安身，你会给我一点保障的，对吗？"

他愣了一下，说："我低看了你，也高看了自己。"

姚婉净说："我要得不多，适当就好。"

五

姚婉净透过杂乱的衣物，看到箱子一角的盒子，盒里那些东西和那张卡让她心平气和了些，丁丑会怎么和那女人了断呢？

姚婉净不喜欢丁丑呼唤那个女人的表情和声音。但当初，是女人先找丁丑的，她立在烤摊前，看见丁丑的脸就挪不开目光了，姚婉净都知道，然后，那女人就天天来，吃丁丑烙的面饼。不是丁丑主动的，这想法让姚婉净得了极大的安慰。

绕了两条巷子，丁丑看到了高书意，她朝自己走来，很平静，丁丑倒吃惊地站住了。

"丁丑，也追我回去？"这么问，高书意竟忍不住欣喜。

丁丑半垂下头："你、你想去哪住？"

高书意失望地靠墙站住："这时候你反担心这个了？你不是说我想去哪都可以？你说得对，这个城市，我有能力去很多地方，你的担心是没必要的。"

"你去找李代佳吧。"

"丁丑，你怜悯我？"

"我不是这意思……"

"别担心，我自有安排。"

"书意，对不起……"

"我不喜欢这话，什么意思，我只想说一句，这件事你得好好想一下，也许你心里有另一种声音的，可你骗自己。"高书意凑近丁丑，拍着他的胸口，"我不是逼你，只是想让你清楚。"

"书意，戒指是我买的，是我开的口，一年多以前……"

"责任？你守着你的责任，她呢？拍拍屁股走人，无声无息回来，算什么？"

"戒指是我戴在婉净手上的，我……"

"别提那该死的戒指了，都变成你的紧箍咒了，你想表示什么？责任感，还是一诺千金？我说得没错，你是奇怪的混合体，有时激进得让人吃惊，有时落后得让人想吐血。"

"书意。"丁丑想抓住高书意的手，却只在她胳膊上扫了一下，说，"婉净说得对，我是个软弱的人，没有勇气，我所谓的顺其自然是种惰性，是固执的一种借口，我也是空白一片，无法填补你的空白。"

高书意拥住丁丑："你能，你是最后的古典主义者，有坚持的东西。我说过你很干净，开始，你的干净我几乎不敢直视，后来，我发现竟能接近这份干净，多么奢侈，所以我缠着你。"

"我不该没跟你说清楚。"

"不要这么说话。"

"我太胆怯了，不知在胆怯什么。"丁丑手指叩着额角。

"你这么简单。"高书意凄然笑着，"说到底，你是勇敢的，简单得一是一二是二，不像我们复杂得面目模糊。"

丁丑头垂在胸口上。

高书意放开丁丑，来来回回走着，走了一会，一副决定了的表情："丁丑，今天我就摆明了说，你看着我。"

"和你在一起就是个游戏——丁丑，你听我说，当初，我日子无聊至极，想引你动心。走近烤摊，要了你的面饼，我的游戏就开始了。所有的一切都是做给李代佳看的，我买面饼时，她就立在路边树下，看我能不能让你动心，或者说还有没有能力完整地做成一件事。我把引你动心当成一件可以计划、可以证明自己的事，丑到极点了吧。我生活的周围，充满了欲望，我可以轻易让人动情动欲，可从不敢奢望能让人动心，我居然想让你动心。"

高书意惊恐地看见丁丑后退几步，和自己错开距离。

高书意双手捂住颊，对自己喃喃着："一定得说出来。"

她强迫自己看住他的眼睛："丁丑，我在你烤摊前磨蹭，没话找话，为的是让你注意，一心想完成游戏，以向李代佳证明我的成功……"

高书意说不下去了，抱头蹲下去，哭腔从指缝喷出来："这就是我的成就感，就是我的成功……"

整条巷子没有一个行人，没有一辆车，这个被城市遗忘的角落，居住在这的人都为着不被遗忘而在外面奔忙。高书意蹲在行李旁边，缩成一团，好像她在城市也无立锥之地。事实上，城市为她敞开，所有的灯红酒绿都可以属于她，只要她愿意，那就是姚婉净和林时添拼命想靠近、想扑进去的生活，在他们看来，只要和这种生活有点关系，似乎便人生无憾。

丁丑蹲下身，抚住高书意的肩膀。

高书意抖了一下，惊恐地抬起脸，闪开丁丑的手："所以，你没必要自责。"

"书意。"丁丑扶她起身。

"丁丑，你对我动心了吧，你不用点头，也不用摇头，我知道。你说得好，去感觉，我感觉到了。"

"书意，别说了。"

"这么说，我的游戏算是成功了，所以，我该离开了。"

丁丑别过头。

"丁丑，你一定看不起我了。"

丁丑猛摇头："你不是面对了？"

"说出来了，很轻松，有些东西倒出来心里反而不空。"高书意抹抹脸颊，"我走了，你回去吧。"

"书意……"

"反正我是这样的，你没必要可惜。"高书意提起行李。

"你去哪？"

"我会有地方去的。"

高书意走了，梗着脖子，不让自己回头。

高书意把行李寄在芳姐服装店，说是出门刚回，临时有事要办，自己进了广场，绕广场转圈。

李代佳又来电话，高书意握着手机，任它响，直到铃声停止，她找了张椅子坐下，打了个信息：丁丑，后来我忘记游戏了。

已经输进号码，但高书意最终把信息删去了。

六

高书意等在路边，李代佳差点认不出来。李代佳摇下车窗，探出惊讶不已的脸："为了配你的烤摊帅哥，你真把自己变成一个初中生了。"

高书意不答，走近前，李代佳看到她的眼神，立即不说话了。

"找房子去。"高书意一上车就说。

"嗯？"

"找房子，出租的套房，像样点的。"

李代佳不开车，转头趴在椅背上，仔细看高书意："书意，又玩什么把戏？不说清楚我不去。"

"带我租套公寓，要快，不然这几天我住你家。"高书意拍着椅背。

李代佳在轻松周末停车时，高书意嚷："这里有公寓出租？"

"先喝杯咖啡，边喝边想想往哪个方向好，不能太远，条件要好点，要安全的，开着车乱转没用。我们什么时候租过房子？至少得打个电话问问熟悉的人。"

高书意才随李代佳下了车。

"说吧，"李代佳搅着咖啡，"多久没给我电话了，多久没和我见面了。"

"我被抛弃了。"高书意说。

李代佳哧的一声，嘴里的咖啡从鼻子流出来："抛弃？烤摊帅哥抛弃了你？拜托，能不能好好说话？你不是要搬进他的租屋？"

"他失踪了几个月的女朋友回来了。"

"那个摆凉水摊的？"

高书意点头。

"有趣。"沉默良久，李代佳说，"不选你这个有钱有貌的，倒要摆摊的女友，有点情义，我以前可能真看错他了，书意，游戏对象选得不错呀。现在游戏结束，回归正常日子吧。"

"你知道，早已不是游戏。"高书意敲揉着太阳穴。

"不管怎样，该清醒了。"

"前些天，我随他回了老家，见了他阿妈。"

李代佳嘴张合了几下，好不容易发出声音："书意，你有必要这样？"

"不是有没有必要，我愿意。"

"玩火。"李代佳搅着咖啡，"你真想把日子弄个底朝天吧。"

"这些年，我的日子还有眉目眼鼻？不瞒你说，近段时间我才拾回一点过日子的感觉，没想到结束得这么快，报应。"高书意目光垂在咖啡杯里。

"你开始怎么说的？怎么把自己玩进去了？"

"他也动心了。"高书意突然抬脸，眉眼带了光彩，说，"那种单纯的动心。"

"动心？动心还接纳失踪几个月的女友，让你提行李走人？"

"你不了解他，代佳，我和你说不通。"高书意嘴角带了一丝微笑，神秘而得意。

"我倒真想见识一下这烤摊帅哥了，能让我们心高气傲的高小姐变这样。看你，穿成这样，也不化妆，才多久以前，你不全副武装可是不肯走出房间的。"

"那是因为我需要包装，现在不必。"

"可现在这局面，你怎么办？这么结束了，甘心？"

"没有什么甘心不甘心的，顺其自然。"

"顺其自然？这话是从情绪化的高书意口中出来的？"

"别这么大惊小怪，动作快点，想到去哪里看房了？我住酒店的限度最多三天，三天后没找到合适的公寓，你就准备让阿聪把房间让给我吧。"

"你的家真不要了？空着那样一套房去住酒店，找公寓？"

"那是家？不回去我还能过下去。"

李代佳给语言学家打电话，别的不说，打探消息方面没人比他更合适了。

半个小时后，李代佳和高书意的车就有了方向感。

高书意专看小巧精致的公寓。李代佳说："选这么小的做什么？你住惯了豪华套房的。"高书意说："我突然习惯了小屋子。"

"习惯得真快。"李代佳环顾着这间带家具的小公寓房，说，"弄到这种地步，你不后悔？"

"什么这种地步？我现在好得很。后悔？"

"书意，我愈来愈看不透你了，很怪，你好像左右为难，却很自在。"

高书意笑："没这么高深莫测，我只是变简单了。"

"简单也好，复杂也好，日子总要正常化，这公寓不能长住的，女人最好还是有个固定，固定了，再怎么空白，也可以一点一点往里填东西。"李代佳拍拍手做出总结。

高书意边走进房间边高声应着："好呀，就劳李小姐给我介绍一个固定，让我好好过日子。"

"你说的。"李代佳在客厅说，"我就给你介绍一个。"

没听见高书意的答话。

几天后，李代佳约高书意到咖啡馆，直接把一个男人带到她面前，高书意的手包咚地掉在咖啡桌上，膝盖在椅子角磕了一下。

男人起身给高书意拉椅子，把手包捡了递给她，他的目光在高书意脸上，弄得她坐下去时又绊了一下。她正整理坐姿，他双手持一名片，高举，伸长，捧在高书意面前，高书意不得不又半站起身接，趁男人弯腰点头的瞬间，她狠狠瞪了李代佳一眼。李代佳直打手势，表示这个是靠谱的，示意她好好看看名片。

名片做成两折，以一座山水城市为背景，用黑体字印了一系列头衔，什么文化公司总经理，什么工会代表，什么区什么党委书记，什么级别工程师……高书意暗暗朝李代佳做了晕倒的姿势。

男人说："惭愧惭愧，还没什么成绩。"

高书意朝他灿烂一笑："大人物，了不起。"

"哪里哪里。"男人笑着拱手。

后来，据李代佳说，这男人丧妻，有家底，有地位，对高书意有意思。

当时，他坐定后摇摇头又点点头，说："没想到你是结过婚的，像个大学生……"

高书意起身上洗手间。上完洗手间高书意从一个小门逃了，在大门外冲着咖啡馆说："代佳，可别怪我。"

七

丁丑收摊回来，姚婉净仍在整理东西，那两个大箱子好像永远理不清楚，她弯着腰，半跪着，半趴着，探着脖子，双手忙忙乱乱的。丁丑出去摆摊时提了一句凉水摊，她手从箱子里挥出来，胡乱地扬了一下："摊子不要了，我再不去那里蹲着。"丁丑便走开。

现在，丁丑进门，她只稍动了下脑袋，用后背对丁丑说："锅里有粥，我吃过了，你吃吧。"她的目光没从箱子里抽出来。

丁丑喝过粥，洗了碗，拿出面盆倒面粉的时候，姚婉净终于盖上箱子，进卫生间洗澡。

丁丑揉面，姚婉净看电视，差不多两分钟换一个频道，姚婉净偶尔问一句："喝茶么？"丁丑点点头："泡一杯。"两人再无其他的对话。

姚婉净其实是有话要说的，今天，她已彻底清理好箱子，穿的、戴的、用的，除了周雪雅时不时退给她的一些，还有这几个月从他那里磨来的、他送的，够她光彩地过上一阵，靠这些东西行走在这城市里，是合适的。也就是说，在城市里必要的行头方面，她有很长一段时间不用重置。

主要是木盒里的东西，那是最厚的底气，有了这层底气，姚婉净相信她有了进入城市的资格，凭着这点资格，她将一点一点刨挖，总有一天会掘出一个容身之处，她甚至想象这容身之处如何扩大，变成一种叫作地盘的东西。那时，她便可以像周雪雅，当然，远远比不上她，但至少像，像她那样走路、说话，对城市指指点点，对咖啡的价钱坦然而笑。

有种叫野心的东西在姚婉净胸口膨胀、鼓伏，弄得她坐不安稳，她扔了遥控，在电视机前来回走，不住地回眼望丁丑。

她有两个箱子，箱子里有那个木盒，丁丑呢？姚婉净再次环顾了下屋子，除了那个女人留下的一些小摆件之类的，什么也没有。今天，姚婉净已经把屋子翻了一遍，什么都没有。这样的话，丁丑如何和自己一起挖掘一个容身之处？

姚婉净冒出冷汗，不，不可能的，那样一个女人，姚婉净相信没看错，不会让丁丑两手空空。丁丑放在身上？姚婉净想起某些纸质的东西，是的，那样的东西放在身上多么方便。如果真是这样，丁丑怎么想的？一点也不提。他那么揉着面，不紧不慢，对她心有余怒么？她可以理解。

姚婉净坐下，决定先缓一缓。她不再换台，安心看起一个娱乐节目。

今晚，丁丑揉面揉得极慢，用心过了度，一直没抬头，姚婉净终于打着呵欠问："丁丑，今晚的面好像多了些。"

"饭馆摆喜席，订了不少面饼，得再揉一盆，你先休息。"丁丑说。

姚婉净又挨了一阵，丁丑把揉好的面团盖起，重新倒了面粉，她便先进了房间。

丁丑揉完第二盆面，洗了澡，已接近两点，他掀开竹帘进房，姚婉净已经熟睡，丁丑莫名地松了口气，退出客厅，拉开沙发床，躺下。

有模模糊糊的月光，对着月光，丁丑睡不着，翻了身，背着月光，也睡不着。

一连几个晚上都是这样，姚婉净睡房间，丁丑睡沙发，他总有事，或揉面，或点账，或炒花生，或碾花生粉，甚至修理某件电器，一弄大半天，直到姚婉净入睡。姚婉净随他去，但更疑惑着丁丑可能拥有的东西。她总是极早起床，搜过丁丑衣袋裤袋，空的，看看睡着的丁丑，一身睡衣，藏不住东西的。

其实，丁丑不用熬那么晚的，这几天姚婉净奔忙着另一件事，整天在外面，回来总很疲累，很快入睡。

姚婉净彻底放弃了凉水摊，她逛了超市的化妆品区，通过保安主管认识了超市经理，通过周雪雅认识了一些开化妆品店的朋友，跑了化妆品的批发市场，甚至进了某种销售培训班，听了一些美容专家的课。

两个星期后，姚婉净对丁丑说："我有别的出路了。"

姚婉净说服了超市经理，在化妆品区加了半条货架，出租给她，她进了一个化妆品品牌，自己当半个老板，又当员工，开始促销化妆品。按初步预算，每个月比摆凉水摊多赚两到三倍。

还了定金租金后，姚婉净感觉木盒里那张卡逐渐单薄了，虽说几个月后将有新的进账，但她还是心里发虚。

进货时，姚婉净觉得时机已到，和丁丑开口了："丁丑，化妆品柜投资的比我想象的多，现在要进货，我资金转不过来。"

丁丑很干脆："还需要多少？"

姚婉净一阵惊喜："当然，头批货进得多一点、全一点是最好的，再印些宣传单，买些小礼品之类的就更好。"

丁丑说："刚好，时添前几天还了上次借的钱，加上这几个月零零星星存下的，都在这，你看需要多少。"丁丑把存折和卡一起递给姚婉净。

存折和卡都是姚婉净熟悉的，她疑惑了，瞄了一眼存折里的数目，更疑惑了，感到莫名其妙地问："林时添有钱还你了？他找了工作？"

丁丑摇摇头："他只说他有办法，比我聪明得多又不犯法的办法。"

姚婉净想了想问："你，就这么多？"

丁丑点头。

"有没有一些已经存进去，存折还没打印出来的？"姚婉净完全没有意识到话跑得太远了。

丁丑也疑惑了："就这些，前几天时添把钱汇来后，让我查收，我拿存折去打印了。这几个月生意稍好一点，都在这了。"

姚婉净看了一下存折，打印的时间果然是几天前，她喃喃说："真的就这些，真的什么也没有？"

丁丑感到莫名其妙地看着失神的姚婉净。

八

丁丑把面饼递给顾客时，看见高书意。

高书意说："不招呼一下？"

丁丑微笑了一下，木呆着。

高书意说："两块面饼，几个面丸，有段时间没吃了，味道该没变吧。"

丁丑把面饼放进平底锅。

周围没有顾客，高书意说："去喝杯茶吧。"

丁丑抬起脸。

高书意，就想喝杯茶。她看看对面，凉水摊的地方空着。

丁丑翻着面饼，垂下目光。

"我还有些话要说，不说憋得慌，再听我倒一次垃圾？"

丁丑说："我收拾一下。"

"别，我等你收摊。面饼给我，我回车里吃，在车里等你。"高书意转身指了一下斜对面，她的车停在芳姐服装店门口。

高书意提着纸袋走了。超市刚好关门，姚婉净出来，拿了丁丑准备好的一块面饼，看看摊上的东西卖得差不多了，说："收摊了吧。"

丁丑点头："差不多了。"

"我等你。"姚婉净坐在桌边吃饼。

丁丑想了想，说："时添刚刚给我电话，要说点事，让我出去喝茶。"

"林时添？他不会过来？要出去说，装什么样子。"

"他想请我喝杯茶，说是进了城，一直在摊上吃饼，还几次借钱……"

丁丑有一大半是实话，前段日子，林时添还钱时确实提过请丁丑喝茶或吃饭，说是挣了点钱。当时，丁丑拒绝了，说没必要。

姚婉净哈地笑了一声："这个林时添，难得开窍，这可是难逢的机会，我得趁机敲他一下，跟你去吃得他心疼。"

丁丑不答话。

姚婉净说："你放心，我才看不上林时添请的茶，今天累了。你去吧。"

姚婉净走了一会，丁丑才抬起脸，指尖微微抖着，他对姚婉净撒谎了，几乎脱口而出。他揪紧烤车，才没冲动地追上去，向姚婉净说实话。

高书意给丁丑开车门，问："想去哪？"

丁丑说："随便，城里我不熟。"他差点就说，有什么话在车里说。

"那就随便我，去我最想去的，最方便的地方。"

高书意把车开到街尽头，拐了个弯，开了一阵，又拐了两个弯，停了车，说："到了。"

丁丑愣了一下，路不远，附近似乎是居民区。

随高书意顺楼梯上去，丁丑疑惑愈来愈深。

高书意开了门，做了个请进的姿势："我新租的公寓，还不错吧，处于城中心，却很安静。别看小，样样齐全，也还雅致，一个人住刚刚好。"说着，自己哧地笑了，"我成售楼小姐了。"

丁丑立在入户花园，问高书意："你不回家？"

"这里不能当成家？你怎么变俗了？用你的话说，心安理得，住着就是家。进来吧，别用这种眼神，我很好，这公寓不比你的水泥地租屋好得多？我在享受呢。"

丁丑说："准备住多久？"

"看着办吧，如果住得好，不可以一直住下去？"

丁丑不出声地换鞋。

"代佳说得对，暂时没必要重新买房，我得先找个固定，那个固定会给我一个住处吧。这个李代佳，把我说成甩卖货了，好像没固定就活不下去了，不过得承认她有点道理，我还要怎样呢？"

"书意……"

"我得了点好茶，我哥带来的，我的茶具也比外面茶座茶吧里的好得多，全得多，也清静得多，来这喝是最合适的。"

这些都不是高书意想说的话。丁丑默默喝着茶，等高书意说那些想说的。

"我丈夫其实没去世。"高书意突然说。

丁丑茶杯晃了一下，烫得手指直抖。

"噢，不，看我说什么。我是说，他不是在我跟你说的那个时候去世的。"

丁丑放下茶杯："书意，你怎么了？"

"好吧，我从头说。"高书意喝下那杯茶，让自己慢慢平静。

"还记得我们第一次去望江茶座？"

丁丑点头。

"那次，我就跟你说我丈夫去世了，其实，那时他没去世，在另一个城市做生意——你先别说话。"高书意又喝了一杯茶，身子往后靠，缩在皮沙发一角。

"不知怎么的，随口就那么说了。当时我是赌气，可那日子也确实像，我和丈夫分开两年多，他极少回家，极少电话联系，就是回来或通话也匆匆忙忙，他有他的宏图大业，我是个无所事事的怨妇，他在不在，对我来说没有区别。我就那样说了，说他不在了。"

高书意停顿了，表情缥缈，陷入绵软潮湿的回忆。

丁丑不出声。

高书意哑着声说："再给我杯茶。"

喝下那杯茶，像重新鼓起勇气，她接着说："可怕的是，那样说了以后，慢慢地我自己几乎也相信了，我告诉自己，他去世了，已经两年多，这两年，我一个人过着日子，习惯了这样的日子。我感到模糊了，分不清真与假。丈夫去世了。这个谎言成了我生活里的真实，我习惯这样的真实。"

丁丑又给高书意端了杯茶。

高书意接过茶："丁丑，你为什么不问？"

"喝茶。"

"问题是，我丈夫根本没死，他好好地待在另一个城市。"高书意啪地放下杯子。

"那就好。"

"更大的问题是，后来他死了，真的死了。"高书意声音和表情扭曲起来。

九

"他死了，出差路上遇到车祸，连医院都来不及送。"高书意瑟瑟发抖，牙齿咬得咯咯响，"怎么会？怎么那么巧？怎么可能呢？"

"我丈夫去世了。"这话高书意提过两次，丁丑想起她第一次提时的淡然，第二次提起时的怪异。

"我就是赌气说说，他怎么就出了车祸？这是我的诅咒？我从没有这个意思，真的，真的没有。"高书意扑过去，揪住丁丑的衣衫。

"书意……"丁丑拍打她的手背，试图让她安静下来，"完全是凑巧，我们农村有些人骂孩子骂得更凶，孩子愈活愈壮。"

"他为什么那样看着我？"高书意目光惊恐地四下跳着，"他在照片里盯我，绕着我转。"

高书意往丁丑怀里缩，眼睛猛地睁大又猛地闭上，压下头，把脑袋藏起来。

她的声音闷在丁丑怀里："我是不是逃不掉了？得顶着这个影子过活了，它不走了？"

"什么走不走？根本就没什么影子。"

高书意抬起脸，看到丁丑的下巴、脸颊、嘴角、鼻翼，安静如灯影，她把头靠在丁丑的胳膊上，微眯上眼。

不知静了多久，高书意睁开眼，用唇寻找丁丑的脸颊、唇角。丁丑缩着。高书意感觉脖颈间的胳膊往回抽，她侧过脸，轻轻咬住那只胳膊，那只胳膊便不动了。高书意喃喃说："能不能听听自己的声音？不想别的，你听一下好吗？我不相信你的选择是听过心里的声音的。"

"书意……"丁丑两条胳膊箍紧了，把高书意箍成一团，下巴搁在她脖颈上。

高书意侧过脸，看见丁丑低垂的睫毛，在灯光下微微颤抖，蝶翅般绚丽。她揽住丁丑的头，用自己的颊摩挲丁丑的颊，用唇触碰他受惊般的睫毛和微微起伏的鼻翼。

"真干净。"高书意耳语般，"喜欢这种味道，像城市的空气破了个洞，有新鲜空气，真想一头扎进去，毛孔活了，发芽、长叶、开花，我整个人灿烂了。灿烂！"高书意笑了。

丁丑松开手，让高书意缓缓倾在沙发上，灯光在她身上流动，音乐般。

丁丑也倾在沙发上，感觉自己如灯光，在她身上起伏流动。

高书意和丁丑陷在沙发里，平躺，灯光静然不动。

高书意说："丁丑，你回去吧。"

"我……"

"别说。"高书意侧过身子，"我觉得不会喜欢你要说的话，我很好。"

丁丑动作缓慢。

高书意笑："快点，你回去还得揉面。"

丁丑又要开口。

高书意忙忙地摇手指："我不喜欢你这表情，丁丑，不要这样子，好像是什么社会道德家，要么是你不够了解自己，要么你真是个伪君子，你是前一种，对吗？"

高书意说："你换鞋时不要转脸，我不需要这种回头。"

高书意唻地笑了："真好玩，没想到我说了很多不需要，以前我只要说需要。"

出门前，丁丑还是回了头，说："我会好好想想。"

丁丑走后，高书意打开电脑，登陆了一个QQ，那是个荒废得几乎长草的空间。打开私密相册，照片一张一张罗列在那里，都是脸，或许育生的脸，或高书意的脸，或两张脸靠在一起，大都是他们蜜月旅行留下的。

高书意一张一张翻着照片，让自己对着许育生的脸，是的，他曾是自己的丈夫，她可以怀念他，在某些特别的日子想起他，偶尔谈起他，如此而已，还要怎样呢？高书意身体里什么东西砰地松开了，日子里很多东西开始呈现自然状态。

许育生确实在笑，他的笑很典型，用年轻女孩的话说，很酷，很高深。高书意熟悉这种笑，从来都是上扬的姿态，笑抬得很高，拉得很宽，有点冷，她发现，原来这种具有野心又自负的笑这么适合他，高书意笑了，她想，或许得回家把床头柜那张相片取回来，仍摆在床头，直到她有新的固定才收进抽屉，这才是正常的程序。不过，那个家还是不想再回去。

高书意突然想把丁丑的笑脸放在许育生旁边，可惜他们一起这段时间什么也没留下，或者说根本没来得及在一起，以后也不会有机会了。她关了电脑默坐。

丁丑在门前立了半天才掏钥匙，进了屋，他没开灯，在灰暗的客厅里静坐半天，才猛然记起该揉面，慢吞吞去找面盆。进厨房后，他忘记要做什么，两手空空走出厨房，进了房间。

姚婉净面向墙壁半蜷着身子，睡得很深的样子，丁丑碰碰她的肩膀，肩膀不动，丁丑又碰碰她的手背，手背不动，丁丑呆呆坐在床边，目光落在衣柜的暗影里，避开姚婉净。

目光在暗影里盯得发晕，丁丑又轻轻摇了下姚婉净的肩头，说："婉净，对不起……"

姚婉净呢喃了一声，翻身，丁丑吓了一跳。

"婉净，我晚了……"丁丑急急地说。

姚婉净换了更舒服的睡姿，又沉沉睡去。

丁丑忙退出房间，进厨房倒面粉。

丁丑对着客厅窗口含糊的月光揉面，自语："阿妈，我不心安理得了。"

十

丁丑仍在沙发床过的夜，姚婉净不知道，她醒来时丁丑已经在厨房忙，早饭在桌上，他让姚婉净先吃，说要赶着烙面饼送酒店。

姚婉净吃过早饭，进房间换衣服时，丁丑在客厅招呼，说他去送饼了。

丁丑送饼回来时，姚婉净已出门，昨天安排好的，趁早上顾客稀少的时段和周雪雅出去。错过了彼此的目光，丁丑觉得轻松。

姚婉净和周雪雅吃过午饭才回超市，丁丑正捧着快餐盒吃饭，姚婉净放下一杯果汁，说顺便给他带的。丁丑嘴里塞着菜，含糊地点头，含糊地应着，吞下那口菜时，姚婉净已进了超市，晃着小手包，很满足的样子。丁丑慌慌张张收回目光，低下头。

这天，姚婉净比平日提早下班，从超市出来时，丁丑摊前围着几个人，他看见姚婉净人影一闪，匆匆走过去，远远朝丁丑说："我先回去。"

没开灯，丁丑进门时被黑暗碰了一下，姚婉净半瘫在沙发上，影子很沮丧。

"婉净，怎么了？"

"没，坐坐。"姚婉净声音空洞无力。

丁丑开了灯，姚婉净眼睛眯了一下，侧开脸。

丁丑放下手里的东西，在姚婉净身边坐下："婉净，我有些话和你说，我们……"

"我去洗澡。"姚婉净起身，"中午站到现在，腿要折了，没卖出什么，倒换了一身臭汗。"

"婉净。"

姚婉净进房找什么，丁丑听见砰砰的响声。

姚婉净甩着拖鞋，扔着面巾，丢着衣服，如果可以的话，她今天就把润肤霜朝那个女孩脸上扔去了。她不敢，那女孩鼻子朝她哧了一声，扯着那个上年纪的男人，走向对面的化妆品货架，夸张地接过刘立婷的保养品、洗面奶、爽肤水、粉底霜，夸张展示那些瓶子，放进购物篮，说："都买了。"姚婉净看着刘立婷点头不迭，笑容拉到后脑勺，看着那男人站在女孩旁边，她放一瓶产品，便点一下头。姚婉净腿肚抽筋了，接着胸口也抽筋，她在柜台后蹲下，好半天站不起来。

姚婉净刚整理过货架，那女孩就来了，身上的布很少，但色彩艳丽，花枝招展。姚婉净绽开一脸笑，引导她看着自己的产品。

偏过身时，姚婉净看到了那个男人，五十多岁，随在女孩身后。看他的衣着打扮和他盯住女孩的表情，姚婉净知道这单生意可以尽量做大的。

姚婉净对女孩亦步亦趋，介绍自己的产品，从品质到价钱，从品牌效应到回头客，女孩慢慢走着，手指在产品上划过，蜻蜓点水般，没有停留的迹象。姚婉净有些急了，眼看走到自己产品的尽头，对面刘立婷的目光往这边挠来挠去的。

姚婉净转而关注女孩本身，夸奖她的皮肤，嫩滑红润。按女孩的年龄，嫩滑红润本是再正常不过的，姚婉净却表现出极大的惊讶，说是顾客中少见的，城市里少见的，怎么化妆也化不出来的。其实，女孩脸上的妆不算太淡。但姚婉净说得很流畅，说得自己也相信了。女孩像见惯了这样的场景，很淡然，只是嘴角意思性地扯出点笑意，姚婉净在她那点笑意里把自己的笑意丢了。

还好，女孩总算拿起一瓶美白霜，是姚婉净化妆品柜上较高档的一种。姚婉净重新挤出笑意，用尽力气介绍这瓶美白霜，介绍它与她肌肤的相衬，并顺便介绍了配套的洗面奶、爽肤水。

女孩不答，看瓶身的说明，看了半天，放下了。拿起爽肤水，任姚婉净在那里说，她只是细细看，看完又放下了。连续几次，弄得姚婉净眼前发黑。

女孩又回身拿美白霜的样品瓶，扭开，凑近闻着，转身对着男人，歪着脖子问："这个好么？"

男人点头："你喜欢就好。"

女孩娇嗔地扭了下腰身，笑着："美白霜要了。"又朝男人摇摇爽肤水，男人还是点头："喜欢就好。"女孩拍了下手说："爽肤水也要了。"

姚婉净笑容满了。

女孩说："再看看别的。"她转过另一角看彩妆系列。男人立在姚婉净旁边，她看到男人手腕上的表，眼睛亮了一下。这种表她认识，绅士手腕上就是这种表，男人脖颈上那串金黄色分量也很足，这些让他那令人不快的五官耐看多了，特别是他那一连串"喜欢就好"令人心动。姚婉净想，她的绅士就不会这么痛快，又想，不，已经不是她的绅士。

姚婉净收回念头，对男人粲然一笑，她突然意识到，笑容本该就给这个男人，她开始丢开女孩，对男人介绍起产品。

她拿起产品，指着说明给男人看。瓶身上的字小，男人凑得很近，姚婉净很耐心地说，男人很耐心地听，然后点头说："好，这个也要了。"姚婉净说："我们这里还有男士保养品，都是高档货，一整套的。"

搬出一整套男士保养品，姚婉净说："先生您试试。"扯了他的手，往手背挤补水霜，"吸收快，味道清香滋润。"

男人还是说："好，来一套吧。"

女孩从货架后转回来，正好看到男人的手扯在姚婉净手里，看到他们凑着头观察补水霜的吸收，她扑过来。姚婉净只觉眼前一阵凉风，男人就和她隔开好几步了，中间立着横眉竖眼的女孩。女孩说："假货，全是假的。"

姚婉净没来得及应声，女孩就扯着男人走开了。她转过脸，对姚婉净说："谁买你的烂货！"他们朝刘立婷走过去，姚婉净看到了，刘立婷的笑全放在女孩脸上。

"婉净，你怎么了？"房里一阵砰砰的响声后突然静寂了，丁丑进房问。

姚婉净看着丁丑，莫名其妙地说："没出息，这么下去永远没有出息的。"

十一

周末，高书意回了父母家，隔得太久，母亲会问这问那的，眼神让人受不了。她尽量按正常时间正常频率回去，正常地吃顿饭或过一夜，父亲母亲的眼神便会正常些。

今天一进门，高书意就感到不正常了。母亲开门时极严肃，高书意开始以为又是因为自己，很快发现母亲目光不在她身上，开门后匆匆转回客厅，高书意看到哥哥高书礼一家子。

高书礼坐着，表情和身体很僵硬，像被什么凝固了。刘程也坐着，垂头、侧身，腰背和肩膀软塌塌的，像被抽了骨头。侄子高川在看动画片，声音开得极小，平日不开到震耳欲聋他是不肯罢休的。

高书意和哥哥嫂子打了招呼，哥哥僵僵地点点头，眼皮没有撑起，嫂子软软地点点头，脸没有偏过来。高书意说："川川，你还没喊姑姑。"

高川潦潦草草瞄了她一眼，潦潦草草地唤："姑姑——"

"阿爸哪？"高书意问母亲。

母亲用下巴示意着："书房里看报纸吧——我先去洗菜。"

高书意坐在客厅，一边一个沉默的人，对着几乎听不到声音的动画片，突然涌起一股滑稽感，她想问问哥哥，看了看嫂子，觉得还是少管闲事为好。

高书礼终于还是扯出一丝笑意，说："书意，煮水，我有好茶，你喜欢的红茶，专给你留的。"他拿过手提包，掏出两包精装茶叶递给高书意。

洗杯、沏茶。高书礼极用心，他让高书意端杯，先让茶香在鼻下缭绕，教她看茶色，并长篇大论讲解茶的产地、种植、制作工艺、保存和冲泡的讲究。教高书意把茶倾进嘴后慢慢咽下，引导她感受茶水在喉头留下的甘香，感受舌尖味觉的苏醒和舒畅。他似乎心无旁骛，成了平心静气的品茶专家。

高书意怀疑自己敏感了，根本就没什么事，哥哥一向彬彬有礼，显得严肃无可厚非，刘程一向高傲淡漠，沉默也不奇怪。她对刘程说："嫂子，喝茶，确实是好茶，不过哥哥一定给你尝过了吧。"

刘程稍稍抬了下头，今天她披着卷发，遮住了半边脸，高书意看不出她的表情。她说："我不喝这茶，我喝绿茶。"说着，埋头在抽屉里找母亲的绿茶。

高书礼说："书意，快喝第二巡，趁最初最香的茶气还没散。"

刘程搜到了茶，却不泡，就那么把茶袋捏在手里，高书意伸手抽那个茶袋，刘程竟吓了一跳。高书意说："我帮你泡一杯。"

"我不喝，什么茶也不喝。"刘程摇头，卷发往后甩，高书意看到她失神的眼睛。

客厅又静默了，高书礼一巡一巡地沏茶，一杯一杯地喝，显得太急了。高书意说："你们坐，我喊阿爸出来喝茶。"离开客厅。

父亲看看高书意，说："来了？好。"然后低头，重新埋进报纸。

高书意说："喝茶。"

"你们喝吧。"父亲用侧面对她说，目光粘连在报纸上。

高书意只得又回客厅，还是沉默。

高书礼突然问高书意："最近好吗？"

"差不多。"高书意不想多谈这话题，特别不想他们重提公寓的问题，总让她搬回家。

为了及时扯开话题，高书意反问高书礼："最近忙？"

"还好。"

高书意指头捻了捻刘程的裙子，说："嫂子今天这裙子好看，新流行的？"

"旧裙，旧得都看腻了，该扔掉了。"刘程冷冷地说。

高书意一时感到很无趣，不过细看一下，确实是旧裙，怪自己没看好。她站起身说："你们喝茶，我去厨房帮忙。"

母亲说："我自己来，你去客厅坐。"

"坐也是闲坐，我搭把手。"

母亲拦住高书意："不用，你去和你哥嫂说说话，难得碰到一起。"

高书意疑惑地看着母亲，母亲弯腰洗菜，只管朝她挥手。

高书意只好回到沉默的客厅，随哥嫂一直沉默到母亲的饭菜上桌。

吃饭了，刘程和儿子川川坐高书礼对面，高书意和高书礼并排，她看到刘程端着碗，一直瞪着高书礼，高书礼显然在避她的眼光，夹着菜，礼貌地招呼父亲母亲，刘程就那么瞪着，不管不顾的样子。

高书意说："嫂子，试试这个，很新鲜。"

刘程稍点点头，目光没有离开高书礼，好像要把他看穿，固定在某处。

高川扒拉掉一块肉，嘟囔着："不吃。"

刘程忽地在高川肩背上啪地拍打一下，低吼："让你挑，你再挑。"

高川大概被一向宠溺他的妈妈吓坏了，张大了嘴，却发不出声音，只不住地颤抖，待高书意母亲绕过桌子，把他搂在怀里，才哇哇地哭出声，恐惧地盯着刘程。

"好了。"高书礼低低地说，压抑着极大的怒火，好半天控制不住筷子，夹不起鱼肉。

刘程饭碗啪地顿在桌面上，扬起眉："够了？好一个君子，你想掩到什么时候？"

"吃饭。"一直不开口的父亲喝了一声。

刘程捂住嘴，呜呜哭起来："爸，你问问他做了什么事！"她的指头点在高书礼鼻尖前，一抖一抖的。

"够了。"高书礼在桌面狠拍一下，忽地立起身，又忽地坐下，"闹够没有！"

高书意扯扯高书礼："哥，什么事得这样吵？吃完饭说开就是。"

父亲放下碗，默默推开椅子，朝书房走去，他的腰背显得弯软无力，连步子也有些跟跄。某些东西变了，以前，只要他稍稍开口，甚至使个眼色，没有完不了的事，哪张口都不敢再出声，今天，刘程顿了饭碗，高书礼拍了桌子。

刘程立起身，俯视高书礼："戳你痛处了？好一个知书达礼的伪君子，真是好名好声，哼，原来是这么一个东西！"

"有完没完？"高书礼低声怒吼，眼睛红涨，好像要咳出喉头的血块，手把椅背抓得咯咯响。

高川张了张嘴，终不敢再哭。

母亲说："刘程。"

"他、他在外面有了女人……"刘程哭倒在饭桌上。

十二

母亲直直看着儿子，不知是让他否认还是让他承认。高书意把侄子拉进书房，开电脑让他玩游戏，出来时饭厅几人仍保持原来的姿势和表情。高书意看哥哥，思维一时转不过弯，对于城市来说，这种事凡常如拿杯喝水、出门坐车，但对哥哥高书礼来说，这种事简直石破天惊。高书意想，或者只是对我们几个算石破天惊。高书礼是典范，在社会上为人处世，在家里作为丈夫也好，作为儿子也好，作为哥哥也好，几乎无可挑剔，不失任何礼节。

不失礼节又怎样？再说，他终究还是失了。

母亲开口了，不知问刘程还是问高书礼："是不是误会？这种事得弄清楚。"

刘程抽动着肩膀："事实就摆在那。"她咬着牙，狠瞪着高书礼，开始是眼眶发红，接着颊边红了，鼻头红了，脖子也红了，红得让人担心她的脑袋会炸掉。

高书礼把脸偏到刘程目光直射的范围之外。

刘程脖子一软，又趴在桌面哭起来。高书意看到她平日高傲挺直的肩背可怜兮兮地瑟缩着，冷漠昂扬的发凌乱地耷拉着，目光疼痛起来，暗暗避开。

高书意搭住刘程的肩："可能真误会了，先听哥哥说。"

"误会？"刘程唰地抬起头，表情变得凶狠，照片都出来了，"他会说？这个伪君子，他才会装，一张脸笑得像开花，全世界就看见这张脸，看不到他又黑又臭的肚子，烂成……"

"够了！"高书礼身体抽搐般地弹跃起来，目光炸出去，碰撞在地砖和四壁上，四四散散的。

"哥哥。"高书意唤，又犹疑又痛心。

高书礼愣愣地看高书意，又愣愣地看母亲，脸上绷紧的线条一丝一丝往下掉，拉扯得眉目鼻子也往下掉，目光往下掉，整张脸呈现一种下垂状态，带着无望的无奈，颓然坐下。

刘程不再抽泣，眼里的泪烧干了，变成发焦的决绝神色："这个绅士，谁敢相信他是这样的人？恐怕他自己也被吓坏了，女人连照片都留下了。"

高书礼又猛地立起身，猛地瘫坐下去，声音弱弱的："你，够了吗？"

"看看这是怎样的一对！"刘程颤抖着掏出手机，拼命地按，终于啪地拍在桌面上，"好有脸有面的一对男女。"

高书意看看母亲，她坐在桌子另一头，不住地揉按额角，不知是想避开这事，还是无能为力。

高书意只能从刘程颤抖的手里接过手机，高书礼把头埋在胳膊里。

看了一眼，高书意又看了一眼，凑近手机细看，她一阵发晕，要不是坐在椅子上，她会一头栽倒。

怎么可能？城市不是很大吗？大如无底洞。怎会这样巧？

姚婉净的笑脸挤在手机屏幕上，穿了极薄的睡衣，背景是床，要命的是作为背景的床上有半张熟睡的脸，有些模糊，但已足够辨别出是高书礼。

大半天后，高书意终于缓过呼吸，多余地问："照片哪来的？"

刘程令人惊讶地变得表情冷静，声音清晰，只是眼神令人害怕，她说："好一对不要脸的，还拍了这样的照片，要不是阿川拿这手机玩游戏，我随手翻翻手机，还不知相集里夹了这恶心的东西。也是老天有眼，要不，都以为是圣人哪。"

母亲开始收拾盘碗和几乎未曾动过的饭菜。

父亲的书房很安静，高书意想象得出，父亲在看报纸，沉浸在国家大事里，侄子阿川在玩游戏，沉浸在虚拟的伙伴里，各管各的，都很好地避开了生活里的曲曲弯弯。

"哥哥？"高书意又唤了一声，弄不清为什么叫他，接下去该说什么。

"照片不是我拍的。"高书礼脑袋仍埋在胳膊里，莫名其妙地说。

"你能拍？你被那女人弄得死人一样，爬都爬不起来了，禽兽那样弄过吧。"刘程双手抓扒在桌面上，整个人呈现出一种发射状态，好像只要稍稍在她背后一碰，她便能像子弹般飞射出去。

母亲打开水龙头，让水哗哗冲着碗筷，水的撞击声充满了厨房。

高书意惊呆了。

高书礼身子往下滑，像一摊捧不住的流质物，他十指插进发里，尽量让思绪专注，照片怎么拍的，什么时候拍的？没有一点迹象？他把问题一个一个塞进脑里，把其他的思绪挤出脑壳。

那次，高书礼很疯，西装踩在脚下，让姚婉净攀在他身上。他在她眼里看到类似于对着神的表情，晶莹透亮，他所有的神经末梢都昂起头，放声歌唱。

过后，他睡得很沉，就那么晾着身子。她却很清醒，手腕抬到齐眉处，腕上的手镯金黄得她几乎睁不开眼，厚重得手几乎抬不起来。如果高书礼醒着，又会在她眼里看到类似于对着神的表情，晶莹透亮。

姚婉净转脸看看熟睡的高书礼，弯身在他颊上深情一吻，又把同样深情的一吻留在手镯上。这时，她想起给这幸福的一瞬留个纪念。

姚婉净看到了高书礼的手机，她抓起来，对自己说："是拍个留念，没什么的，再说，放在相集那几十张照片里，没细看谁知道？"她是出了声，一句一句对自己说的，但这些话背后姚婉净还想到些什么，无人知晓，因为连她心里也未承认过。她甩甩头，甩掉胡思乱想，不停对自己强调，就是留个纪念。

姚婉净抬起了手，对着手机笑，纪念就这么留下了。

她看着那张纪念，有点犹豫，有点心虚，指头在删除键上进退两难，这时，高书礼翻了个身，姚婉净啪地把手机放回原位。

"我、我被骗了……"高书礼闷声说。

"事实！"刘程仍是发射的姿态，她歇斯底里地抓挠着桌面，声音歇斯底里。

十三

高书礼保持着那个姿势，额顶桌面，胳膊抱住脑袋，缩着肩，缩着脖，软着肩背，并好像打算一直持续这个姿势。

刘程冷笑一声，收回射击的姿势，走回客厅，把自己扔在沙发角，似乎准备了足够的耐心等高书礼给一个交代。

长这么大，哥哥突然以另一种面目出现。

正如他的名字，高书礼从小很有礼貌，对此父亲那些来来往往的朋友无不印象深刻。他小小的人儿，立在门边，乖巧懂事地招呼每个人，并无师自通地向他们问好，欢迎他们到来，为他们排列好拖鞋。甚至会在父亲母亲得意的注视下，为每个客人端茶，他双手端茶，腰半弯，像大人般懂得人情世故。高书意小时候任性得多，听得最多的一句话是："你看哥哥，要有哥哥的一半……"

高书意不喜欢这话，朝哥哥咪鼻子、吐舌头，蹦跳着说："哥哥不好玩，不好玩。"高书礼极少跟高书意做游戏，他总是摇头："不玩，有什么好玩的。"高书意觉得哥哥闷，但她得承认，高书礼是有哥哥样子的，玩具让给她，大人一样看她调皮、玩耍，宽容地笑。

至今，高书意仍清楚地记得高书礼十岁那年的生日。吹烛后，母亲让高书礼拆礼物。拆开包装时，高书礼呀地叹了一声，高书意则尖叫起来，最新款的游戏机，那段时间电视里正火热地广告着。六岁的高书意奔到高书礼面前，把礼物抢抱在怀里，不管母亲怎么解释——游戏机是高书礼的生日礼物，明天重新买一个，更好的，更新的——高书意就是不肯放手。最后，倒是高书礼解了围，说礼物他转送给妹妹，还安慰母亲，说："不用再买，游戏机可以一起玩的，妹妹觉得新奇，两天后就会让我玩了。"

父亲母亲对望着发愣，高书礼已经开始切蛋糕。

母亲说："书礼就是懂事，是最好的孩子。"

高书礼冲母亲笑笑，淡定而客气。抱着游戏机的高书意也有点呆了，她至今记得哥哥的笑容，小小年纪的她，猛地错觉他的笑和话比爸爸更有分量。

高书礼的学习也是高书意和其他孩子的榜样。和高书意靠小聪明，成绩忽高忽低不同，高书礼从来一丝不苟，就像老师给的评语，他团结同学，认真听讲，乐于为集体做事，每年除了捧回成绩优秀的奖状，还会捧回一张"三好学生"。母亲就会对高书意说："成绩要好，还要像哥哥一样懂事。"已长大一些的高书意还是用鼻子哧高书礼，说："哥哥像爸爸。"

"胡说。"母亲笑了。

至今为止，高书意也弄不懂自己为什么这样说，当时几乎脱口而出，她确实有这感觉，比她大四岁的哥哥像大了好几轮，他让着她，教着她，就是不陪她玩，就是被高书意缠得没法，敷衍一下，也木木呆呆的，玩不起来，弄得高书意毫无兴致。

所以，高书意觉得哥哥好，但不亲。

高书礼就这么懂事着，优秀着，一直到进单位工作，他成了好同事，游刃有余，不招惹是非，不推托工作，也不过分抢功。父亲的老同事对他赞赏有加，拿他跟他们那些在外面胡来的孽子相比，摇头不停。

总之，从小到大，高书礼好名好声的。

刘程也是因为这个走到高书礼面前的。她是市政府某重要部门某重要人物的女儿，和爸爸有过一些交往，不算深，但对爸爸有个好儿子却印象深刻。

高书礼大学毕业被分配进现在单位，算有点底气了，刘程的父亲开始托人打听，所听到的话，都表示高书礼无愧于他的名声。结婚后，高书礼确实与刘程相敬如宾，当然，刘程人高傲一些，冷漠一些，但无碍于高书礼的体贴有礼，他用八年时间经营出一段和谐的模范婚姻。

如今，这婚姻开始出现裂缝，崩塌。

高书意突然觉得，哥哥高书礼从小就把自己装在壳子里，他用心为这层壳涂上光亮的油彩，让这层壳日益完美，众人对他这层壳赞叹不已。慢慢地，他所有的心力都在这层壳上，把自己完全忘掉，与众人一起守护这壳。

现在，有什么东西对这层壳狠敲一记，他想修补，终无济于事。他缩成一团，任裂缝在壳上爬蔓，壳子将一点点碎开，散落，最终，自己会暴露出来，他害怕吗？

高书意突然涌起无端的怜悯，对哥哥高书礼也对嫂子刘程，她不敢去按一按哥哥缩着的肩膀，也不敢去抚抚嫂子凌乱的头发。不知什么时候起，刘程抽泣起来，她的抽泣比刚才的歇斯底里更令人揪心。

高书意看见母亲房里的灯关了，一小时以前，她进了房间，把高川带进去。书房的灯仍亮着，但安静极了。

高书礼缓缓抬起头，摇摇晃晃走到客厅，摇摇晃晃坐下。

"我被骗了。"高书礼说，声音如同从几十米的深处传来，缥绵又冰冷。

刘程抽泣得累了，下巴搁在膝盖上，眼神硬硬的。

高书礼说："她不是我想的那样，我被骗了，被自己骗，也被她骗。"

高书礼对着空中某一点说，似乎在自言自语："到处是那样的女人，我竟以为她是特别的，以为我是她的世界……"

"够了！"刘程尖叫一声，仍保持呆坐的姿势，目光不动，好像她的喉咙突然破了个洞，漏出这声尖叫。

高书礼吓了一跳，目光从某处收回，愣愣看着刘程，猛地把巴掌拍在头上："我真该死。"

高书意轻轻碰碰刘程："嫂子，都可以说开。"

"说吧。"刘程下巴抵着膝盖，嘴一张一合，"想说什么就说吧。再怎么说，也不完整了，有了脏点，怎么擦都擦不掉的。"

十四

高书意在路边树下站了好一阵，直到丁丑摊前围了好几个顾客，确定他没空抬头，不会发现自己，才闪着身匆匆走过烤摊，进入超市。

应该是化妆品柜，记得丁丑稍稍提过，是化妆品。化妆品柜在二楼，高书意上了电梯，想，这种地方的化妆品柜，需要一点本钱的，她有本了。

姚婉净正整理着货架，化妆品柜挺像样的，确实需要一点本。她背对高书意，卷发，确实和摆凉水摊时两个样了。

姚婉净转身时看见高书意，稍愣了愣。

"有事？"姚婉净先开口。

"看看补水霜和爽肤水。"高书意看了一下货柜，说。

姚婉净目光晃了一下，扯出几丝笑意："随便看。"

高书意拿了补水霜、爽肤水、洗面奶、粉底霜，挑了香水，说："这些能配成套吧。"

"可以。"姚婉净手指在那些瓶子上划过，"确定要这些？"

"没别的意思。"高书意说，"这牌子我用过，还不错，我也看了，都是真品，所以一下子买这么多。"

姚婉净粲然一笑："想多了，你现在是顾客，不管哪个顾客，都欢迎。"

姚婉净装着高书意要的东西，脸一直挂着笑。

高书意默默看她。

高书礼说："她就是那样的女人，她要的是那些东西，我被骗了。不，不可能有什么瓜葛了——我不是因为她，是因为误解。她不是因为我，把我的条件放在任何一个人身上，只要稍有点可能，那女人都会扑上去。"

"你就是那个有点可能的人。"刘程咬牙，一串冷笑。

"误会，我瞎了眼。"

"你还等着亮眼的时候？"刘程几乎要朝高书礼扑过去。

她完全是这样的女人么？高书意细看姚婉净浓妆的脸，无法把她和丁丑扯在一起。是的，丁丑不认为这样就不好，那样就好，他说人没有这样那样的区别，只有这种过日子的方式和那种过日子的方式，她过日子的方式和丁丑合拍吗？

"慢走，再光临。"姚婉净把袋子递给高书意。她拼命忍住，才没把那句话问出去："你买东西倒大方，和丁丑那一段就没留点什么？"

高书意接了袋子，走到几个货架外，远远看姚婉净，看她笑着在本子上登记什么，大概是为这次生意记账。

　　"试试。"高书意给自己鼓劲，重新朝姚婉净走去。

　　姚婉净一直看着她走到面前，竟有几丝担忧："产品有问题？"

　　高书意摇摇头说："有时间吗？想请你喝杯咖啡。"

　　姚婉净笑了一下："因为丁丑？你们一直联系着？"

　　"丁丑不是你想的那种人。"

　　"丁丑是哪种人我很清楚，我和他相处了两年多，不用你来说明他是哪种人。"姚婉净半偏着身子，是送客的意思。

　　"我们扯远了。"高书意说，"确实想请你喝咖啡，不是因为丁丑。"

　　姚婉净把玩着一瓶指甲油，说："不是因为丁丑那就完全没必要了。你照顾我生意，按理我该感谢你，怎么还能喝你的咖啡？"

　　"这样说吧，不单单因为丁丑，还因为你，有话对你说。"

　　姚婉净耸耸肩："奇怪，我有什么好请的，因为我不在的时候，你差点搬进我的屋子？"

　　姚婉净表情很差了，要不是高书意手上鼓鼓的一袋化妆品，她就要翻脸了。

　　高书意缓缓神说："我不是来吵架的，确实是因为你，有事和你商量，主要是关于你的事。"

　　姚婉净眉眼爬满疑惑。

　　高书意正视她："我刚刚进超市没让丁丑发现。"

　　"到底什么事？"

　　"这里说不清楚。后天早上——据我所知，早上超市生意清淡——到轻松周末见。十点，到时五号桌见。"

　　姚婉净低头沉吟。

"你听听也好，就算我们两个女人喝个咖啡，虽说和我喝不太愉快，但至少也没有大损失，不想听听是什么事？"高书意语调很诚恳了，姚婉净的沉吟让她的希望鼓胀起来。

姚婉净没有点头，只是说："看看吧。"极平淡，极冷漠。

"那我等你，会等到十点半。"高书意说完便走了。

第三天，高书意十点进入咖啡厅，点了一杯咖啡慢慢喝着。一会儿，她看了下表，十点十分。十点十五分，她挥手叫了一下服务员，交代："如果有人找我，把她带这里来。"十点二十分，高书意胡乱地按着手机。

十点二十五分，姚婉净走进来，朝这边张望。高书意抑制住欣喜，等她走到面前，才起身点点头。

姚婉净的咖啡上桌了，服务员退开，高书意才慢慢说起来。

有时，因为姚婉净的手势和表情，高书意停下来，但很快又接着说。

半个多小时后，姚婉净起身向高书意告辞。

高书意说："我只是说我的意思，你参考一下，如果不行，就当今天没喝这杯咖啡。如果你觉得可以稍稍考虑一下，我们就再见个面，三天后我还在这里等，还是这个时间。没等到你，我就忘掉这事。"

姚婉净走到门边，高书意追出去说："我再啰唆一句，别再找我哥了。"

"你哥？"

"我哥是高书礼。"

姚婉净脚下一绊，扶住门框："有趣呀，你放心，我和高书礼只是各取所需，谁也不欠谁。"

高书意说："那是我小人之心了。"

十五

这是姚婉净第一次提起她的失踪。

"丁丑，我走了有大半年吧。"姚婉净换着电视频道，说。

丁丑看她的侧脸，像没什么表情，他点点头："差不多。"

"你不问？"姚婉净转过头。

"问也是这样，也许你不想说，再说你已经回来，再提那个没意思。"

"你不在乎，丁丑，可能你没你想象的那样在乎我，你只是人好，你可以实话实说的。"

"婉净，这不是在不在乎的问题，当时，我知道你确实想走，不能拦你，拦了你也安不下心。"

"丁丑，你很好，可惜我不懂珍惜，是我对不起你。"姚婉净蹲在面盆边，"我已经坏得让自己吃惊，但我要进入城市，总不能一辈子这样不尴不尬的，回不了家，入不了城，变成城里的四不像。"

"婉净，过了就不提，没有什么对得起对不起的，你有你想要的方式，我有我想要的方式，看法不一样，方向不一样，没有什么对错。"

"丁丑，我配不上你。"

"没有配不配的。"

姚婉净转了几圈，在离面盆几步远的地方立住："丁丑，实话实说，走的那段时间，我是对不起你的。"

丁丑用力揉面。

"走之前，我毫无交代，我是故意失踪，你完全可以和别人在一起的，我是接了你的戒指，可我没点一下头，没应一句话，你为什么要认这个账？"

"婉净……"

"丁丑，这些话我早该说的，我们已经回不去，认我这个账只是因为你是好人，用城市人的话说，是傻。我不说，是因为我自私，怕你赶我走，我在城市就真没有立身的地方了，和你相处了这些年，我还是把你看低了。"

丁丑要说什么，姚婉净挥了下手："我先去睡，你专心揉面吧。"

揉完面，丁丑进了房间，姚婉净靠枕头半躺着，睁大眼睛想什么心事。丁丑在床沿坐下，一时不知怎么开口，这段时间，他一直睡沙发，就这样过了一夜又一夜。

姚婉净说："丁丑，烦你还去客厅睡，我想静一静。"

丁丑愣着。

姚婉净说："我真想静一下。"

第三天，姚婉净推开轻松周末的玻璃门时，高书意看了时间，十点十分，她暗笑一声。

"我今天主要来问清楚。"姚婉净坐下就说。

"问吧，只要我能回答。"

"你是为了高书礼吗？如果为了他，没有必要这样，我们已经毫无关联，了断了，是我比较满意的了断。我做事一是一，二是二。"

高书意摇头："怎么可能？我哥的事他自己解决，上次我只是顺便提起，最近我哥和我嫂不太好，我便多嘴了一句。"

那为丁丑？姚婉净半个身子伸在桌面上，她又想问那句话了，既这么在乎丁丑，真没给他留下什么？难道，她真的看上摆烤摊的丁丑，单纯地动心？不，姚婉净很快否定了，这是不可理解的。用周雪雅的话说，这不符合城市的逻辑和规则。

姚婉净忍住了，就是真的有，那点也不算什么了，她看到了更大的机会。

高书意搅着咖啡，沉默半晌，说："也可以说是为他，但说到底是为我自己。"

"你到底图什么？"姚婉净脱口而出。

"我说不图什么，你相信吗？要是我没有一个理由，你是不是怀疑我的诚意？"

"我是想不通。"姚婉净坦白说。

高书意呼了口气："就图丁丑这个人，到了我这年纪，遇上这样的人是运气，我能不抓住？这理由可以吗？"

"丁丑这人？他是好人，我知道，可他……"

"他是怎样的人，我知道。"高书意截住姚婉净的话，她突然有些焦躁，不想听姚婉净说丁丑，好像丁丑在姚婉净口中会失去些什么，变得不完整。

"我懂。"姚婉净冷笑，"是丁丑常提到的什么精神层面吧，听着让人烦，那是有钱人吃饱了没事干的奢侈，丁丑摆着烤摊，也总说这些，都是那些乱七八糟的书弄晕了头。"

姚婉净还是说了丁丑。高书意按着太阳穴，她真想直接问姚婉净，他们怎么走在一起，怎么过了那么久的，想想又觉得没必要，自己和许育生一起，刘程和哥哥高书礼一起，李代佳和语言学家一起，又怎么说？自己如果和丁丑一起，也恰如其分？她甩甩头，不让自己想太过，目前只要姚婉净的答案。

但姚婉净迟迟不给答案，她反问高书意："你真想好了？"

"没想好不会找你，连约你两次。"高书意忍不住露出急切的语气和神情。

"我没想好。"姚婉净说，拉开椅子起身。

"三天后再来？"高书意问。

姚婉净没出声。

高书意说："如果三天后你还没想好，就是我没那种幸运，只能顺其自然。丁丑说得好，心安理得。"

姚婉净匆匆说："三天后再说。"

三天后，高书意和姚婉净再次在轻松周末见面。半个多小时后，姚婉净走了。姚婉净走出门那一刻，高书意就开始等待丁丑。

十六

车停在路边，半隐在树下，遥遥对着超市大门，她们看得到丁丑的烤摊，丁丑看不到这边。这是高书意和姚婉净第三次见面后的第五天。

李代佳说："弄得像做间谍，又像暗恋的小女生。"

"要还能那样倒好了。"高书意仍抓着方向盘，像随时准备把车开走。

"我记得，初中那会握了一本硬皮笔记，守在广场入口，等演唱的明星签名，让心怦怦跳半天，莫名其妙地红脸，真好笑。"

"代佳，我知道你取笑我。"

"书意，我没这意思，刚好想起，不过，这次我确实吃惊。你能再想想么，再和姚婉净谈谈，一时冲动而已，我帮你跟她说。"李代佳趴在椅背上，握住高书意的双肩。

高书意摇摇头："我早想好了，代佳，别再说了，这几天，你怕把这辈子能想到的话都说了吧？我也想听你的，可没法改变念头。你说得对，我一向固执。"

"这次不是固执，是疯狂。"李代佳往沙发靠背倒去，"你以为演电影？以为像女主角，弄些可歌可泣的行动？"

我没这么想。

"丁丑那么值得？"

"丁丑说得对，很多人喜欢考虑值不值得，什么都要弹算。其实现在可能和丁丑没多大关系了，我就想做成件想做的事。"

"不会又是游戏吧？"

"别提那个了。"

"我还要重复那句话，想象一下，这会是什么样的改变，生活完全转弯了，离开你从小到大过着的生活，能适应？"

高书意笑了："好了，别再吓我了，我要的不就是转变？难道我一动不动蹲在一个洞里，一辈子闷到底就是好的？不管什么样的生活，不相信我就不行。说真的，我有些激动，活了半辈子，这是我第一次完全自己安排生活。"

"你爸妈知道？"

高书意伸长手扯李代佳的手："千万别提，特别是对你的语言学家，家里最近因为哥嫂的事够乱了。提了，我肯定被当成危险分子。"

"小聪他爸又不认识你爸妈。"李代佳白了她一眼。

"这就是你语言学家的本事，可以七拐八弯，冲破重重阻隔把消息散布给需要或者不需要的人，令人惊叹的本事。"高书意味味笑着。

"就是这样，你永远看不上我的语言学家，我永远无法理解你的烤摊帅哥。"李代佳脸半偏向车窗外。

高书意赔笑："我的好脾气小姐，你也生气了，可见你对语言学家情深义重，我理解的，只是开个玩笑，以前你可是很宽容我任性的，现在怎么这样？因为我的生活将要转变，你觉得和我再不是一路人？"

"好了，开玩笑，最近我们很容易唇枪舌剑。理解理解，你是贤良正统，我是冲动的叛逆者，你看不惯正常。"

"恶心。"李代佳要撕高书意的嘴。

高书意闪了下身子，这话是正经的。她扒着车窗，对着丁丑的烤摊出神。

"暗恋的女孩。"李代佳揪揪她的发。

高书意说："很久没吃面饼了，代佳，你吃过的，味道确实不一样，是吧。"

"我吃的就是面饼，你只是吃面饼吗？你感觉到的味道肯定跟我的不一样，再怎么描述，也没法把味道说出来。"

"这话好，要的就是这感觉——想吃面饼，但我现在不去，代佳，你去要几块？"

"不急于这一时吧——你看，谁来了。"李代佳指指超市大门。

姚婉净从超市出来了，朝这边张望了一下，不知是不是看到自己的车，她走到烤摊前，和丁丑说什么。

高书意猜想姚婉净会说什么，撒什么样的谎。她想象姚婉净的表情，又想象丁丑的表情，一片含糊。

"等一下我和她说，先缓一缓，再考虑几天？"

高书意说："你好好当陪衬吧，我是不想再单独和她一起，要你做个伴而已。"

姚婉净朝这边走来，看到她们的车了。

李代佳说："我总觉得这事荒唐，你疯狂，这女人也疯狂，你们的日子到底怎么了？"

高书意说："各有想法。"

姚婉净立在车窗外，高书意开了车门。

姚婉净坐进车，和李代佳并排。高书意介绍："李代佳，我的好朋友。"

车里出奇的静，一路上静充塞在车里，微微晃荡，让人昏昏欲睡。

后来，高书意说："我像个紧张的司机，带着两名沉默古板的乘客。"

李代佳说："坐你的车从未那样闷过，她倒感觉理所应当似的。"

"本来就是程序，程序化都理所应当。"高书意说，"没有谁应当，谁不应当的。"

到了高书意家，李代佳才真正领会什么叫理所应当，姚婉净像个纯粹的买主，对小区、楼梯、门口四处查看。

高书意开了门，姚婉净进去时明显吓了一跳，木立了一会，表情随着一呆，然后哗地绽开，双颊浮起忍也忍不住的亮色。

李代佳凑近高书意低声说："看她那点见识。"

姚婉净进了客厅，绕家具慢慢走，目光把客厅里的东西一样一样抚摸过去，然后，她进了洗手间、书房、主房、客房……

李代佳和高书意待在客厅，李代佳说："受不了，真是没有一点羞愧呀。"

高书意很淡然，说："她也在衡量，别看她风平浪静，见了这几次，她都没有明确应下什么。"

姚婉净终于出来了，高书意缓缓起身。姚婉净点了点头："那，就这样吧。"

十七

　　高书意开始等待丁丑，她想象了无数种见面的方式，比如，她正要出门，听到丁丑上楼的脚步声，等着脚步声愈来愈近，然后目光碰到目光，然后怀抱碰到怀抱。或者，她走在街上，丁丑在人群中走来，微笑着，请她喝茶。后来，高书意意识到这是某些电视剧或电影重复不止的片段，幼稚而粗糙。

　　一连几天，高书意几乎不敢出门，丁丑没来。高书意便就姚婉净和丁丑分开做了种种想象，每次都推翻想象，暗笑自己无聊，但不知不觉间，另一种想象又开始了。

　　高书意终于打的出去，立在路边，远远看着超市，丁丑仍在摆摊，似乎什么事也没发生。高书意克制住想奔过去的强烈愿望，退进芳姐服装店，一坐就是一上午。

　　高书意几乎失掉希望了，那天听到敲门声时，她以为是李代佳，端着一盘葡萄，边吃边去开门。

　　"书意。"丁丑在门外微笑。

　　高书意退了一步，又退一步，盘子举起来，好像请丁丑吃。她说："怎么是你？你怎么来了？"没有想象里的激动和欣喜，没有夙愿得偿的兴奋，只有莫名的犹疑。

　　丁丑没答话，自己进门换鞋。

　　高书意还在问："有事吗？"

　　"能不能坐下，慢慢说？"

　　高书意才把葡萄放下，洗杯沏茶。

　　丁丑说："书意，这些天我一直在想，在楼顶平台坐了好几夜——我们不能这么算了。"

高书意的情绪终于晃荡了，她的手愣愣地扶在水壶把手上，和丁丑在平台吹风的情景堆涌上来，但她仍显得冷淡，说："那还要怎样？我说过，我们间没什么承诺，你不欠我什么。就是有承诺，也不用怎样，那又迂腐又虚假。"

"所以我来了，之前我是迂腐，甚至对自己也虚伪了，我甚至考虑过一些完全无关的东西，比如你和我完全不同的家境，完全不同的生活习惯。"

"我听不太懂，现在可以了？你的戒指不是给了姚婉净？"高书意看着丁丑。

"书意。"丁丑也盯着高书意，"是给了，但我不能骗自己，明明知道心里还有另一种声音，不能这么混下去，我无法心安理得。我和婉净之间已经说开了。"

"姚婉净？她让你来的？她交代你来找我？"高书意目光绷得又尖又直。

"也是我自己要来的。"

高书意脸色灰暗下去，沮丧爬上眉眼："你能不能说点你自己的，明确的？"

他疑惑不安，再想问什么，高书意说："喝茶吧。"

两人喝茶，良久，高书意说："姚婉净走了？"

丁丑点点头："好几天前就走了。"

高书意脸上的灰暗愈加厚重，沉默一直持续，直到李代佳来了电话。

高书意冲手机应了几句"好"，按断通话后对丁丑说："我要和代佳出门。"

"那我过些天再来。"丁丑说。

半个小时后，李代佳来敲门，说："这半天是清闲的，陪你喝茶。"

"好啊，我正好拿你做了挡箭牌，把一个人赶走了。"高书意说。

"挡了谁？"

高书意说："喝茶，不谈那个。"

李代佳想问，高书意只是转换话题。

那天下午，高书意和李代佳没有怎么谈，偶尔说一两句，也零零碎碎，高书意心不在焉。

李代佳说："你不是不欢迎我，就是受了什么刺激。"

高书意努力表现得热情："这几泡好茶专门给你留的。"

"书意。"李代佳挪坐到高书意身边，"你有没有那么一点点后悔，如果有……"

"别再提这事。"高书意截断李代佳的话，显得烦躁不安。

后来，两人出门，吃了一顿心不在焉又拖得极慢极长的晚饭，李代佳回去时，两人几乎有些不欢而散。

高书意开着车在街上转，最后停车时，看见芳姐服装店的招牌，她下了车，走过大路，朝烤摊走去。

"书意……"丁丑寻找高书意的目光。

"给我块面饼。"高书意坐在矮桌边，仍像以前，一点一点地嚼。

丁丑提前收摊，说："出去走走？"

"到天台坐坐。"

风很好，月光也算好，丁丑那几盆植物也仍长得很好，两张矮凳摆在植物前，叶子翠绿而湿润，两人久久没有话说。

丁丑伸了伸手，终没有碰高书意的手，他试探着问："书意，我再去找你？"

高书意不答，反问："姚婉净交代得很清楚吧？"

"我和婉净说得很清楚了，以后就是朋友。"

高书意说："我困了，该回去了。"

"书意……"

高书意看看丁丑，心里说，只要他抱住我，我就舍不得这个拥抱。

"书意，你知道我的意思。"

"我不知道你的意思。"高书意走下楼梯。

站在租屋门前，丁丑说："进去坐坐？"

高书意想说，能用肯定点的语气么？

丁丑看着她，眼里也满含询问的神色。

高书意问："姚婉净走了有几天了吧，她的东西都收干净了？话也交代清楚了？"

"书意，你那么在乎婉净？"

"我在乎的是你。"高书意说，咚咚咚下了楼。

十八

是时，高书意和李代佳尝着蛋糕，门响了，高书意跳起来说："如果是丁丑，就说我不在。"

李代佳耸耸肩："你不是等着他？"

"去开门。"

"我在你家，你倒不在？"

"他知道什么意思，不会缠着的。"

"书意不在。"李代佳半开了门，说。

丁丑愣了一下，说："那我再来吧。"转身下楼。

李代佳反有些疑惑，对高书意说："他真走了？是太自知，还是无所谓？你们两个都莫名其妙。"

"我也想知道。"高书意喃喃着。

"你到底怎么想的？这么多天，你不是一直在等他？所有的一切，不是因为他？现在他来了，你门都不让进，难道还要考验期？"

"我无聊到这种程度？"高书意嚷起来，"他为什么来找我？"

"这不是废话么。"

"是因为姚婉净放了他，让他来，他才来的。"高书意尖叫。

李代佳说："你不是因为这个才找姚婉净？不就是要她做这些？看来，她实现了承诺。"

"别说了。"高书意泪流满面。

"书意。"李代佳揽住她，"你到底要怎么样？"

高书意捂脸大哭："我到底要怎样？我不知道。反正我不需要她让他来，不需要她把他让给我。"

"那你就没必要找她，还可以改的，取消那个疯狂的协议。"

"不要。跟这个无关……没有协议，她不可能离开丁丑，不可能……"

"书意，到底要怎样？"

高书意只是哭，李代佳让她哭，偶尔递一张纸巾。哭声渐低，高书意进洗手间洗了脸，出来时眼眶颊边发红，但表情平静许多，她哑哑地说："我只要丁丑，他得自己来。"

李代佳叹："要是没有当初那个游戏，就没这些麻烦了。"

"这不是麻烦。我要他听着心来，不要因为姚婉净。"

"你何必拘于这点差别？凡事都没有完美的，按我看，丁丑除了摆摊这点难以接受外，其他的都算难得，用你的话说，外表到内心都是干净的。我认为难以接受的你毫不在乎，还要苛求什么？"

"不是苟求，这是最基本的。"

"当初，你说语言学家完全不是我的菜，这么多年我也过来了，算不得多模范，也不算太差，至少日子很正常。别要求太多，你就是喜欢自找苦吃。"

"你可以忍，我忍不了。前半辈子我闭着眼睛过了，现在我要点明白，要点心里想要的，过分吗？"

"那么，书意，"李代佳摊开双手，"你到底要怎样？我愈来愈无能为力，以前我可以陪着你，你的要求可以很无理，现在我陪着也没用了吧？我觉得丁丑动了你脑子里或心里什么东西，你离我远了，感觉怪怪的。"

高书意说："以前，我闭着眼睛，不去看那片空白。现在，我睁着眼，和那片空白对视。"

"不懂。"李代佳有些落寞。

"你是不懂。"高书意说，没注意到李代佳的表情，"代佳，我想搬走。"

"住腻了？不会就为了躲他吧？真想这么躲下去？"

"不知道。"

"去哪？重新租个公寓？"

"先回爸妈家住几天，再慢慢打算，我脑子乱。"高书意揉着额。

第三天，高书意开始搬，陆陆续续地，每次提一点，大件的东西慢慢处理掉。搬了三天，基本搬清了。那天，高书意清理东西时，发现忘了一个极喜爱的小手包，打电话给李代佳，她正好在公寓附近买东西，便让她顺路去带回小手包。公寓月底才到期，因搬东西需要，高书意给李代佳留了一套钥匙。

在房间里找到小手包时，李代佳听到敲门声。

是丁丑。

李代佳说："真巧，我刚好上来一下，要走了。"

丁丑笑笑，其实并不巧，这几天他来过几次了，每次敲门都没有应声，应该是高书意和李代佳收了东西离开的时段，算很不巧的。

"书意呢？"

"搬走了。"李代佳竟感到有些抱歉，"就这两天的事。"

丁丑张望了一下，声音低落："搬哪里了？"

李代佳想了想，含含糊糊地说："反正，公寓退了，当然是搬回去。"

"谢谢。"丁丑点了个头便匆匆走了。

"还算个痴情种子，你知道高书意为你做了什么？"对着丁丑下楼的背影，李代佳自言自语地说，"真傻，也不多追问几句，说不定我会忍不住说的。"

按记忆，丁丑去了高书意原先住的小区，按了门铃，竟有人来开门，透过透明的钢玻璃门，他看到里层木门的门把手在动。丁丑挂了一脸惊喜的笑。

但那个门把手突然止住了。

丁丑的笑僵住，他重新按了门铃。那个门把手再没动。

"书意，书意……"丁丑冲着门缝喊。

门内没有动静。

门内，姚婉净凑在猫眼上，屏住呼吸。

十九

后来又去了几次，无论丁丑怎么按门铃，都没看见木门的门把手动过。也在小区等过几次，不曾遇见过高书意。手机照例打不通，自第一次到公寓找高书意后，她的手机不是没人接听就是无法接通。丁丑还回过公寓，确实没住人了。

丁丑给阿妈打电话，说突然不知怎么迈步，阿妈在电话那边笑了笑，丁丑一下子觉得没那么严重。阿妈说："阿丑，你知道你要什么的。"

"我是知道要什么。"丁丑突然安心了，他决定过一段再说。

高书意对李代佳冷笑："看来，他真的顺其自然了，倒是个最省力的方法。"

"那你要他怎样？回公寓还是回你以前的家？公寓是空的，你以前的家么，我估计那扇门不会随便开。"

连手机也不打了，真是很自知。高书意握着手机，心神不宁。

"女人哪。"李代佳昧地笑了，"特别是你这种女人，难伺候。"

"你不懂。"高书意眼神飘飘忽忽的。

李代佳脸色变得难看："是，我什么都不懂，只会相夫教子，没有精神高度，没有内心追求。"

"代佳。"高书意回过神，"你别生气，我就是一个绝顶无聊的人。"

"我跟不上你的想法了，也好，你强大了，不用再依赖我，虽然我有点不习惯。"

"废话。"高书意揽住她，"不需要你，我天天把你扯身边？当下又有一件事需要你了，时间差不多了，陪我去见姚婉净吧。"

"不去，不想见她。"

"最后一次，今天交接后，我们再无关系。"

"你自己去，这种事，她不会喜欢有另一个人看着的。"

"陪我去，说不定她正想有个可以做证人的，你不是说这是两个疯狂女人的疯狂决定？有你这个清醒的人在旁边，再好不过。"

车开在路上，李代佳交代，她只远远看着，不凑热闹。她坐在前排，朝高书意侧过身："书意，我最后问一次，现在你和丁丑这样，和姚婉净的约定还有必要？想想，好好想想。"

高书意猛地提高车速，说："我决定了。"

一路无话。

这次，姚婉净很准时，高书意和李代佳刚坐下，她就进门了。高书意仍坐在原先那个角落，李代佳隔着两张桌子。

高书意搅着咖啡，姚婉净没动勺子，看高书意，目光有点着急。

高书意笑了一下，打开手包，拿出一包东西，一一列着："都在这，手续是全的，密码都附在里面，你可以转到你那边。几乎都在这里了，当然，我自己留着一点。"

姚婉净伸手扒住那些东西，指尖颤抖，她另一只手端起杯子，吞了几口咖啡，让呼吸平顺一些。她打开那些东西，一样一样，凑近，不知不觉地眯起眼，好像那些东西会发光，刺激了她的眼睛。又不知不觉地睁大眼，好像那些东西难以辨认。

高书意目光垂在咖啡杯里，尽量把念头集中在咖啡的味道上。

姚婉净喉头焦干，有点眩晕，手肘用力撑在桌面上，才保持了身子的平衡。对这些东西，她无数次想象过，但拿在手里的感觉，还是大大超出自己的想象范围。她看看高书意，这个女人如此潇洒，就这么放了，就为了……真傻，姚婉净突然涌起一股怜悯，她想推回一些东西，但很快想起高书礼，不管怎样，她有那样的哥哥，可以想象会有怎样的家庭，她的底子竟厚实到这种地步，在自己的想象范围之外，那些摆凉水摊和站柜台的日子蜂拥而来，可怜的是自己。姚婉净猛地对高书意产生了莫名的火气，她冲高书意笑笑，满含着幸灾乐祸，这种人，从未被生活磨过的，该轮到她了。

姚婉净一样一样收着东西。

李代佳在这时候扑过来，扑住那堆东西，眼里涨着血红："没道理的，这是没道理的！"

高书意要拉开她，被甩开了。

李代佳说："书意，这事你爸妈知道么？你不能这么任性。"

"代佳，我这次不是任性，都想过的，也不用我爸妈知道，我是成人，知道自己做什么。"

李代佳转脸看姚婉净，姚婉净避开她的目光。

"代佳，这几年你也看到了，你觉得这些东西对我有用？"

李代佳直起身子："我看不下去了，先回车里，你要怎样怎样吧。"

姚婉净匆匆把东西收进手包，匆匆离开，却又在门边站住。高书意疑惑地看她在门边犹豫了好一阵，疑惑地看她犹犹豫豫地朝自己走回来。

姚婉净抱紧手包，嘴唇动了一阵，说："其实，不是因为我。"

高书意感到莫名其妙。

"丁丑早就要和我分开了，他想清楚了，我们不合适，想要的日子完全不一样。不是因为我提出他才分开，也不是因为我，他才会去找你。这么说吧，不管怎样，他早晚会去找你的，我早看出来了，你真看不出来？"

高书意起身。

姚婉净说："丁丑是怎样的人，想不到你不了解，他就讲究什么精神、感觉，不可能因为我走才转头去找你，他会把你当成我的替补？"姚婉净晃晃头，笑了，"丁丑不可能这样，你怎么可能不知道？我不知要替你可惜还是替他可惜。"

高书意双手抓着椅背，身体僵直。

姚婉净声音怯了："其实完全不用我做什么，你后悔了吗？"

高书意缓缓摇头。

"东西是你给的。不过，真后悔的话，我们可以再协商，稍微改变一下，至少我绝不会回头找丁丑。"

高书意仍在摇头。

"我只是和丁丑太不相同，可我很清楚他是怎样的人。"

高书意朝姚婉净扑过去。

姚婉净下意识地后退。

二十

高书意抱住了姚婉净，冲木呆呆的她说："谢谢。"

姚婉净刚抬起手，高书意跳开去，满脸灿笑："姚婉净，谢谢你。"

高书意飞奔出门，以令人惊愕的速度飞射进车，拍李代佳的肩膀，连连叹："我糊涂了……"

李代佳说："糊涂的是我。"

"我昏了头，她说得对，丁丑怎么可能因为她的离开找我？本会来找我的，如果他真的动了心。"

"你能不能好好说话？"李代佳抓过车钥匙，"这种状态你最好别开车。"

"不是姚婉净让他来的。代佳，我是脑子乱了，怎么会不知道？"

"反正他来找了，三番五次，谁让来的，区别很大么？自找苦吃。"李代佳手指去点高书意的额角。

"我愿意。"高书意扮鬼脸，"这不一样，完全不一样，怎么说，就像同样是咖啡，配料不一样，产地不一样，味道和感觉就全变了。"

"好吧，我的精神贵族，我来开车。"

"用不着。"高书意抢过车钥匙，"我现在轻松得很。"

"就怕太轻松。对了，你不要说你那些东西就换得这么个消息。"李代佳抓住高书意的手，"她还没走远吧？追上她。"

"我开动了，坐好。"高书意来了个大拐弯，把李代佳甩得身子一歪，失声尖叫，"疯女人！去哪！你朝哪开！"

"找他，吃面饼去。"

午饭时间到，丁丑的烤摊前清静下来，他捏着面饼。

昨晚又做梦了，一向极少有梦的他，这段时间总重复一个梦。

高书意在奔跑，像被什么可怕的东西追赶，边狂奔边尖叫。丁丑跑过去，离她很近了，喊她，她没有听到，也看不到自己。她胡乱地转圈，往各个方向撞，又着急地退回去，像跌进浓重的雾里，只能立在原处，直着嗓子呼唤丁丑。

丁丑明明看见她站在那里，甚至看见她哭丧的眉眼，她就是看不见自己，对他的声音毫无察觉。

丁丑朝她走过去，踏进雾里，反而离她远了。丁丑认准她的位置，一步一步走近她，雾旋绕起来，把她绕得愈来愈远，她的面影和声音变得极为淡弱。

雾一层一层浓重，高书意的声音和影子完全消失，他自己也无法确定方向，往每个方向跑了几步又犹疑地退，像高书意那样。他大喊："书意，书意……"除了雾就是空阔。丁丑怀疑高书意就在不远的地方，看着自己，答应自己的呼唤，而自己看不见听不见。他挥高了手大声喊："书意，我站在这里不走，你一步一步走过来……"

丁丑站着，等着，站得腿脚酸软，绊了一下，惊醒过来。

连续几夜，同样的梦。丁丑想，也许该再去找找高书意，但公寓是空着的，她的家似乎也不住人了，对他接连不断的门铃声毫无反应。

"生意清淡哪。"有人高声说。

丁丑吓了一跳，抬眼看到高书意的笑脸。

"我想吃面饼了。"高书意说，"还想学做面饼，这次真想学，不是好奇。"

"这段时间……"

来了两个女孩，高书意问："要点什么？在这里吃？"她用下巴示意丁丑烙饼、炸火腿，自己收钱、找钱。她看到李代佳远远地在树下招手，便打手势让她过来，边交代丁丑，多烙几个面饼。

高书意把面饼递给李代佳，说："面饼真材实料，纯手工制作，环保又健康。"

"受不了你。"李代佳笑。

"全是实话，希望你以后成为我的老顾客，并带来更多的顾客，特别是让语言学家多多宣传，到时我们的面饼让他免费吃。"

"我们，我们，你打算就这样把我扔掉？"

高书意指指李代佳的手包："钥匙在你包里，车你可以开走。"

高书意招呼客人、收钱、擦桌，忙碌的空隙，她指指凉水车——凉水车靠在矮桌边，问："多了一桩生意？"

丁丑说："这本是婉净的凉水摊，她卖化妆品后，凉水车就并在这里，但准备面饼，又要准备凉水，我忙不过来，现在只放点饼料凉茶之类的。"

"以后多我这一个帮工，凉水面饼一起卖。我可能手艺一般，耐力一般，但学着学着总会上道的。"

"书意……"

"我们重新认识吧。"高书意说，"像以前那样，我买面饼，被你的男色迷住了，坐下来吃饼，付不起钱，为你打工，然后……"高书意怪笑起来。

这一天，高书意在烤摊忙到收摊，一直暗暗看超市大门，果然没看见姚婉净，她真把超市的化妆品柜撤了，或许她真如她自己所说，去开一间高级化妆品店，雇几个员工。没看见她，高书意暗喜，想，女人总归脱不了这层俗，姚婉净总归曾是丁丑的女人，最好远一点。

丁丑要开宿舍门，高书意说："先上天台。"

手电筒的光晕在前面引着，丁丑拉着高书意的手，一级一级往上走。

还是蒙蒙的月光，微微的风，那几盆植物。

高书意抱住丁丑，兴奋地说："我破产了。"

二十一

丁丑被唬了一跳，低头细看高书意的表情。

高书意说："什么都没了。"

丁丑笑笑，说："那和我什么关系？"

高书意在他胸口拧了一下，说："真没良心，也不安慰一下，你以为这样对你有好处？"

"你的意思是说，你破产了才会跑我这来，我是捡便宜了？"

"几天不见，你倒变无赖了。"高书意两个手指抓住丁丑的下巴，"我还是没看清楚你呀。"

这次，是高书意先提出的，说："丁丑，我们回趟家，见见阿妈。"

"嗯？"

高书意说："把我们的事和阿妈说说，简单办一下吧。"

高书意说："可能，你们的风俗该是男的先开口，我厚着脸皮先提出来了，你愿意带我回家吗？这次不是旅游。"

丁丑抓住高书意的手，说："只是怕太仓促，我什么都没准备，我的意思是……"

"我不需要，说实话，以前那些东西我是戴腻了的，再说，我虽说破产了，一些小东西还是有的。"

"可那是我……"

"以后吧——对了，我的车还在，以后送货不用自行车了，我的车当送货车。"

"书意。"

"等我们养不起了再把它卖掉——好了，想想回家该带什么。"

"还有……"

高书意说："还有什么？明天你得自己看摊子，我喊李代佳逛街，再奢侈一次，回老家，我不能给你，也不能给我自己丢脸。"

"书意，我是说，这事要和你爸妈说一声吧。"丁丑还是说出来了。

高书意不出声了。

"要不，再缓缓，等和他们说通。"

"不，我可以决定自己的事，我们按原计划回家，回来后再和他们说。"

"不先说一声？至少，先见个面，这是礼节。"

高书意摇头："不急于这几天，回来后会带你去见。"高书意想说，我不想这次回家带上哪怕一点点不愉快。终没说，只撒了个谎："我哥最近出差，顺便带我爸去见老朋友了。"这谎有一半是真的，只是，高书礼和父亲明天就会回来。

丁丑的阿妈迎在门口，高书意半垂了头，忍不住颊边的羞色，稍显尴尬。

丁丑阿妈说："我正准备包软饼，书意，坐长途车累不累？不累的话，搭个手？"

高书意自在了，仰起头："当然不累，从小坐车大的。"

来之前，高书意曾问过丁丑："用不用对阿妈提我结过婚的事？老人忌讳这个么？"

丁丑说："随你，想说便说，这个没什么关系，阿妈一定和我一样的看法。"

"你们母子真幸福，这话很俗，不过是真的。"

高书意想了想，终究开不了口，安慰自己，以后再说吧，反正丁丑说没什么关系。

过两天，丁丑和高书意便要回城，一切就简。

丁丑阿妈给了高书意一个玉镯，高书意推着，说不缺这种东西。丁丑阿妈说："不是缺不缺的事，是份心意，我这镯子也一般，但一直随身。"

第二天摆席，做了两桌菜，请了亲戚和四邻，高书意把城里带来的糖果发出去，也不收礼金，只说给大家报个喜。

席上，新人给大家敬酒。敬到四婶一桌，四婶对丁丑阿妈说："阿丑娶了这么个城里媳妇，这是多大的喜事，怎么简成这样？你就阿丑这个儿子，也太潦草了些。"

高书意咬着唇。

丁丑阿妈笑："现在的年轻人要简单，回家来是为我这老家伙办的。"

丁丑朝四婶微笑点头。

丁丑阿妈说："后天他们就要回城，今天的酒席匆忙了些。"

有人接口："是，现在多少年轻人喜事都不回来办了，直接给家里个电话。"

四婶说："简便简，有些太过了，新娘的亲家也没露个脸，是不是缺了礼节？"

酒席都静了，高书意手垂下去，脖子垂下去，目光也垂下去。

"可能也是路远，不过这是大事。"四婶声音清晰得可怕，她转向丁丑阿妈，"哪里人？"

高书意看丁丑，她不知这位四婶和丁丑家有什么过节，这时候说这些是什么意思。

四婶和丁丑家没有过节，她只是喜欢说，喜欢问，喜欢管，她丈夫爱打扑克，除了三餐回家吃饭，就是和牌友在一起，两个儿子出外打工，她每天除了三餐就是串门，说说，问问，管管。

事后，高书意说："我现在才知道，还有这样一种无聊，可以伤害到别人的。"

当时，高书意完全无法下台。

丁丑阿妈仍笑着，说："这个是我不好，亲家本要来的，我挡住了，路远，不用拘这个礼，以后有的是时间走动。再说，他们有他们的规矩，年轻人回城后，那一家自会办一席。"

高书意脖子抬起来了，目光抬起来了。

后来，高书意对丁丑说："谢谢阿妈，我让她没面子了。"

丁丑说："什么面子不面子的，阿妈不在意这个。"

"可我爸妈……"

"你不是说过，这是我们两个人的事？"

二十二

回到城里，丁丑提出见高书意的父母，高书意说："这事缓一缓，我来安排，行么？"

"按你的意思办。"

"丁丑，我父母可能和你观点不大相同，有些事情你要有心理准备。"

"我明白。"丁丑笑，"你不用担心，我不会随便敏感，当你家女婿，看点眼色，听点风凉话，不奇怪啊。"

"丁丑，其实你鬼得很。"高书意哧哧笑了。

高书意说她先回娘家住两夜，再回来带丁丑见他们。她说："我的意思是……"

"缓冲期。"丁丑摆着一沓书，说。姚婉净走后，丁丑就买了个简易书架，把书摆出来了。

两天后，高书意回来了，说："明天去我家。"

丁丑说："那我明天早点，把酒店要的饼先送过去。"

高书意说："穿上我买的新衣。"

丁丑点点头。

高书意说："丁丑，别说你的屋在这个角落，只说租的是公寓。"

丁丑又点头。

"先别说我们已经结婚，只说将要结婚。"高书意说。

"对不起，丁丑。我爸妈不像老家阿妈，我这样做，都是想……"

"想让我们的事平缓地拐过这个弯。"丁丑拥住高书意，"别担心。"

是高书意母亲开的门，她的目光在丁丑脸上稍愣了一下。

"阿姨。"丁丑笑着招呼，高书意交代好的，他们还没结婚，先这样称呼。

高书意母亲点点头，很浅淡地笑，客气，礼貌，端正，但有点凉飕飕的。她让高书意和丁丑换鞋，自己很快走进客厅，对高书意父亲轻声说："太小，实在太小。"

高书意父亲坐在沙发上，丁丑招呼他的时候，他很快点了下头，专心地洗着茶杯，高书意认出，这是以前父亲的下属来拜访时他的表情。

丁丑坐下，高书意父亲放下洗着的杯子，说："喝茶。"但并不动手沏茶，只是看着丁丑。丁丑微笑着迎他的眼神，像在说："有话，您说。"

高书意父亲稍稍偏开目光。

高书意沏茶，说："阿爸阿妈，我和丁丑准备近段时间把手续办了。"

母亲脱口而出："这事你在安排？"

高书意耳边烘地红了。

丁丑说："今天我和书意跟二老商量下这事。"

"工作？"高书意父亲突然问。

高书意咬住嘴角。

丁丑微笑："做着生意。"

一时无声。高书意父母偏向于在政府部门工作的，加上之前许育生的关系，他们对做生意没有好印象，但高书意现今的条件让他们无话可说。

两巡茶后，父亲又问："什么生意？"

高书意拼命朝丁丑使眼色。

丁丑不知是没看到还是假装没看到，直视高书意父亲的目光："小本生意，正在努力。"

高书意父亲脸上现出有点疑虑的表情，但也没再问下去。

"房子买在哪？"高书意母亲问。

"还没买。"

"因为生意关系，先租了公寓，正在找合适的房子。"高书意抢着回答，"以前那一套我不想再住了，想卖掉。"

"你多大了？"高书意父亲突然问，"怎么认识书意的？"

高书意身子晃了一下，她知道父亲在想什么，要不是死命咬住牙，她几乎要脱口质问："你以为丁丑高攀我什么？"

"和书意差不多年纪。"丁丑仍笑着。

高书意朝丁丑使眼色，丁丑说："我和书意的事，这段时间……"

"就不大办了吧。"高书意父亲极快地接口。

高书意愧疚地看看丁丑。

丁丑点点头："书意也是这个意思。"

"要不，你们旅行结婚吧。"高书意母亲说，"现在年轻人最流行的，说又有情调又方便，家里就不请人了。"

丁丑说："书意，阿姨这主意挺好。"

"我也是为你们想。"高书意母亲笑笑，"家里亲戚朋友太多，特别是书意她爸的朋友，都有头有脸，不请就不请，要请便要正正经经地请，到时就有一堆礼节和客套，我年纪大了，懒得费脑筋想这些东西，你们年轻人也烦这个，到时应酬下来，累的是你们。"

"阿姨想得周到，我和书意也是讲个'简'字。"

书意的父亲说："书意她哥结婚时已大办过一次，闹了好一段日子，算尽了礼，这次就不要打扰人了。"

高书意说："主要是我和育生结婚时也大办过一次，尽人皆知，这次当然不能大办，不是那样的风光了。"

丁丑握住高书意的手，轻轻用了力。

高书意半梗着脖子，喉头含着一股湿热的东西。

高书意父亲和母亲对视一眼，沉默不语。

丁丑替高书意沏茶，给高书意父亲端了一杯，给高书意母亲端了一杯，给高书意端一杯。

事后，高书意父亲对他那些退休的老同事说："我阅人无数，这样的后生倒是第一次见，弄不清楚他是不是狡猾至极，可以装到那种境界，或者真是非常之人，有非常的目光和容量，要不就是傻到极点，书意那傻孩子就看中他那点……"

高书意母亲后来说："要不，让你哥他们过来，一家人意思一下？"

"不用。"高书意直截了当，"哥哥他们忙，我们明天就去办手续。"

"还是聚一聚。"丁丑连忙说，"正好，我也和哥哥他们认个面。"

高书意不出声，母亲便给高书礼打电话。

那顿午饭，后来高书意一直不愿意提起。

出门进了电梯，高书意把头埋在丁丑脖颈间："谢谢你，丁丑，我以为……"

"以为我可怜的自尊被伤了？"丁丑笑。

二十三

丁丑到酒店送饼回来，高书意出门了。林时添赶得很巧，挤这个间隙敲响了门，再稍晚一点，丁丑就出门摆摊了。

林时添立在门边，四下张望，又惊讶又疑惑，说："我听到的话到底是真是假？"

还是那间屋，但完全变样了，沙发多了亮色而清爽的垫子，沙发上方挂了水墨画，矮茶几上铺了竹制的席子，茶盘换了，电视两边多了盆栽，两个储物箱摆在一起，挪到客厅一角，旁边多了书架，窗帘换了。

林时添坏笑："真换女主人了？"

是高书意布置的，大都是些物美价廉的东西，只有那幅水墨画是以前生意场上一个朋友送的。高书意说："奇怪，我从来没有这样兴致勃勃，有兴趣逛打折的店面买窗帘和沙发垫子，有兴趣在地摊上淘小摆件，也有兴趣和小贩们讨价还价，这么有意思。以前，那套豪华房装修，我从未想过自己看看，一切交给装修公司，家具也由装修公司提议，直接打电话订货。"

林时添说："换的是哪位？不会真的是烤摊上帮忙的女人吧？换她的话，你还会住在这？"

丁丑说："喝茶？"

"我前段时间回了趟老家，听说你结婚了，带新娘回老家摆席。也不请我？"

"我哪个朋友都没请。"

"着急成这样？我打听了，他们描述的新娘不像姚婉净，倒和在你烤摊上走动的女人很像，是她？"

丁丑点点头："高书意。我们就是简单地办个手续。"

林时添来来回回走动起来，一只手握成拳不住打另一只手掌："丁丑，你走运了，还真结婚了，手续办了？"

"办了。"

"丁丑，你翻身了。"林时添双眼闪着光，猛地立在丁丑面前，"怎么还住这，你们两人？"

"书意喜欢住这，以前的房子她卖掉了。"

"好，就该这样，暂时住在这，你们会在哪里找新房？接下去，你要做什么？最好开个高级店或是公司之类的，需要人手的话尽管开口，就算我不去，我有个堂弟刚进一个电器店，可以随时走人的。"

丁丑说："暂时不会找房子。"

"在这住上瘾了？"林时添在丁丑肩上狠拍一掌，"这次，我要向你借钱。"

"借钱？多少？"

"这次倒不是我急着要钱，是我一个朋友，认识一个部门主管，通过内部渠道，可以倒卖一批手机，转手就能挣不少钱。我这朋友手头没什么钱，说如果我有钱周转一下，可以分点水给我，虽然不算太多，但周期短，又容易挣。我手头是有一点，但不多，凑不成什么气候。我本想算了，但看你这情形，机会不能错过，你娶了贵妇，我能不借？"

"贵妇？"

"捡到宝了，这样一个贵妇，干干脆脆和你结婚了，我怎么也想不到的。你不知道，现在城里女人都精得要死，有钱的更是浑身长眼睛，她可以随便玩玩，给你点甜头，但要结婚没那么容易。你现在随便出手，那点水我就挣定了。"

丁丑呵呵笑起来，几乎止不住。

丁丑说："时添，我要去摆摊了。"

"摆摊？你还摆什么摊？"

"走吧，听你扯了半天，我今天晚了，书意怕等急了。"

林时添看着丁丑的表情，感到莫名其妙。

丁丑把烤车推到超市门口，指指对面，让林时添随他过去，对面摆了个新摊，两把大伞，一个高高的玻璃柜，摊主坐在玻璃柜后，旁边竖了块牌子：美甲。

"书意。"丁丑趴在玻璃柜上。

玻璃柜后的女人抬起头，林时添凝固了，是那个女人，只是几乎不化妆了，正拉着另一个女人的手，给她画指甲。

高书意问："摊子摆出去了？"

丁丑说："暂时没顾客，过来打个招呼。"

高书意说得对，美甲摊可以早点摆出来，城市里总有些手包满满又无所事事的女人，这样的女人中总有些会太早到街上逛，美容店、美发店、咖啡店大门未开，到高书意的美甲摊美甲，是消磨时间的好方法。

所以，这个时段，她总有些不错的顾客。高书意有画画的底子，又能设计花样，很快就有了回头客，不少顾客是手指甲和脚指甲成套地服务。每天晚上回到租屋，高书意就反复数这一天挣的钱，呵呵笑着："我目光真短浅，挣钱会这么兴奋，守财奴的感觉也不错呀。"

丁丑说："你挣得挺好，新摆的摊子比两年的老摊还受欢迎。"

高书意抿嘴笑："因为我了解女人，女人的钱最好挣。撇开挣钱不说，看那些女人翘着画好的指甲臭美，感觉真是没法说，这是我以前想象不到的，我有点明白你为什么喜欢烙面饼了。"

林时添回到丁丑的摊位，在矮桌边坐下："这是怎么回事？"

"你不是看到了？"丁丑笑。

"不是我看错了，就是你们发疯了。"

"都好得很，你的眼睛和我们。"

"她怎么了？"

"和我结婚了，现在摆美甲摊。"

"你知道我的意思，我相信以前没看错，她绝对有底子。"

"有过，现在没了。"

"怎么没的？"

"不知道，没细问，这个有关系吗？"

"因为这样她才嫁你的？"

"时添，我们的思维不在同一条线上，别讨论这个。对了，你确实需要钱么？如果需要，我有一点，不过不多。"

林时添摇摇头："不用了。"

二十四

和丁丑结婚后，高书意说："我也得谋个生计，虽然还剩一点底子，但那是不够的，丁丑，我会想以后的日子了，想安排以后的日子了。"

丁丑说："先慢慢找着。"

"我想好了。"高书意挥挥从娘家带回来的画笔，"就用这个，摆个美甲摊，最适合我了，而且成本低，摊子也是现成的，就在凉水摊的位置，那地方还没被别人要去吧。"

美甲摊摆出去，李代佳成了高书意第一个顾客。李代佳问："可以带以前那些朋友来么？"她说的是那些常和高书意李代佳走动，一起美容美发的有钱女人。

"当然，那可都是最有潜力的顾客。"

"可是……"

"放心，你们完全可以货比三家，如果不满意我的服务，再去找别人，不过，我对自己的手艺有信心。"

"书意，我不是这个意思……"

"代佳，你担心什么？觉得我现在过得不好？怕我被人笑话？"

"那我就放心了。"

"别瞎操心，记得照顾我的生意，只要你能，尽管把人带来。"高书意拧拧李代佳的颊，"再废话，我在你脸上画一朵花。"

手机响了，是高书礼，他说："书意你在哪？出来一趟，我过来带你。"

高书意说："我现在没空。"

"我有话要说。"

"中午吧，我挤点时间出去。"高书意匆匆说，"中午生意是最清淡的。"

"好，你住哪？"

高书意想了想，说了街角一家较有名的手机店，说在那附近等。

高书礼给高书意开了车门，问："书意，你到底住在哪？"

高书意说："这有什么关系？"

高书礼在一家饭店前停了车。

点完菜，高书礼侧过身打了个电话，说："我中午在外面吃，不在单位。"

静了一会，他说："和书意一起。"

又静了一会，他把手机递给高书意。

"嫂子。"高书意对手机那头的刘程说，"是我，和哥哥出来，顺便在外面吃了。"

刘程说："你还好吧，找个时间和阿川去看看你。"

直到菜上桌，高书礼好像才回过神，又提起刚才的话题："书意，你到底住在哪？以前的房子真卖了？"

"以前的房子还能住？我们先租房，你不用担心。"

"在找房子吧，想买什么样的？我帮你问问，我认识一些小区的主管。"

"不用。"高书意很干脆，"暂时不买，想买会告诉你，我们租房住得挺好。"

静了一会，高书礼问："他到底是做什么的？"

"做生意呀。"高书意笑了，"那天在爸妈那里不是说了？"

"什么生意？"高书礼追问。

"反正是正当生意，怕我摊上坏分子？你看丁丑像坏人？"高书意呵呵笑了，"你们对他有偏见。"

"书意，我是想，你们合适么？他和育生不一样。"

"为什么拿他和许育生相比？我和许育生一起很好吗？我不知道你们眼里的合适是什么样的。"

高书意想问，你和刘程算不算合适？想了想，忍住了。

高书礼说："或者，我可以……"

"不用。"高书意不假思索，"他有工作。"

高书意说："哥，你不用担心，我过得很好，可能不是你们想象的那种好，不过是我自己喜欢的一种好。家里亲朋好友问起，就说我又嫁了个做生意的，很容易的，其实都在忙，人家也没心思细问的。"

"书意……"

"哥，吃菜吧——什么时候带阿川出来，我很久没带他去肯德基了。"

吃饭间，高书意给李代佳去了个信息。吃到一半，李代佳就如约来电话了，对着手机说了几句"好"，报了饭店地址后，高书意对高书礼说："哥，代佳要约我出去一趟，刚好在附近吃饭，一会过来。你先走吧，我在这等她。"

高书礼先走了。高书意确定高书礼车已走远，才走出饭店，刚扬手要打的，李代佳的车停在不远处，摇下车窗。

"就是做个样子，你过来做什么？"

李代佳说："我确实在附近，和他陪朋友出来吃饭，我让他随朋友先回——有必要弄这么神秘吗？和你哥哥都要捉迷藏？"

"没必要让他知道。"

李代佳说："他知道你结婚了。"

"语言学家？"高书意笑，"问个不停吧，你被问烦了吧？"

"说有空的时候带他拜访你，说至少要祝贺一下。"

"好啊，不过我和丁丑整天忙，每天空闲时间很少，要不带他到我们摊上，要不晚上晚一点到我们租屋。"

"书意，带他去？"

"让他试试丁丑的烙饼，当场出锅的，味道更好——别这样看我，我说正经的，我正想象他惊讶的样子，一定好玩。好了，开玩笑，你是我朋友，他也是，有空就带他来。代佳，你们老是替我在乎什么，奇怪。"

语言学家果真随李代佳来丁丑和高书意摊上，他坐在烤摊矮桌边，吃着饼，令人意外地没有一句话。

事后，高书意问李代佳："那天他不会有什么心事吧？"

"有什么心事，一路上还说个不停，追问丁丑的情况，我一句也不说，急得他差点无法专心开车，到了烤摊就一声不出了，大概也被你的惊世骇俗震住了。"

"我和丁丑一起就是惊世骇俗？"高书意冷笑，"你们还是戴着有色眼镜看我们，怎么都把俗气当理所当然了？"

"好了，我们这些俗人说不过你。"李代佳举手投降，"你还真错怪他了，回去的路上，他说，这个丁丑挺特别的，和书意确实挺合适——怪了，他竟会说这种话。"

二十五

揉完面，是短短的休息时间，丁丑和高书意仍去天台，这渐渐成了他们一天中最纯粹的相处时间。盆栽又多了些，有时，他们会把长势较好的搬到客厅摆放几天，再搬上来晒太阳，这些盆栽都是凡常又耐活的植物。高书意说："自己种下，看着长大的植物，有种亲近感。"

这天，见过高书礼和李代佳后，高书意有些沉默，她的矮凳靠着那几盆植物，轻轻揉捏着叶片的手指若有所思。

"丁丑，还有些话没对你坦白。"高书意说，她半偏过脸，在含糊不清的月影里细看丁丑的表情。

丁丑把矮凳往高书意身边挪，说："不用了，你也把那些话放下吧。"

"你不好奇？"

"好奇什么？提过去做什么？我想，你要说的一定是有关过去的，既是过去的，可以不说就不用说了。"

"丁丑，我……"

"你闻闻，这一盆已经有了花蕾，有淡淡的清香，或者说我想象它们有香气了。"丁丑让高书意凑近那盆植物。

高书意仍半揪着眉。

丁丑说："安心就行。"

高书意便一直没说，丁丑说得对，他们的日子现在心安理得。慢慢地，那些话在日子里浅淡成烟，四散飘飞，她想不到，两年以后姚婉净会替她说。

那天，丁丑听到一个熟悉的声音："给我块面饼，好久没吃了。"

丁丑半信半疑抬起头，果然是她。姚婉净在烤车边，红色的外套，红色的指甲，有些发白的脸，目光有些散，眉角似乎舒展不开。

"婉净，快坐。"丁丑欣喜地招呼，像他乡遇故知。后来，丁丑和林时添提起，说确实是他乡遇故知，毕竟姚婉净一个人在城市闯，那么久没联系。丁丑的欣喜是热切的，他让姚婉净坐下，给了她喜欢的奶茶饮料，烙了两个面饼，装在盘里捧给她，说："你吃着，我让书意过来。"

姚婉净止住他："先别，我有些话对你说，拖了两年，不说过不去。"

姚婉净让丁丑坐下，却不说，一口一口嚼着面饼。吃完一块面饼，姚婉净说："出去一趟吧，中午吃个饭，在这我说不出来。"她望望四周，好像是因为人太多，可那些人来来往往，谁也没朝她看一眼，她又想，是光线太亮了，可光线亮有什么关系？她不知道，反正她觉得必须找个地方说，就好像某些植物的生长得有特定的环境。

"丁丑，我就是纯粹想把那些话说了，或许我就能睡着了，说到底，我是为我自己，你听是在帮我。我知道，现在回头找你是有些过分的，但就算帮我一次，我知道你会的。"

丁丑说："我和书意说一声，你也过来吧。"

离美甲摊十几步远的地方，姚婉净站住了："丁丑，你过去说，如果行，你就点点头，如果不行，我也可以理解。"

丁丑走过去，半趴在玻璃柜台上，高书意刚好完成一副美甲，正结账。丁丑等那个女人走开，和高书意说了一句话，高书意收拾着用具的手停下来。

姚婉净看见丁丑说了些什么，然后站着，有一会儿没什么动静。她刚想转身，丁丑又开口说什么了，接着，一个人从玻璃柜后起身，朝她这边看，是高书意。她好像比以前年轻了，比丁丑大两岁的她以前看起来至少比丁丑大五六岁，现在，两人的脸并排朝这边望，竟很相配。

姚婉净看见高书意朝她笑了一下，点点头。丁丑走过来，说："我收拾一下。"

姚婉净选择了轻松周末，坐下她就问："她肯让你来？没多问什么？"

"当然，为什么不？"

"你们很好。"姚婉净喃喃着。

"丁丑，这两年，我几乎如愿以偿了，穿的、戴的、吃的、住的、开的，所有的，都比以前想象的更符合城里人的标准，可还是空。"

丁丑不知姚婉净怎么突然有了这一切，也许她嫁人了，是她想嫁的那种人。

姚婉净说："我开了两家店，一家卖高级化妆品，一家美容美体，地点都很不错。我有不少员工，为我的化妆品店和美容美体店卖力，因此，我银行存款的数字上升挺快。原来，有钱人想挣钱并不太难，愈有钱，钱愈好挣，连钱好像也爱凑热闹似的。以前我们拼死拼活，挣了什么，大半年省吃俭用，城市里什么地方都没去，什么活动都没参加，才省下那么点钱，林时添还老打你的主意。"

丁丑静静听姚婉净说。就观点来说，她没变。

姚婉净喝了口茶，继续说："我只负责查看、拿货、清数，慢慢地这些也可以放开了，我像以前电视里看到的那些有钱太太，每天做做头发、打打牌、美容，因为我有了一个极出色的助理，他是我美容店的首席美容师，美容专业，对化妆品销售也很熟悉，他为我招揽了一大批女顾客，并为我的化妆品店出谋划策。"

丁丑弄不明白她想说什么。

姚婉净目光并不在丁丑身上，只管说："他开始随我去拿货，指点我拿货、销售，为顾客做长期美容计划，留住一批老顾客。我是多么信任他，美容美体店都由他管理，有时懒了，连拿货都让他去。他做得很好，甚至能争取更多的赠品，打探到更多的市场行情。我只要把钱给他，他就办得妥妥当当的。"

服务员上菜，她突然意识到什么，拍着额角说："我啰唆这些做什么？该说的话倒出不了口。"

像下了极大的决心，她直视丁丑："你知道我开店最初的钱哪里来的？"

丁丑感到莫名其妙。

"高书意的，我的资本都是高书意的。"姚婉净眼睛睁得鼓起来，牙齿因为努力磨出声音。

二十六

姚婉净突然停止说话，不住夹菜，不住地吃，并用下巴和筷子示意丁丑，含含糊糊地说："吃，快点吃。"自己却又放下筷子，含了一嘴东西发呆。

她又开始说了："我是多么相信他，他是首席美容师，两个店的总顾问，我的私人助理，更重要的是，他成了我的恋人！他浪漫、温柔，一个有本事有主意会挣钱，长得也不错的男人几乎百依百顺，你说，能不动心？连雪雅对他也无话可说，说如果他有个好一点的父亲，连她也会动心的。

"我们在一起了，两个店全权交给他，店发展得很好。他说，得有更大的发展，趁着势头好，开高级连锁店，占领城市有钱女人的市场，他和我一样，心总一鼓一鼓的，想得到更多，画出更大的圈。我同意他，想也没想便同意。"

丁丑仍静听。

姚婉净得了鼓励般，喝口汤，说："他开始找店面。找到了，地段好，店面大，我付了定金和一年租金，签了合同。我记得很清楚，真的签了。后来，他装修，我把装修的钱给他。他说得先进货，要高档货，我给了更大的一笔。那天他去进货，再没有回来……"

饭桌上沉默了。

姚婉净不知什么时候接着说的："我去了那家店面，关着，没有装修。你知道吗，定金、一年租金、装修费加上首批货的拿货费，凑起来是多大一笔？你想象不到的……"

"婉净……"

"丁丑，我连报警都不敢，因为我活该，我、我那些钱高书意那里来的，报应来了。"

两年前，高书意就是约姚婉净在这见的面。

姚婉净坐下直接问："找我做什么？你应该找丁丑的。"

高书意说："这事只和你有关。"

姚婉净审视着高书意。

"这事只关我们两个，和丁丑一点关系也没有。"

"说吧。"姚婉净冷冷地说。

"你真的那么在乎丁丑？"高书意问。

姚婉净哧地笑了一声："还说和丁丑没关系？而且，这问题也和你没关系。"

"别着急。"高书意呷了口咖啡，"听我说完应该费不了多长时间——如果在丁丑和财富间选择，你选哪个？"高书意目光逼视着姚婉净。

姚婉净推开咖啡杯，站起身，脸色铁青："你如果无聊，找别人去，我没空。"

高书意说："我是认真的。"

"我有必要和你说吗？"姚婉净准备走了。

高书意拉住她，姚婉净用了力，甩开她。

"我算有一点财富的。"高书意急急地说。

姚婉净顿住欲抬起的脚步，半边脸偏向高书意，感到莫名其妙。

"坐下说吧，服务员以为我们做什么呢，要没有诚意，我也不会专门请你来。"高书意语气诚恳了。

"我有一套房子，地段还算好，装修有点档次，我还有点存款。"高书意说，手指蘸了点咖啡，在桌面上画了个数字。姚婉净看得心一跳一跳的。

高书意看看扭着脸的姚婉净，说："我就直说了吧，你并不真在乎丁丑——先听我说，你一走大半年，没留下一句话，我不是替丁丑说什么，我只是感觉到，对你来说，丁丑没你想的那么重要。"

姚婉净终于开口："你到底想说什么？"

"如果，我是说如果，你好好想想，如果没那么在乎，你会选择财富，离开丁丑吗？"轮到高书意审视姚婉净了，她想起了哥哥。

高书意找不到姚婉净的目光，也捉摸不透她的表情。

高书意说："我的财富——刚才说的那些，可以转给你，你会干干脆脆离开丁丑么？当然，得在你并不是真的在乎丁丑的条件下，就像上次，可以不辞而别……"

姚婉净表情仍暧昧不明，但她没有冷笑，也没有把咖啡泼在高书意脸上，这让高书意有了继续说下去的勇气。

高书意说："我亲自办手续，把这些东西转给你，当然，我还有辆车，但那车已跟了我几年，值不了多少。我在一个公司里还有一点股份，但那已转到父母名下，要转出来很麻烦。这些算我的全部了。"

高书意说："这完全是我们两人间的事，在你愿意的前提下，离开丁丑。如果你愿意，不必在超市摆化妆品柜，你完全可以拥有自己的化妆品店。"

那次见面半个多小时后，姚婉净向高书意告辞。

高书意说："这只是商量，我只是把我的意思说出来，你参考一下，如果不行，就当没有今天这次见面。如果你觉得可以稍稍考虑，就再见个面，三天后我还在这里等，还是这个时间。没等到你，我就把这事当烟。"

三天后，高书意等在轻松周末，姚婉净来了。

姚婉净问了高书意那个问题："你到底图什么？"

"我说不图什么，你相信吗？要是我没有站得住脚的理由，你是不是怀疑我的诚意？"

"我是想不通。"姚婉净坦白说。

高书意呼了口气："就图丁丑这个人，到了我这年纪，遇上这样的人，是我的运气。"

高书意说房子可以直接过户，存款可以直接汇进姚婉净户头。

最后，姚婉净说："看看吧。"

高书意约了第三次见面的时间。

第三次见面后，高书意和李代佳带姚婉净看她的房子。

几天后，姚婉净住进高书意的房子，扒在猫眼后默默看丁丑一次又一次地按门铃。

二十七

"丁丑，我破产了，什么都没有了。"丁丑记得高书意对自己说过。

现在，姚婉净坐在面前诉说真相，丁丑不知该说什么。

姚婉净说："丁丑，你不用担心，我是被骗去很多，但总归还是有点底的。"她声音低下去，"从高书意那里得的数目比我想象的多得多，可能不在你的想象范围之内，我只是不安心。你骂我一顿吧，嘲笑我也好，看不起我……"

高书意本来拥有的确实不少，许育生的公司起步一年后，他们便换掉原先父母给他们置下的房子，换成那套豪华得有点过分的房。再后来，许育生到另外一个城市重新发展公司，需要大笔的资金，除了房子，除了车，他们没有什么固定存款。

许育生车祸去世后，他父母把他的弟弟和高书意喊在一起，商量最后的安排。他们的意思是，许育生在另外一个城市的公司已经发展得不错，让他弟弟许育新接手。

公公满脸的皱纹往下垂，叹气，不知是对自己老年丧子的自怜还是怜惜高书意，说："书意，你爸妈都在这边，如果你去打理公司，太远，他们不放心。育生在的时候，你们都两地分居，现在他不在了，更没有道理让你去人生地不熟的城市。放心，这两年育生带着育新，接触了很多客户，他接手应该可以。"

高书意抬头，许育新朝她点头微笑。

公公说："当然，这是和你商量，如果你同意，家里会给一些补偿，你满意的数目。"

高书意说："阿爸决定吧。"

许育新的笑从鼻尖往耳根边绽放，推过一张纸，示意高书意签名。

高书意说："那这边的公司？"她指的是许育生在这个城市的第一家公司。这一家高书意和许育生为之一起奋斗过的。

"这家你想自己打理么？"公公和许育新几乎同时问。

高书意垂下头，她突然不想正视那两张脸。其实，她完全没有心思打理那家公司了，如果有，当初就不会退出。静了一会，她说："不，我有些生疏了。"

高书意看见他们轻松起来。

公公说："书意，这家公司你原先有股份，就留在里面吧。"

高书意点头了，后来，她费了很多口舌和力气，把股份转到父母名下。她说："我不知这些股放我手里做什么，或许哪一天就被我挥霍掉了，先放你们那里保管着，说不定有一天还是我的靠山。"和姚婉净的事发生后，李代佳双手合十，说："傻人有傻福，老天不绝你后路，至少还有这点底。"

高书意笑："夸张了吧，什么叫不绝后路？难不成我这样就没有后路？这种日子就过不得了？不要总把我想得那么凄凉。"

就这样，许育生两家公司，高书意只拥有第一家公司的一点股份。这家公司仍归许育新名下，但找了个人管理，是许育生刚刚取得博士学位的堂弟许管涛。

公公说："书意，管涛专业对口，公司会发展得很好的。"

高书意淡淡地笑。

许育生的保险金理赔了，受益人是高书意。这个许育生家那边倒极坚决，高书意不肯拿，他们几乎翻了脸，说不接受是不把他们当家里人。

李代佳说："受益人本来就是你，他们只是顺水推舟，你推个什么意思？我告诉你，什么都是假的，就这个是真的，再推倒虚伪了。"

"问题是，我不想要他的保险金，我……"

"别又提什么巧合，你都知道是巧合，神经兮兮的。对许育生那个家来说，保险赔偿金算什么？你呢？说难听点，工作都没有，他们乐得做个顺水人情。"

"我就是不想要他们的人情。"

"受不了你，那你把人情给他们吧，弄个高姿态给谁看？"李代佳生气了。

"代佳，我是觉得，这个时候……他们要知道我说了那些话……"

"够了。"李代佳扬高声调，"你是不是提前进入更年期了？疑神疑鬼，我告诉你，你不拿才显得奇怪，保险公司只认受益人，到时他们会不停追问你，把你想说的不想说的，一点一点挖出来。"

"代佳，你怎么变这么狠？"高书意惊恐地睁大了眼。

"实话而已。"

高书意还是得了保险金，和许育新所谓的新公司补偿金合在一起，成了很像样的一笔，存在一起。后来，她把这一笔一分不剩地转给姚婉净了。

看到银行卡上那个数字消失时，高书意高举双手，像长睡之后醒来，伸了一个幅度极大的懒腰。"真轻松。"她喃喃说，"都清空了。"她想起了房子，立即给姚婉净电话，说她的私人物品已搬清，姚婉净随时可以搬进去。

姚婉净两天后就搬进去了。她没想到，还不到两个月，她就急急搬出来，急急地把房子卖掉。

二十八

姚婉净想象高书意在这房子里的生活，怎样换鞋，怎样倒水，边懒懒喝水，边懒懒换电视频道。怎样进入房间，在洗手间卸妆，怎样在梳妆台前上妆，怎样换衣。姚婉净不想想象的，房子已换人，前面那一段消失了，现在是她姚婉净的日子，但想象总是不知不觉，无处不在，甚至让她沉浸其中而不自知。

开始，姚婉净生自己的气，她愿意学周雪雅，她看出来了，周雪雅其实也需要她。姚婉净和她提到高书意的计划，开始，周雪雅不住地鼓动她，等姚婉净得到高书意的房子和存款，她突然变得冷漠客气，说："你现在是富婆了，以后会有自己的富婆朋友，以前我送你的那些东西该扔掉了。"

姚婉净抓住周雪雅的手，表情夸张："怎么可能？你教了我多少东西，带我认识了城市，没有你，我现在还不是土包子一个？我还心虚得很，正想着做点什么，让底子厚一点。是你教我的，在城市生活，没有足够厚的底子，步子别想自在，腰别想挺直。"

周雪雅笑了，很放心的样子。

姚婉净不想学高书意，她是什么人，握了自己一堆把柄，不过，反过来，她也握了高书意的把柄，两人老死不相见最好。姚婉净不愿承认的是，高书意她学不来，高书意身上那些姚婉净称为城市味的东西和周雪雅的完全不一样，她只能看，学不到。

可她忍不住想象高书意，她对自己大喊大叫，生闷气，毫无作用。

那天夜里，姚婉净正睡着，意识又流向那个点，高书意睡姿怎样？窗帘拉着还是半开？怎样的睡衣？姚婉净掀开被子，在黑暗里呆坐，不知坐了多久，她猛地觉得，不是自己让自己想高书意，是房子，这套房子所有的房间、装修、摆设、气氛、味道，让自己意识到高书意，这念头让姚婉净惊恐不安，她拥着被子，任有关高书意的片段兜头而来，直到天放亮。

天一放亮，姚婉净就收拾东西。

一个月后，姚婉净把房子卖掉了，开了两家店。两年后，她找了丁丑一次，把她和高书意间所谓的协议和盘托出。

如今，时隔上次见面两年，姚婉净再次来到丁丑烤摊前。

"生意还好吧？"姚婉净问丁丑。

是时，李代佳带了几个姐妹找高书意美甲，一时未轮到她，她扶玻璃柜站着，正好看见姚婉净立在烤摊前。李代佳看了看高书意，她所有的心思都在指甲上。李代佳忍住了，只定定看着那两个人，姚婉净说了一阵，放下一包东西走了。

好不容易等几个姐妹画完指甲离开，李代佳凑近高书意，急不可待地说："知道谁到丁丑烤摊了？"

"顾客么。"高书意调着色，边回答。

"好特别的一个顾客，姚婉净。"李代佳一字一句的。

高书意看看李代佳，淡淡地笑了："噢，她呀。"

李代佳说："你听清楚没有，姚婉净来了。"

"我知道，姚婉净。"高书意仍调着色。

"书意，你什么意思？"

高书意笑了："代佳，看你严肃的，丁丑今晚会告诉我的。"

"你确定？"

高书意点点头。

她说了半天，还给丁丑留下一包东西，看丁丑今晚会不会提到那东西。

"他会的——来，伸手，给你画最美的花式。"

李代佳疑疑惑惑。

高书意又笑："不要这副表情，我知道丁丑。如果不知道，我也无话可说。"

李代佳摇摇头，一会儿，她又提起那个提了无数次的话题："书意，两年多了，关于房子和存款的事，你打算怎么和你爸妈说？真打算一直瞒下去？"

"再说吧。"

"又是这句，我就不相信他们没追问你现在的情况，真服了你，不知你怎么混过去的。"

"你不用操心，真没办法了再说。说不定再拖几年，我和丁丑真买下房子，直接把他们拉过去看看。再说，丁丑是在做生意，我也是，又没骗人。"

"我不说了，反正今晚你好好问问丁丑。"

"不用问，丁丑会说的。"

收摊时，丁丑把一袋糖放在高书意面前，说："喜糖，姚婉净的。"

姚婉净今天过来送喜糖，说过几天结婚了。

姚婉净说："你们忙，就不请你们去喝喜酒了，我嫁得还算不错，不出意外的话，在城市里好好待下去没问题，那人在城郊办了一家厂，有点规模。"

丁丑很高兴，半年前听姚婉净讲那些事，还真有些担心。

姚婉净没有提到要嫁的那个人本身，她不想让丁丑和高书意看见他的。

丁丑对高书意说："这就好了，她也算找了合意的归宿。"

高书意说："丁丑，我有话要说，有些事要坦白。"

丁丑说："不用了，我都知道，就是不知道也没关系。"

后来，李代佳还问起丁丑是否说了，高书意把丁丑的话搬了。

李代佳感叹："不得不承认，你们是让人羡慕的，能一直保持这样吗？"

"谁知道呢？"高书意说。

后记：尘埃里的光芒

逛街时，经常会走近某个小摊，或要一点小吃，或带走些袜子饰品之类的小东西，若守摊的是张年轻的面孔，心里往往一动，想起弟妹。弟妹都在极年轻的时候离乡寻找出路，工作卑微，背囊简单却希望饱满。妹妹在超市货架边梦想属于自己的小店；大弟穿行于各种公司单位推销月饼，雄心壮志地想跑出一处地盘；小弟守着路边卖碟片和海报地摊，相信最小的角落也将如种子般发芽长叶，撑出一片天地。他们是这样一群年轻人，刚刚踏入人生，在城市的灯光辉煌里独自打拼，没有任何依撑与捷径，甚至没确切的方向，或守一处活动小摊，或立于某个寂寞柜台边，或匆忙于人流中，或埋头于枯燥的车间，他们平常如尘埃，脚步艰难但生命蓬勃，尽力地青春时尚，尽力地灿烂前行，这种蓬勃与尽力令人动容。这些是小说最初的种子与动因，我试图划拉下生命的这种蓬勃与努力，试图叙说这些尘埃里的光芒与尊严。

守着烤摊的丁丑就是这样在卑微里蓬勃的生命，他珍视生命最本真的感觉，用心地活，却又在喧嚣的世界里守住一份清澈的宁静，用一个热气腾腾的灵魂守着一份安然，这使他强韧甚至奢侈，高书意几乎无法自持地走近这份清澈与强韧，逃离生命里浓重的灰调，重新呼吸。她说："我是那把琴，你是那个弹奏的人，没有你，我如何发出我的灵魂之音，生命之音？希望因为我，你也能弹奏出你的灵魂之音，生命之音。"这或许是爱情，或许是依持的一根拐，或许是救赎的一只手。

事实上，小说里的人物都在互相依持，弯弯绕绕，缠成一张网。他们生命里总有一片空白，恐慌、回避、彷徨、寻找，无所依托，无法填补。高书意在丁丑处寻找明亮，李代佳依赖着高书意的依赖，姚婉净向高书礼的物质要安全，高书礼企图在姚婉净面前摘下面具，周雪雅在亮色的饰品与姚婉净的亦步亦趋里寻找存在感，刘程在高书礼的礼敬里错觉到占有，李代佳的丈夫在滔滔的语言中确定自我，丁丑的安然则来自阿妈。最终，没有人在别人身上真正找到支撑点，生命又软弱又独立，这是灵魂的焦灼，也是这个时代的焦灼。

我在丁丑的阿妈这人物身上倾注了偏爱，失掉作者该有的理智与冷静，毫无理由地给她以灿烂和高贵，她是整部作品的亮色，给了作品以某种浪漫主义色彩，我珍视这点浪漫主义，并以之为希望和温暖。关于这个女人的笔墨极少，她卑微，苦难，言语简洁如水，但她是躁动中一个固定，是动荡里的一个点，是安于人世一隅的观照者，在沧海桑田之后心安理得。

丁丑是某种理想，除了在安静里蓬勃的生命，他有着一套完全异于社会异于人群的价值观与人生观，孤单而高傲，这是卑微里的尊贵。他用微弱的声音和近于固执的坚持反思：一定要成功吗？所谓的成功是什么？一切由什么界定？一定要活得有意义？什么才是真正的意义？这又如何界定？实际上这亦是紧追着当代人的声音，但懂得或愿意转身面对的人是那么少。

这一切似乎有张过于紧绷的面孔，小说尽力将这种紧绷隐在俗世之后，几段或错位或重新归位的感情纠缠中，几个人的人世跟着或错位或重新归位。一切以一个无聊的游戏开始，丁丑作为高书意生命里的折点，以一种极端偶然出现。小说的叙述以回旋上升的方式推进，以使小说呈现饱满感与立体感，笔者曾奢侈地希望这亦隐喻了命运某种立体饱满的可能性。